四川文化产业职业学院学术著作出版基金资助出版

高启对李白的接受研究

何雯娟 著

四川人民出版社

图书在版编目（CIP）数据

高启对李白的接受研究／何雯娟著. —成都：四川人民
出版社，2023.12
ISBN 978-7-220-13204-9

Ⅰ.①高… Ⅱ.①何… Ⅲ.①高启（1336-1374）—诗
歌研究②李白（701-762）—唐诗—诗歌研究 Ⅳ.①I207.22

中国国家版本馆 CIP 数据核字（2023）第 247353 号

GAOQI DUI LIBAI DE JIESHOU YANJIU
高启对李白的接受研究

何雯娟 著

出 版 人	黄立新
责任编辑	邓泽玲
装帧设计	张迪茗
特约校对	陈 静
责任印制	祝 健

出版发行	四川人民出版社（成都三色路 238 号）
网 址	http://www.scpph.com
E-mail	scrmcbs@ sina.com
新浪微博	@ 四川人民出版社
微信公众号	四川人民出版社
发行部业务电话	（028）86361653 86361656
防盗版举报电话	（028）86361661
照 排	四川看熊猫杂志有限公司
印 刷	成都蜀通印务有限责任公司
成品尺寸	170mm×240mm
印 张	12.25
字 数	168 千
版 次	2024 年 1 月第 1 版
印 次	2024 年 1 月第 1 次印刷
书 号	ISBN 978-7-220-13204-9
定 价	59.80 元

目录

CONTENTS

序 言

　　"昔年有狂客,号尔谪仙人。笔落惊风雨,诗成泣鬼神。"李白以其非凡的才情和品性沾溉诸家,高启即是其中一员。

　　开元年间,被赐金放还的李白高唱着"人生得意须尽欢,莫使金樽空对月""钟鼓馔玉不足贵,但愿长醉不复醒"(《将进酒》),以痛饮狂歌的形式演绎着庄子乐生的人生哲学,同时也抒发着对富贵荣华的不屑。数百年后,高启同样遭遇了赐金放还,也同样高歌"莫惜黄金醉青春,几人不饮身亦贫""地下应无酒炉处,何苦寂寞孤平生"(《将进酒》)。其纵酒而歌、及时行乐的人生旨趣与百年前的诗仙如出一辙。这相似不是偶然,乃是高启的有意为之。

　　高启与李白虽遥隔数百年,但其经历却有着颇多相似之处。李白"少有逸才","八岁思即壮,开口咏凤凰""十岁通五经""十五好剑术,遍干诸侯"。高启亦"少孤力学,能诗文,好权略,每论事,辄倾其座人"(《玉堂丛语》),年少之时就于诗文、权略上有过人之智。同是年少有才的他们,自当是同样的志存高远。李白怀揣着"致吾君于尧舜"(《崇明寺佛顶尊胜陀罗尼幢颂并序》)"使寰区大定,海县清一"(《代寿山答孟少府移文书》)的政治理想,多次干谒求仕;而高启亦以"要将二三策,为君致时康"(《赠薛相士》)为理想,有一颗报效国家的济世之心。然而二人在致仕的路上都遭到了同样的困顿和失意。据新、旧《唐书》记载,李白由道士吴筠举荐入朝,待诏翰林，后"自知不为亲近所容"，而自请还山，唐玄宗赐金放还。同样，据《明史·文苑》记载，高启亦是由友人举荐而入翰林院编修元史，后以"年少不敢当重任"为由请求还乡，明太祖赐金放还。二人同样以友人举荐入仕，也同样以赐金放离开朝廷。后李白漫游名山大川，亲近自然；高启同样漫游吴越，写下众多诗篇。可以说，相似的人生经历，使高启对李白的诗文尤能产生共鸣。

高启心慕李白，追随李白"谪仙人"的名号，亦以"降谪仙卿"自居："青丘子，臞而清，本是五云阁下之仙卿。何年降谪在世间，向人不道姓与名。"（《青丘子歌（并序）》）另外，高启还以诗笔多次再现李白之仙姿态。例如，其《凤台二逸图》（并序）传神地刻画了才高不遇的李白形象："谪仙昔作供奉臣，诗语不合妃子嗔。銮坡无地容侍直，锦袍来醉金陵春""才气风流颇同调，曾入金门待明诏。当年流落不自悲，却问前人欲相吊。可怜二子遭清时，放逐江海空题诗。赖有高名足难朽，何用粉墨他年垂。"可见高启对李白的敬仰之情。

更突出的是，高启诗学李白，写作了很多与李白诗意、诗风都极为相近的诗篇。正如前文所写到的二人同作《将进酒》，高启之诗不仅旨趣承李白而来，诗中还化用李白诗歌的原句，且此类现象比比皆是。例如，李白《扶风豪士歌》写道"扶风豪士天下奇，意气相倾山可移"，高启《忆昨行寄吴中诸故人》亦作"忆昨结交豪侠客，意气相倾无促戚"。两诗不仅在用语上，情感上也都极为相近。又如，高启《登金陵雨花台望大江》一诗"大江来从万山中，山势尽与江流东"，诗歌从登临所望之景着笔，开篇就极为壮阔。而后诗歌回望历史，抚昔追今"坐觉苍茫万古意，远自荒烟落日之中来""前三国，后六朝，草生官阙何萧萧！""英雄乘时务割据，几度战血流寒潮"，长短句交错使用，其恢弘气势和悠远情韵得李白《登金陵凤凰台》之神韵。这类现象比比皆是，此处略举一二，雯娟书中对此有更详细的类比和阐释，故不再赘述。

总之，高启作为元末明初的"吴中四杰"之一，他对李白的接受以人格和诗格为主,不仅得李白之形,更得李白之神。

雯娟此书,即以高启与李白的诗文文本为根基,从高启对李白诗歌题材和立意的借用与模拟、高启对李白诗歌风格的接受、高启对李白诗歌艺术构思的模仿、高启在具体作品中对李白诗句的化用借用与仿写等四个方面深入探析了高启对李白人格和诗格的接受。其论述清晰流畅、见解独到,不管是对李白接受史研究还是对高启诗歌创作和诗学理念的研究都是大有裨益。

所谓"十年磨一剑",雯娟的这本书,从硕士学位论文到如今正式出版已有十年。犹记得她当年于狮子山孜孜求学的青涩模样,如今在学术上已有一定成果。此书可谓是她学术生涯中的一座里程碑,亦是她个人成长的独特见证。

最后,期待雯娟在未来的学术生涯中,继续以严谨的态度、独特的视角和深入的研究,为这个领域做出更多的贡献。

祝学术进步!

王红霞

四川师范大学文学院教授、博士生导师　中国李白研究会副会长

自 序

　　明代第一诗人高启，以高逸的聪慧才智与兼学众家的创作宗旨，卓立于明初诗坛。高启工学于诗、诸体兼备，"天资秀敏，故其发越特超诣，拟鲍、谢则似之，法李、杜则似之"。① 通观高启的生平与创作，李白对高启的影响尤为突出，不容小觑。李白独具魅力的人格与诗格在高启的人生历程与创作实践中，都有迹可循。高启对李白的接受，是中国古代文学历史长河中颇具典范意义的现象之一。

　　本书将从"高启对李白人格的接受"与"高启对李白诗格的接受"两个方面进行论述。以高启与李白的诗文作品为依托，结合史料记载，于对比之中，探寻高启与李白在生平经历、性格心态、精神寄托、爱好追求等方面的相似之处，探析高启对李白人格的接受。通过对两人诗文作品的进一步解析，结合相关诗文评的记述，找寻高启从李白诗文创作中汲取养料的痕迹，探析高启师承李白的创作摹拟，解析高启对李白诗格的接受。

　　本书的第二章，将具体从"高启对李白形象的塑造""高启以'谪仙人'自比""高启与李白同为少年有才、志存高远之人""高启与李白都曾经历入朝为官，后又赐金放还的仕途起伏""高启与李白皆钟情游历名山，喜好寄情山水""高启与李白皆有浓厚的诗酒情缘与闲云野鹤的精神向往"等角度来论述高启对李白人格的接受。

---

　　① 李志光书. 凫藻集本传［M］. 高启著. 高青丘集. 上海：上海古籍出版社，1985：993.

本书的第三章，将具体从"高启对李白诗歌题材和立意的借用与模拟""高启对李白雄浑诗歌风格的效仿""高启对李白神奇瑰丽艺术想象的借用""高启对李白清新俊逸语言特色的师承""高启对李白艺术构思的模仿"及"高启在诗歌中化用、借用或仿写李白的诗句"等角度来探讨高启对李白诗格的接受。

本书的第四章，将围绕时代原因、个人原因等方面，进一步解析高启对李白接受的成因。

本书通过逐一解析高启对李白人格与诗格的接受，更加真实有效地还原高启作为明初颇具开创性意义之诗人的写作思维与创作追求。同时立足于对高启诗文作品客观解析的基础上，将其诗作与李白诗作加以对比，辅之以高启的生平经历，更加立体地把握高启的创作心态，完成对高启诗文作品的深层次解读。同时，通过再次观照李白的生平经历，重温李白的诗文创作，也有助于更加全面地把握李白其人其诗的流传情况及福泽后世的深远影响。

第一章

绪论

第一节 问题的提出

明代在中国文学史上有着独特的地位。高启作为明初具有开创性意义之诗人，通过对高启人生经历及文学创作开展深入研究，进一步深刻地解读高启的诗文作品，真实地还原高启的创作心态，以期更好地对明代文学发展脉络开展纵深研究。

高启（1336—1374 年），字季迪，长洲（今江苏苏州）人。元末曾隐居吴淞江畔的青丘，因此自号青邱子。高启生活于元明易代之际，社会动乱，历经坎坷。明初受诏入朝编修《元史》，授翰林院编修。洪武二年（1369）秋，朱元璋拟委任其为户部侍郎，高启固辞不受，被赐金放还。后朱元璋又因怀疑高启作诗讽刺自己，对高启更生忌恨。高启返乡之后，以教书治田自给。苏州知府魏观修复府治旧基，高启为此撰写《上梁文》。却因该府治旧基原为张士诚之官址，于是有人趁机诬告魏观有反心，魏被诛，高启也受株连被腰斩。

高启，富有才情，博学工诗，兼学诸家，与杨基、张羽、徐贲合称"吴中四杰"。其诗雄健有力，开始改变元末以来绮靡缛丽之诗风。高启学诗兼采众家之长，吊古和抒怀之作则寄托遥深，雄劲奔放。赵翼在《瓯北诗话》中评价道："观唐以来诗家，有力厚而太过者，有气弱而不及者；惟青邱适得诗境中恰好地步，固不必石破天惊、以奇杰取胜也。"①

　　赵翼给予了高启极高的评价，认为唐代之后的诗人，一部分笔力用得太过，不免有矫揉造作之势；一部分则又略显笔力不足，未能展现诗歌的真正感染力。唯有高启，文学创作之功力恰到好处，没有语不惊人死不休的执念，而是以高妙奇特取胜。赵翼更在《瓯北诗话》中称赞高启的诗歌在有明一代无人能及，称其为"明代开国第一诗人"。

　　高启短暂的一生创作颇丰，其诗文今存两千余首，另有文集《凫藻集》和词集《扣舷集》。《明史》卷二百八十五列传一百七十三《文苑一》有传。

　　古往今来，学术界对高启的研究涵盖其生平经历、诗词创作、作品传播、批评接受等诸多方面。通观研究成果，大多数学者依然是站在中国古代文学的传统研究视角，采用传统的单一的研究方法在进行研究，使得对高启其人其作的还原更多局限在他生活的时代空间背景下，显得过于平面与单薄。

　　如果想要更加立体与真实地还原高启，还需要借助跨学科的研究方法，打开时代的纵向深度，全面探究高启其人其作的原貌。跨学科研究法，指的是将多个学科的理论、方法和数据相结合，以解决复杂的研究问题和现象。它涉及从不同领域获得的见解、方法和数据，以创造单一学科无法提供的新知识和新观点。跨学科研究方法在当今世界中变得越来越重要，因为解决许多最紧迫的研究挑战需要依靠多个领域的专业知识。

　　随着跨学科思潮的出现，越来越多的学者也将跨学科研究的方式运用于中国古代文学问题及现象的研究。其中尤为普遍的是，运用接受美学的方法来研究中国古代文学作品在后世的传播与流变。在研究过程中，将中国古代文学与接受美学这两个学科之间的理论、方法、技术相互比较与结合，为探究古代文学的传播与接受现象，提供新的思考角度、方法、途径。

　　美学是研究艺术和美的哲学学科，它探讨的是美、艺术、审美感受和创造的本质及其在人类文化中的地位和作用。美学是人类文化的重要组成部分

---

① 赵翼著. 瓯北诗话；高青邱诗 ［M］. 霍松林、胡主佑校点. 北京：人民文学出版社，1981：126.

之一，涉及艺术、文化、哲学、心理学等多个领域，是一门综合性的学科。接受美学是指个体在审美活动中所表现出来的心理现象和行为。在审美活动中，个体通过对艺术作品、自然景观等的欣赏和感受，体验美的感受和情感。接受美学研究的是个体在审美过程中的感知、评价、情感等方面的心理活动，以及这些活动所反映出来的文化、社会和个体自身的特点。

德国文艺理论家、美学家姚斯曾提出，"一部文学作品，并不是一个自身独立，向每一时代的每一读者均提供同样的观点的客体。它不是一尊纪念碑，形而上学地展示其超时代的本质。它更多地像一部管弦乐谱，在其演奏中不断获得读者新的反响，使本文从词的物质形态中解放出来，成为一种当代的存在"。①

高启作为明初极具代表性的诗人之一，他受到了许多前代文学家的影响。其中，唐代诗人李白对其的影响，深深烙印在高启的人生认知与文学创作中。

李白（701—762年），字太白，号青莲居士，唐代著名诗人。李白作为浪漫主义诗歌的代表，其诗清新高逸、豪放浪漫，有着"诗仙"之称。李白的诗歌风格开创了唐代浪漫主义诗歌的先河，对唐代文学的发展产生了深远的影响。李白其人其诗其文，在有唐一代就受到了广泛的欣赏和推崇，也影响了后世诸多文学家及文学创作。李白诗歌的独特艺术魅力，在中国文学史上占有重要的地位，同时也在世界文化史上具有广泛的影响。

李白的诗歌艺术思想独特，他倡导自由、浪漫和个性，反对形式僵化和限制创作的传统观念，其人其作在后世的接受度和传播度，在中国古代文学史上再无第二。结合姚斯教授的美学理论而言，李白的作品在不同时代，像是一部管弦乐谱，而非一尊纪念碑，它等待着后世文学家的接受与传播，并在接受与传播的过程中，开展二次创作。后世的许多文学家，或慕名模仿李白的人生态度，或学习仿效李白的文学创作，在不同的时代表达了对李白其人其作的不同解读与肯定。

---

① ［德］姚斯、［美］霍拉勃. 接受美学与接受理论［M］. 周宁、金元浦译. 沈阳：辽宁文学出版社，1987：26.

高启诗歌风格兼采众长，诸体兼备。在历代文学评论家看来，他学鲍照、谢灵运，形神兼备；学李白、杜甫，深得其法。高启在文学创作上转益多师，高启受李白的影响尤为突出，既有时代的共性原因，也有个体的个性原因。高启对李白的推崇与仰慕，极为直接地体现在了对李白人格与诗格的双重接受上。

高启，屹立于明初文坛，借助研究高启对李白其人其作的接受，并结合观照李白的生平经历，重温李白的诗文创作，有助于更加全面地把握李白诗歌在后世的传播情况及其对后世文学发展的深远影响。基于以上观点，本人不揣浅陋，选择了研究这一论题。

第二节　20 世纪以来高启研究现状

20 世纪以来，学术界对高启的研究主要集中在以下七个方面：

第一，对高启的生平及心态的探究。高启一生虽然短暂，但却真实地反映出元末明初吴中士人的生存状态。因此国内学者也将高启的生平及心态探究视作研究的重点之一。

专著方面， 1981 年，王云五先生出版了《明初高季迪先生启年谱》（一名《高青邱年谱》）一书。该书按照时间顺序，较为清晰地整理了高启的生平事迹。此书为学术界对高启其人其诗其文的研究提供了较为丰富的参照。

论文方面， 1993 年，傅璇强发表了《高启生平二考》① 一文。文章就高启与张士诚政权的关系以及高启的吴越之游进行了考辨。作者认为，高启曾出仕张士诚政权，担任参政饶介的记室，但由于某种原因，高启于至正二十年（1360）前后自动放弃了官职。关于高启吴越之游的目的，作者则坚持认为："高启此次吴越之游并非为游览，更不是去避乱，而是随张士诚一方的代表去与方国珍一方谈判的。"② 此外， 2002 年，刘君若的论文《高启

---

① 傅璇强. 高启生平二考 [J]. 苏州大学学报（哲学社会科学版），1993，(1)：66－68.
② 傅璇强. 高启生平二考 [J]. 苏州大学学报（哲学社会科学版），1993，(1)：68.

生平事迹补正》① 也就高启的生平进行了梳理。文章搜求考证了高启的生平事迹，将高启的字号修订为三个，分别是：青邱子、槎轩与吹台。关于高启籍贯一说，作者认为前人的说法有误："高启应为吴县人而非长洲人。"②贾继用在《高启生平杂考》③ 一文中，从高启的字号、籍贯以及家族成员等三个部分对高启的生平进行了考证。作者认为槎轩和吹台皆是高启的别号，这一论点与刘君若在《高启生平事迹补正》一文中所持的观点可互为印证。而关于高启的"籍贯"之说，作者也认为高启应为吴县人，也再一次印证了刘君若在《高启生平事迹补正》一文中所持有的观点。除了发表在各种学术刊物上的论文外，有关"高启的生平研究"这一论题，还有广西师范大学贾继用在 2006 年提交的硕士毕业论文——《高启年谱》④。论文将高启的生平行迹按时间顺序合理编排，对高启生平的相关问题进行了逐一考证。

至于高启为何有辞官一举，也有学者进行了探究。刘召明在《高启辞官原因新论》⑤ 一文中，立足高启自述类诗歌作品，结合高启的人生经历、诗学主张等，论证出高启辞官的最重要原因是仕途不顺与客居他乡，对其造成了较大的精神打击。 2011 年，史洪权在《辞官与颂圣——高启"不合作"说之检讨》⑥ 一文中，指出："朱元璋对高启有征修《元史》、超迁官秩、赐金允归的殊恩。高启自征修《元史》至洪武五年都对朱氏抱有感激之情。其辞官的愿望虽贯穿金陵时期，但随着境遇的改变而强弱有别，直接原因则是洪武三年七月超擢户部侍郎所带来的危机感。辞官后的高启对朱氏心怀歉疚，故退而不隐，诗文颂圣。因此，高启对朱元璋及其明政权并非不合作的态度，'不合作'说属于学人的误读。"⑦ 作者认为，高启辞官之后，仍然

---

① 刘君若. 高启生平事迹补正 [J]. 华南理工大学学报（社会科学版），2002，4（2）：58—61.
② 刘君若. 高启生平事迹补正 [J]. 华南理工大学学报（社会科学版），2002，4（2）：58.
③ 贾继用. 高启生平杂考 [J]. 商丘师范学院学报，2007，23（10）：19—21.
④ 贾继用. 高启年谱 [D]. 桂林：广西师范大学，2006.
⑤ 刘召明. 高启辞官原因新论 [J]. 苏州科技大学学报（社会科学版）. 2021，38（03），75—80.
⑥ 史洪权. 辞官与颂圣——高启"不合作"说之检讨 [J]. 中山大学学报（社会科学版），2011，51（03），29—35.
⑦ 史洪权. 辞官与颂圣——高启"不合作"说之检讨 [J]. 中山大学学报（社会科学版）. 2011，51（03），29.

对朱元璋抱有感激之情，坚持写文以颂圣恩圣德，因此许多学者持有的高启对于朱元璋抱有"不合作"态度一说，并不成立。

吴越之游，是高启生平经历中一次意义非凡的出游。在近二十年间，也有不少学者着力对高启的此次出游作了相关的考证。

2005 年，刘君若在论文《高启吴越出游事迹考辨》① 中，从《吴越纪游诗序》的来源和高启的行踪两方面进行了考察，整理出高启两次实际可考的出游，作者认为："一次应是在至正十八年（1358）戊戌十月二十左右至十九年己亥正月十五之前一段时间"②，"一次则应是在至正二十四年间"③。刘民红的论文《高启吴越之游目的新论》④，则是通过研究相关史料，对高启吴越之游的目的进行了论证，作者认为："高启此行乃是去参加至正十九年在杭州举行的科举考试。"⑤

近年来，学术界又开启了对高启死因的新探究。 2005 年，吴士勇在《诗人高启死因探析》⑥ 一文中，表示高启死于非命是由诸多原因所致，其主要原因是高启在诗文作品中的表达引起了朱元璋的不满，因此借由文字狱诛杀了高启。 2006 年，刘民红在论文《高启死因新探》⑦ 一文中，对高启的死因做了深入阐释。作者认为，高启是受到了魏观案的牵连，朱元璋借由魏观案排除异己，而高启对朱元璋专制统治的抨击与反抗，是其最终被腰斩的根本原因。同年，王玉媛则在论文《高启死因新论》⑧ 中，指出："明代诗人之冠冕的高启并非死于文字狱，而是死于他与张士诚政权的关系及其苏州人的身份。元末群雄割据，高启生活在张士诚统治下的苏州，与张士诚政权的关系密切，对张士诚颇多肯定。朱元璋一统天下后，对曾经依附过张士诚政权的人和苏州百姓大肆迫害，此时的高启多陵谷沧桑之感。《上梁文》

---

① 刘君若. 高启吴越出游事迹考辨 [J]. 江南大学学报，2008，7（4）：43—46.
② 刘君若. 高启吴越出游事迹考辨 [J]. 江南大学学报（人文社会科学版），2008，7（4）：43.
③ 刘君若. 高启吴越出游事迹考辨 [J]. 江南大学学报（人文社会科学版），2008，7（4）：43.
④ 刘民红. 高启吴越之游目的新论 [J]. 苏州科技学院学报（社会科学版），2007，24（1）：101—105.
⑤ 刘民红. 高启吴越之游目的新论 [J]. 苏州科技学院学报（社会科学版），2007，24（1）：101.
⑥ 吴士勇. 诗人高启死因探析 [J]. 淮阴师范学院学报（哲学社会科学版），2005，5（27）：647—653.
⑦ 刘民红. 高启死因新探 [J]. 盐城师范学院学报（人文社会科学版），2006，02，56—61.
⑧ 王玉媛. 高启死因新论 [J]. 承德职业学院学报，2006（04），61—64.

仅仅是高启被杀的导火线。"① 2021 年，闵永军、许建中发表了论文《明初征辟制度与高启之死》②，文章通过详细解析明初的征辟制度，并结合征辟制度的具体实施为切入点，探明"明初文人与洪武政权的关系经历了从最初的和睦融洽到最后剑拔弩张、血腥杀戮的历史演变过程"。③ 作者认为，高启在洪武七年（1374）被腰斩，正处在明初文人与洪武政权不同关系的转折点上，具有典型性和标志性的意义。

以上是学术界专门针对高启生平事迹进行相关研究的论文。笔者通过整理发现，学术界还有一些论文，也涉及高启的生平，但又不仅局限于生平事迹这一范围，而是将高启的生平与思想结合在一起进行研究分析。

1996 年，房锐发表的《高启生平思想研究》④ 一文，将高启的一生界定为四个阶段，分别是："少年诗人"⑤ "历经乱离之世"⑥ "入明以后"⑦ 和"惨遭腰斩"⑧。通过对高启在不同人生阶段的经历分析，清晰阐释了高启思想心态的变化历程。1998 年，李晓刚在《高启的悲剧人生与思想性格》⑨ 一文中就高启独特的人生道路及思想性格进行了初探。作者认为，明代第一诗人高启，怀才不遇，身世坎坷。高启内心有着对自由的无限向往，但却因时运不济而身陷困境，最终无法摆脱悲剧的命运。2009 年，郑克晟也就相关问题进行了论述，在《论高启与魏观：再论元末明初江南人士之境遇》⑩ 一文中，作者以《明史》的记述为依据，叙述了高启在修完《元史》之后，曾获得过破格提拔的机会，但因其不愿在新朝为官，辞官返乡。这一行为引起了朱元璋的不满，后又因其写诗"讥讽"朱元璋，再加上魏观一案，都是

---

① 王玉媛. 高启死因新论 [J]. 承德职业学院学报，2006（04），61.
② 闵永军、许建中. 明初征辟制度与高启之死 [J]. 江苏社会科学，2016（03），224—230.
③ 闵永军、许建中. 明初征辟制度与高启之死 [J]. 江苏社会科学，2016（03），230.
④ 房锐. 高启生平思想研究 [J]. 四川师范大学学报（社会科学版），1996，23（4）：64—70.
⑤ 房锐. 高启生平思想研究 [J]. 四川师范大学学报（社会科学版），1996，23（4）：64.
⑥ 房锐. 高启生平思想研究 [J]. 四川师范大学学报（社会科学版），1996，23（4）：65.
⑦ 房锐. 高启生平思想研究 [J]. 四川师范大学学报（社会科学版），1996，23（4）：67.
⑧ 房锐. 高启生平思想研究 [J]. 四川师范大学学报（社会科学版），1996，23（4）：68.
⑨ 李晓刚. 高启的悲剧人生与思想性格 [J]. 重庆师范大学学报（哲学社会科学版），1998（04）：83—86.
⑩ 郑克晟. 论高启与魏观：再论元末明初江南人士之境遇 [J]. 南开学报（哲学社会科学版），2009（04）：88—95.

造成高启最终被腰斩之悲惨结局的原因所在。

除梳理高启的生平经历之外，对高启的心态进行探究，也可以成为深入解析高启文学作品的重要依据。因此，国内许多学者也对高启诗歌的创作心态进行了研究。

2009 年，周君燕在《高启心态探微》① 一文中指出，"高启在元末明初的大部分时间都隐居于青丘江畔，强烈的个性促使诗人采取避世的态度。诗人沉浸在诗歌艺术的创作中，希望借此来摆脱外在世界的影响，表面上具有隐士的姿态。但高启的心态却又具有与以往隐士不同的特征"。② 作者揭示了高启复杂的心态表征，并深入探析了内在的根源所在。 2011 年，苗民也在《从高启的诗歌创作看其人生心态的转变》③ 的论文中，论述了高启一生经历由"追求济世"到"追求个性自由"再到"宿命论"等三个不同阶段的心态特征。 2013 年，贺雯婧发表论文《论易代文人高启的复杂心态》④。论文中，作者将高启置身于元末明初的历史背景下，通过解析高启的生平遭遇、诗文作品等，全面探究了高启在三个不同人生阶段所呈现出来的复杂心态。作者指出："他拥有丰富的内心世界，把对生活的真诚感情和深沉的思考结合起来，通过诗歌表现元末明初的文士生活；他富有豪放才情和浪漫气质，追求放达、豪侠的生活与隐居的山野情趣；他在诗歌艺术上的成就，是在拟古中创造自己的艺术风格。在吴中诗人群体里面，他处于领袖地位，影响了一代诗风，并为明代诗歌的改革鸣锣开道；而高启的拟古主张和实践，也给予以后诗歌的复古倾向撒下了种子。"⑤ 2015 年，陈翔发表了论文《高启元末明初之心态与文学思想》⑥，作者认为："元末明初时期，政治风云变幻，其时士人阶层中的许多人都抱着'旁观者心态'来对待动荡的时局。对于高启而言，拥有此种心态虽然与政治、与时局环境相关，而更主要的还是

---

① 周君燕. 高启心态探微 [J]. 牡丹江师范学院学报（哲学社会科学版），2009 年，(3)：11—14.
② 周君燕. 高启心态探微 [J]. 牡丹江师范学院学报（哲学社会科学版），2009 年，(3)：11.
③ 苗民. 从高启的诗歌创作看其人生心态的转变 [J]. 信阳师范学院学报（哲学社会科学版），2011，31 (2)：96—100.
④ 贺雯婧. 论易代文人高启的复杂心态 [J]. 青海民族研究，2013，24 (01)，156—158.
⑤ 贺雯婧. 论易代文人高启的复杂心态 [J]. 青海民族研究，2013，24 (01)，158.
⑥ 陈翔. 高启元末明初之心态与文学思想 [J]. 科学·经济·社会，2015，33 (02)，179—183.

因其孤傲清高、淡泊自守的个性所致。然而，时代变迁带来的历史沧桑感却使其并不能超然于世外。此一时期高启的文学思想具体表现为复古与专意为诗，在复古上他主张辨体、情真、趣妙，兼师诸家之长而为己所用，而他专意为诗的创作主张则与其超然自得、追求性灵的个性相合。高启将两者应用于自己的诗歌创作中，取得了非常高的成就，被后世诗论家推尊为明代诗人第一。"①

2010 年，范志新在论文《死于不作侍郎还——论悲剧诗人高启》② 中，结合高启的生平经历，探析了高启悲剧人生的原因。作者认为，"作为有明杰出的诗人，启的悲剧远不止横遭腰斩的厄运。短如流星的生命，诗人有过两次从政的机会。淮张据吴，是第一次，却因在元末群雄割据的局面中，诗人同情朝廷，不应其辟。张氏降元，诗人态度有所改变，然吴越之游，是诗人热衷用世到蛰伏待时的一大转折，这一转折决定诗人最终不能为淮张所用。明初朝廷为诗人从政提供了机会。然不次超擢，反而断送了其政治生涯，直至性命。诗人有两种思想盘踞不去：一是对朱明王朝的恐惧感，一是固有的忧患意识。故而一旦超擢不次，反使他手足无措，急切辞官，导致杀身之祸。此外，作为儒生，其疏懒、清高、虚荣，也是促使他辞官的潜在因素。其诗未能自为一大家，也应视为诗人悲剧之元素"。③

第二，对高启诗歌内容、风格及成因的研究。高启诗才颇高，其诗清新俊逸，雄健豪迈。正如《四库全书总目提要》所言："其于诗，拟汉魏似汉魏，拟六朝似六朝，拟唐似唐，拟宋似宋，凡古人所长，无不兼之。"④ 学术界关于高启诗风探析的成果也颇为丰富。

在学术专著方面，蔡茂雄于 1987 年出版了《高青丘诗研究》⑤ 一书，专门探究了高启诗歌的内容、风格等相关问题。

---

① 陈翔. 高启元末明初之心态与文学思想 [J]. 科学·经济·社会，2015，33（02），179.

② 范志新. 死于不作侍郎还——论悲剧诗人高启 [J]. 厦门教育学院学报，2010，12（03），1—6.

③ 范志新. 死于不作侍郎还——论悲剧诗人高启 [J]. 厦门教育学院学报，2010，12（03），1.

④ 永瑢等撰. 四库全书总目提要·卷一百六十九·集部·别集类二十二 [M]. 北京：中华书局，1965：1471—1472.

⑤ 蔡茂雄. 高青丘诗研究 [M]. 台北：文津出版社有限公司，1987.

1991 年，徐永端的论文《论青丘子其人其诗》① 则针对高启的诗歌风格进行了探讨。作者对高启诗歌的艺术特点做了如下归纳："清新明丽的色泽"②"和谐悠扬的韵律"③"温婉雍容的气度和俊拔超逸的精神"④。作者认为，这四个方面的结合，基本真实还原了高启的创作风貌，虽然这些特点在不同时期与不同文体中显现出一定的差异，但总体风格是一贯和匀称的。

此外，学者们也尝试着将高启的诗歌风格置入明代诗坛的大环境之下加以考察，探究高启的诗歌风格对明代诗坛产生的影响。 1999 年，汪渊之在《高启诗与"吴中四才子"诗之比较——兼论明初至明中叶吴中诗风的演变》⑤ 一文中，解析了元末明初，吴中文学曾出现过的十分兴盛的局面。剖析了以高启为首的"吴中四杰"到以唐寅、祝允明、文徵明和徐祯卿组成的"吴中四才子"的诗歌风格转变。 2004 年，刘君若在《高启与明代诗风》⑥中，将高启对明代诗风的影响总结归纳为以下三个方面，分别是："兼师众长、随事摹拟的创作途径"⑦"复归风雅、稳健沉着的创作旨趣"⑧"格调与灵性并重的诗学追求"⑨。 2008 年，曾庆雨在论文《高启与明代诗歌》⑩中，紧扣高启诗歌中所流露出的朴实与率真之情，肯定了高启在明初诗坛不可代替的旗帜性作用，也具体剖析了其简约率真之诗风所带来的影响与转变。 2021 年，杜贵晨发表了论文《一代诗宗名齐李杜——高启及其诗歌新论》⑪。在论文中，作者围绕高启的家世与身阶、人生五阶段，分别从文学创作题材广泛、擅长多种文体、诗歌的实录价值、诗歌的"反战"意识、内蕴隽永、追求自适、诗歌主真等七个方面，印证高启与李杜齐名的后世影

① 徐永端. 论青丘子其人其诗 [J]. 苏州大学学报 (哲学社会科学版)，1991，(3)：50—52.
② 徐永端. 论青丘子其人其诗 [J]. 苏州大学学报 (哲学社会科学版)，1991，(3)：52.
③ 徐永端. 论青丘子其人其诗 [J]. 苏州大学学报 (哲学社会科学版)，1991，(3)：52.
④ 徐永端. 论青丘子其人其诗 [J]. 苏州大学学报 (哲学社会科学版)，1991，(3)：52.
⑤ 汪渊之. 高启诗与"吴中四才子"诗之比较——兼论明初至明中叶吴中诗风的演变 [J]. 苏州大学学报 (哲学社会科学版)，1999，(3)：66—70.
⑥ 刘君若. 高启与明代诗风 [J]. 肇庆学院学报 (文学研究)，2004，46—50.
⑦ 刘君若. 高启与明代诗风 [J]. 肇庆学院学报 (文学研究)，2004，46.
⑧ 刘君若. 高启与明代诗风 [J]. 肇庆学院学报 (文学研究)，2004，47.
⑨ 刘君若. 高启与明代诗风 [J]. 肇庆学院学报 (文学研究)，2004，49.
⑩ 曾庆雨. 高启与明代诗歌 [J]. 云南民族大学学报 (哲学社会科学版)，2008，25 (1)：133—135.
⑪ 杜贵晨. 一代诗宗名齐李杜——高启及其诗歌新论 [J]. 河北学刊，2021，41 (04)，131—138.

响。作者指出，"高启诗歌'名齐李杜'的成就与地位，在明代和清中叶前人虽未尽公认，或较多忽略，但毕竟前有人倡为此说，后亦有呼应者。然自《四库全书总目提要》'其于诗……未能熔铸变化自为一家，故备有古人之格，而反不能名启为何格'之说出，至今鲜见有人提起高启在诗史上曾长时期有过如此盛誉，当然也不会出现相关的讨论。故考述论说其人其诗如上，以抛砖引玉焉"。[①] 作者认为《四库全书总目提要》未能客观公允地评价高启的历史地位，呼吁学术界应该给予高启更为高度的重视与真实的评价。

除发表在各种刊物上的学术论文外，有关"高启诗歌研究"这一论题，还有三篇硕士学位论文，分别是： 2001 年暨南大学李轴宇《高启诗歌研究》[②]， 2007 年厦门大学王玉媛《高启诗歌风格及其成因探析》[③]， 2009年山东师范大学郭建军《高启诗歌风格形成探因》[④]。三篇文章皆围绕高启诗歌风格进行了阐释，并透过诗歌风格这一表象，深入探讨了促成此风格形成的原因。

关于高启诗歌风格形成的众多原因，除了可考究其自身经历与时代背景这两个因素之外，高启"兼师众长"的创作追求也是其中一个必不可少的原因。

2004 年，傅懋强发表了《高启"兼师众长"说论析》[⑤] 的论文。作者通过分析高启的诗歌，得出了高启诗歌"兼师众长"的特点。作者认为"兼师众长"是高启诗歌理论的重要内容，并详尽阐释了"兼师众长"的创作追求体现出高启海纳百川、兼容并包的宏大视野，也有力地证明了高启具有较强的变通创造之功力。 2002 年，张春山的论文《高启诗歌再探——二论其诗兼师众长的艺术特色》[⑥] 则指出，"高启的诗歌风格，既有陶潜的平淡敦厚，也有李白的雄豪奔放；既有杜甫的沉郁工严，也有白居易的平易流畅；

---

① 杜贵晨. 一代诗宗名齐李杜——高启及其诗歌新论 [J]. 河北学刊，2021，41（04），138.
② 李轴宇. 高启诗歌研究 [D]. 广州：暨南大学，2001.
③ 王玉媛. 高启诗歌风格及其成因探究 [D]. 厦门：厦门大学，2007.
④ 郭建军. 高启诗歌风格形成探因 [D]. 济南：山东师范大学，2009.
⑤ 傅懋强. 高启"兼师众长"说论析 [J]. 苏州大学学报（哲学社会科学版），2004，（5）：51—54.
⑥ 张春山. 高启诗歌再探——二论其诗兼师众长的艺术特色 [J]. 运城高等专科学校学报，2002，20（6）：46—49.

另外还有韩愈的气势开阔，也有苏轼的广博丰富"①。

而具体针对高启不同类型诗文作品的研究，同样是硕果累累，研究对象更是涵盖了高启的怀古诗、乐府诗、游仙诗、梅花诗、自适诗、纪游诗、咏物诗及咏史诗等多个诗歌题材类型。

2005 年，李鸿渊和黄国花发表了《高启怀古诗初探》② 一文，作者梳理了高启一生创作的三百多首怀古诗，着重分析了其中《咏隐逸十六首》《马周见太宗图》《苏李泣别图》《二乔观兵书图》等诗歌，解读了高启怀古伤今、借题抒怀的创作构思，也阐述了诗人对时过境迁与人生无常的感慨。2006 年，洪永铿的论文《高启乐府诗简论》③ 则对高启所创作的乐府诗进行了逐一分析。论文分别从高启乐府诗的主要特征、艺术成就以及地位等三个部分进行了探讨。作者认为："高启对乐府文学传统具有清晰而完整的认识，其乐府诗在严格遵循传统的诸多要素的同时，表现出良好的修辞技巧，并善于翻奇出新。"④ 2015 年，王翠发表了论文《高启的三首乐府诗与农业文化》⑤，作者立足高启的三首乐府诗：《打麦词》《采茶词》《养蚕词》，运用跨学科对比的方法，搭建出了中国古代文学与农业文化的链接，深度分析了三首乐府诗中所体现出的农业文化。作者认为："它们用平易爽朗、清新健美的文字，描绘苏州等地的农业生产，兼及生态环境与农村生活情状，从较高的层面上契合传统农业文化真美兼具、华实相映的精神特质。"⑥

2002 年，刘民红在《高启游仙诗初探》⑦ 一文中，就高启的游仙诗进行了解析。论文主要探讨了高启游仙诗的创作动机与表现内容。在谈及高启的创作动因时，作者认为主要体现在以下三个方面："渴望打破时间的限制，

---

① 张春山. 高启诗歌再探——二论其诗兼师众长的艺术特色 [J]. 运城高等专科学校学报，2002，20 (6)：46.

② 李鸿渊、黄国花. 高启怀古诗初探 [J]. 船山学刊，2005，(2)：135－138.

③ 洪永铿. 高启乐府诗简论 [J]. 浙江社会科学，2006，(4)：181－185.

④ 洪永铿. 高启乐府诗简论 [J]. 浙江社会科学，2006，(4)：181.

⑤ 王翠. 高启的三首乐府诗与农业文化 [J]. 农业考古，2015 (03)：321－327.

⑥ 王翠. 高启的三首乐府诗与农业文化 [J]. 农业考古，2015 (03)：321.

⑦ 刘民红. 高启游仙诗初探 [J]. 盐城师范学院学报（人文社会科学版），2002，22 (3)：43－47.

追求长生不老"①;"渴望挣脱空间的束缚,追求生命安全"② 和"渴望摆脱人世的困扰,寻觅精神知音"③。同时,作者还指出,高启创作的游仙诗对前人游仙诗只限于"个人写心"这一狭隘范围是有所创新与突破的。高启扩充了游仙诗的主题内容,并且增加了思想深度。

2003 年,纪映云在《论高启梅花诗的精神意蕴》④ 一文中,从探讨梅花作为中国人心中的一个特殊符号起笔,梳理了不同朝代咏梅诗的发展脉络,进而具体探讨了高启笔下咏梅诗的特点,作者认为"梅花"是高启自我心象的绝好写照。 2010 年,于红慧的论文《论高启的咏梅诗》⑤ 则从中国第一部诗歌总集《诗经》开始整理,到第一位赋予梅花诗意的南朝诗人陆凯,到唐代诗人借咏梅以抒怀,再到宋代文人爱梅的风气达到高潮,直至元末明初诗人高启的咏梅诗,充分肯定了高启对咏梅诗传统的继承,并探究了高启对咏梅诗的创新之所在。作者认为:"高启将自己的人生经历与心态变化融入梅花形象,突破传统的束缚,赋予梅花崭新的情感内涵,具体表现为孤高中的激愤之情、乱离惊惧之感和故友挚交之情。"⑥ 2014 年,陈卓、郭莹莹发表了论文《论高启梅花诗的情感意涵》⑦,认为:"在他众多的优秀作品中,梅花诗自成一格,在他笔下,梅花甚至能够与诗人交流,互诉衷肠。总之,高启在中国梅花诗的历史长河中留下了浓墨重彩的一笔,为后世梅花诗的创作拓展了广阔的空间。"⑧

2002 年,司马周发表了论文《"月明归梦逐成迷"——高启笔下的诗梦意象及发生原因》⑨。论文对高启涉及"梦"意向的诗歌做了具体的数量统计,整理出高启共有一百六十首诗文涉及"梦"语。作者进一步对这些诗的

① 刘民红. 高启游仙诗初探 [J]. 盐城师范学院学报 (人文社会科学版),2002,22 (3):43.
② 刘民红. 高启游仙诗初探 [J]. 盐城师范学院学报 (人文社会科学版),2002,22 (3):44.
③ 刘民红. 高启游仙诗初探 [J]. 盐城师范学院学报 (人文社会科学版),2002,22 (3):46.
④ 纪映云. 论高启梅花诗的精神意蕴 [J]. 内蒙古社会科学 (汉文版),2003,24 (4):78—81.
⑤ 于红慧. 论高启的咏梅诗 [J]. 厦门教育学院学报,2010,12 (4):15—20.
⑥ 于红慧. 论高启的咏梅诗 [J]. 厦门教育学院学报,2010,12 (4):15.
⑦ 陈卓、郭莹莹. 论高启梅花诗的情感意涵 [J]. 云南社会主义学院学报,2014 (02),462.
⑧ 陈卓、郭莹莹. 论高启梅花诗的情感意涵 [J]. 云南社会主义学院学报,2014 (02),462.
⑨ 司马周. "月明归梦遂成迷"——高启笔下的诗梦意象及发生原因 [J]. 陕西广播电视大学学报,2002,4 (2):48—51.

"梦"意象进行了分析，作者认为这些"梦"意象都是高启内心情感与心态变化的寄托之物，高启借由这些"梦"意象巧妙地抒发了真实的感悟与性情。

2001 年，房锐发表了《高启吴越纪游诗简论》① 一文。通过对高启十五首吴越纪游诗的分析，梳理了其主题内容，并进行了相关的分类："描写处于战乱中的城镇、村落萧条荒凉的景象，抒发乱世漂泊的羁旅愁情"② "怀贤吊古之作"③ 以及"对旅途中所见奇观的描写"④。作者通过对诗歌内容的解析，深入内容的表象，探究了高启所要表达的真正寓意。作者认为，吴越纪游诗是高启感时伤事与忧民情愫的深刻体现，高启有关自我得失与国家兴衰的思量，是对杜甫忧国忧民之情怀的继承，具有较高的历史价值和认识价值。

2020 年，李婷发表论文《讽刺明太祖的"威武不及仁"——〈姑苏杂咏〉 的隐喻性主题新探》⑤，文中针对历代学者对《姑苏杂咏》主题解读未能达成高度统一的现象，结合创作背景，创新探索了《姑苏杂咏》的主题意义。作者认为，"从组诗创作的现实背景看，明太祖的'威武'政策与前元和张吴的'宽疏'形成对比，而解读组诗的内容可发现，高启将姑苏定位为平和人情与雄厚物性之地，反映出与明太祖不同的苏州定位，讽刺明太祖的苏州政策，他褒贬历代吴王们的德行，颂扬理想君主的仁政，暗谏明太祖苏州政策'威武不及仁'，多方面论证了组诗存在隐喻性主题，即讽谏明太祖的'威武不及仁'"。⑥ 2021 年，李明发表论文《地方认同与文学传统：论高启的苏州书写》⑦，论文中以高启《姑苏杂咏》等诗歌作为分析对象，探

---

① 房锐. 高启吴越纪游诗简论 [J]. 川北教育学院学报，2001，11 (3)：15－17.
② 房锐. 高启吴越纪游诗简论 [J]. 川北教育学院学报，2001，11 (3)：15.
③ 房锐. 高启吴越纪游诗简论 [J]. 川北教育学院学报，2001，11 (3)：16.
④ 房锐. 高启吴越纪游诗简论 [J]. 川北教育学院学报，2001，11 (3)：16.
⑤ 李婷. 讽刺明太祖的"威武不及仁"——《姑苏杂咏》的隐喻性主题新探 [J]. 忻州师范学院学报，2020，36 (04)，15－20、25.
⑥ 李婷. 讽刺明太祖的"威武不及仁"——《姑苏杂咏》的隐喻性主题新探 [J]. 忻州师范学院学报，2020，36 (04)，15.
⑦ 李明. 地方认同与文学传统：论高启的苏州书写 [J]. 苏州大学学报（哲学社会科学版），2021，42 (06)，140－148.

析了高启在文学创作中描写苏州的方式与角度。论文主要围绕两个方面进行了探讨："第一个方面是高启书写苏州的方式：宋元以来士人的地方化造成了文学地方化的现象，高启包括《姑苏杂咏》在内的大量苏州风土诗就是这一新变的体现。而文学地方化又导致'文学地志化'，就《姑苏杂咏》来说，不仅表现在题材上，而且在编写体例、注释方式等形式层面都可以看到地方志编写模式的明显影响。本文讨论的第二个方面是以苏州为中心的吴中文学、文化传统如何影响高启诗的写作。士人地方化和文学地方化加强了士人对地方的认同，也加强了其对地方文学传统的认同。吴中文学独特的风物、音律，甚至诗论，都在高启这里有所表现。当然，在吴中文学传统影响高启诗的同时，高启和他的诗也成为吴中文学和文化传统的一部分。"①

　　江欢在其硕士论文《高启咏史诗研究》② 中，系统梳理了高启咏史诗的内容和价值。作者认为，高启是一位兼具文学创作与历史意识的诗人，通过系统、翔实整理高启短暂三十八年生涯中创作的一百五十三首咏史诗，并围绕高启的生平经历、高启的历史观、创作背景、诗歌创作风格对咏史诗进行了详细地分析与解读。作者认为，"高启的咏史诗具有丰富深厚的思想内涵和高超独特的艺术魅力，染上了鲜明的个人色彩。高启历经了元末天下大乱的动荡年代，见证了张士诚政权的兴盛与灭亡，面临过朱元璋的高压恐怖统治，这些全都在他的咏史诗中得到了反映"。③

　　此外，还有不少学者将高启其人其作与其他文学家作了对比研究。2002 年，傅歜强则在论文《高启与杨维桢无交往原因探析》④ 中，分析指出"高启生活的元末明初，杨维桢在东南诗坛地位崇高，许多人以结识他或得其赏识为荣。但高启却与他没有交往，原因是他们在诗学主张和生活态度上有巨大差异"。⑤ 2006 年，洪永铿发表了论文《刘基"讽谕诗"初探——兼

　　① 李明. 地方认同与文学传统：论高启的苏州书写 [J]. 苏州大学学报（哲学社会科学版），2021，42（06），140.
　　② 江欢. 高启咏史诗研究 [D]. 南昌：华东交通大学，2021.
　　③ 江欢. 高启咏史诗研究 [D]. 南昌：华东交通大学，2021，55.
　　④ 傅歜强. 高启与杨维桢无交往原因探析 [J]. 苏州大学学报，2002（04），54—57.
　　⑤ 傅歜强. 高启与杨维桢无交往原因探析 [J]. 苏州大学学报，2002（04），54.

与高启"自适诗"比较》①，作者将高启与刘基进行了比较，认为高启的
"自适诗"与刘基的"讽喻诗"有着截然不同的风格特征，并解析了高启创
作自适诗的动因所在：高启身逢乱世，难有所作为，因此"寄忧愤于诗，以
此自适"。② 刘民红也于2009年发表了论文《论元末明初的文学思潮——兼
论高启与杨维桢之间的关系》③，该文主要阐释了高启与杨维桢的差异性，
作者指出："这表明在元末明初东南文坛上，其实存在两股文学思潮：以杨
维桢为代表的肯定个体意志、张扬生命欲望的文学思潮和以高启为代表的回
归道统的文学复古思潮。这两股思潮分别开启了明代中后叶文学领域的复古
运动和个性解放运动。"④ 2022年，晏选军、韩旭则在论文《元明易代之际
杨维桢与高启的差异性评价考述》⑤ 中指出，与杨维桢入明前后得到了肯定
与批评两种声音不同，高启因其文风格调高雅，则是受到了诸多文人的认
同。作者认为"二人遭遇的这种差异性评价，与元明之际文学思想由追求个
体自适走向强调平和典雅，地域文人群体中吴中诗派与浙东诗派的消长，以
及作家个人诗学观的差异，均有着直接的关联"。⑥

第三，高启的词文研究。相对于诗歌而言，高启的词文作品虽数量上不
算广博，但也颇具特色，同样引起了学界的关注。

1998年，孙家政发表了论文《论刘基和高启的词创作》⑦。论文以刘基
与高启的词为例，通过对具体的文本材料进行分析，宣告刘基、高启的词在
明初词坛独树一帜的地位和影响。作者认为高启的词体现出了"赋情独深、
间有寄托"⑧ 的鲜明特点。 2001年，张春山和张淑婷发表的论文《论高启

---

① 洪永铿. 刘基"讽谕诗"初探——兼与高启"自适诗"比较 [J]. 中国文学研究，2006，(3)：52—55.
② 洪永铿. 刘基"讽谕诗"初探——兼与高启"自适诗"比较 [J]. 中国文学研究，2006，(3)：54.
③ 刘民红. 论元末明初的文学思潮——兼论高启与杨维桢之间的关系 [J]. 盐城师范学院学报（人文社会科学版），2009，29（01），47—50.
④ 刘民红. 论元末明初的文学思潮——兼论高启与杨维桢之间的关系 [J]. 盐城师范学院学报（人文社会科学版），2009，29（01），50.
⑤ 晏选军、韩旭. 元明易代之际杨维桢与高启的差异性评价考述 [J]. 浙江学刊，2022（03），195—204.
⑥ 晏选军、韩旭. 元明易代之际杨维桢与高启的差异性评价考述 [J]. 浙江学刊，2022（03），195.
⑦ 孙家政. 论刘基和高启的词创作 [J]. 南京师大学报（社会科学版），1998，2：106—109.
⑧ 孙家政. 论刘基和高启的词创作 [J]. 南京师大学报（社会科学版），1998，2：107.

的词》①，也从高启的言情词、咏物词、别离词、词中的妇女形象、闲适词等五个方面对高启的词进行了解析。作者认为高启之词犹如其诗，通畅流利，一气呵成，"特别是结尾徒转，有千钧之力，给人耳目一新的感觉，也耐人寻味"。② 2013 年，李佳慧在《高启词的创作态度分析》③ 一文中，以高启的《扣舷集》为分析对象，立体、深入地分析了高启在词作创作中持有的主张与态度。作者认为，"他的词兼师众长，既学苏辛，也学柳李，但风格雄浑豪放，即使婉约词中也透着豪放之气。他的词犹如其诗，通畅流利，如一气呵成。特别是结尾徒转，有千钧之力，给人耳目一新的感觉，也很耐人寻味。高启用其信手写来、不刻意追求的创作态度奠定了《扣舷集》在明代词史上的地位"。④

第四，高启的诗歌理论研究。高启的诗歌理论虽不及王世贞、李贽等人的文学理论影响之深远，但从高启独特的诗歌风格来看，其诗歌理论的指导意义也不容小觑。

2001 年，刘君若发表的论文《高启的"自适"诗论和他的诗歌创作》⑤探讨了明初诗人高启论诗讲求自适的心理期待。高启将自适心态用于诗歌创作的体现有三，分别是："对闲趣的咏叹、讴歌，对人生的深沉思索"⑥"在抒发感情时加以理智的约束"⑦ "安静而绵长的意象'雨'的选择"⑧。2010 年，佘登保发表的文章《论高启诗歌的艺术风貌》⑨ 以具体作品为蓝本，逐一进行深入剖析，借以阐明高启诗歌创作所追求的"诗歌三要素"——格、意、趣，（"格"是指创作应该重视诗歌的体制，"意"是指要以情写诗，"趣"是指要超凡有趣，"意""趣"都是高启在创作时高度遵循忠

---

① 张春山、张淑婷. 论高启的词 [J]. 运城高等专科学校学报，2001，19（1）：28—32.
② 张春山、张淑婷. 论高启的词 [J]. 运城高等专科学校学报，2001，19（1）：32.
③ 李佳慧. 高启词的创作态度分析 [J]. 现代语文（学术综合版），2013（12），23—24.
④ 李佳慧. 高启词的创作态度分析 [J]. 现代语文（学术综合版），2013（12），24.
⑤ 刘君若. 高启的"自适"诗论和他的诗歌创作 [J]. 肇庆学院学报，2001，22（3）：39—42.
⑥ 刘君若. 高启的"自适"诗论和他的诗歌创作 [J]. 肇庆学院学报，2001，22（3）：39.
⑦ 刘君若. 高启的"自适"诗论和他的诗歌创作 [J]. 肇庆学院学报，2001，22（3）：39.
⑧ 刘君若. 高启的"自适"诗论和他的诗歌创作 [J]. 肇庆学院学报，2001，22（3）：39.
⑨ 佘登保. 论高启诗歌的艺术风貌 [J]. 内江师范学院学报，2010，25（9）：45—48.

于自我原则的体现，强调文学创作应该真实抒发性灵。）并指出在这一主张的指导下，"他的诗歌具有鲜明的现实性，诗歌风格从沉郁走向了奇丽。而在体裁方面，高启的诗歌则表现出对前人的继承"①。2011年，周海涛在论文《高启的心态变化与诗学思想变迁》②一文中，结合高启的生平经历，分析了高启在不同人生阶段，其诗歌创作也随之有不同的主张与实践。作者指出，"高启一生主要分为三个阶段：出仕张吴时期、明初为官时期、退隐时期。出仕张吴时期，高启的心态以闲适为主，其诗歌创作带有明显的山林气息。明初为官时期，高启的心态以畏祸为主，他一方面向文坛的主旋律靠拢，有不少台阁之作，另一方面又用大量私人化作品表达自己的压抑与哀怨。退隐以后，高启的心态以颓废为主，既无法写出较好的台阁作品，也无法像元末那样写出较好的山林之作，最终导致了山林与台阁的双重失落"。③2012年，刘春景在论文《浅论高启诗歌的思想演变》④中，结合高启具体的诗文作品，并将其置于元末明初的政治环境，深度分析了高启诗歌的思想演变。作者指出，"高启深受儒家思想影响，希望为国效力，做出贡献，然而由于其所处的特定时代，他的身上浓缩了典型的身处乱世的知识分子尴尬的生存状态。在元末时期，高启虽有报国之心而无用武之地，在《缶鸣集》中，直接或婉曲地表示出对国家前途的焦虑与忧愁，然而报国无门，壮志难酬，他只有在思想在超越社会的羁绊束缚，寻求一种平静闲适的自在生活。元明的易代导致了他人生轨迹的变化，人生态度和生活方式随之改变"。⑤2020年，刘召明在论文《高启诗学理论发覆》⑥中，将高启的史学理论框架概括为"一总三分"。其中，"一总"是指高启在诗歌创作中始终追求"全"与"至"——"全"即"求全"，指在创作中追求完整地表现描摹

---

① 余登保. 论高启诗歌的艺术风貌 [J]. 内江师范学院学报, 2010, 25 (9): 45.
② 周海涛. 高启的心态变化与诗学思想变迁 [J]. 西南交通大学学报（社会科学版）, 2012, 13 (02), 33-37、134.
③ 周海涛. 高启的心态变化与诗学思想变迁 [J]. 西南交通大学学报（社会科学版）, 2012, 13 (02), 33.
④ 刘春景. 浅论高启诗歌的思想演变 [J]. 剑南文学（经典教苑）, 2012 (03), 105.
⑤ 刘春景. 浅论高启诗歌的思想演变 [J]. 剑南文学（经典教苑）, 2012 (03), 105.
⑥ 刘召明. 高启诗学理论发覆 [J]. 文艺理论研究, 2020, 41 (05), 93-108.

事物的全貌，完整地表达作者的真实心情。"至"即"求至"，是指高启认为在文学创作时，应该"三分"：第一分指的是——"诗之要"，高启提倡诗歌写作时要注重"格""意""趣"；第二分指的是——"诗之次"，强调诗歌创作要遵循"声"韵和谐，"言"意明晰；第三分指的是——"诗之补"，高启基于其缜密的历史意识，尤为重视诗歌的"可考"功用。作者指出，"从历史的角度看，高启生活于元末明初，属于过渡性的人物；从文学史的角度看，他也是一个过渡性的人物。他的过渡性表现在：在时代交替、诗道不彰的背景下，承继严羽诗学理论，振衰起敝，引导诗歌向正确的方向发展，同时开启有明一代文运，影响了后世诗学理论的演变轨迹，成为元明诗歌发展史上的重要存在"。①

第五，高启诗集的编撰与出版研究。近年来，也有学者从文献学的角度对高启的文学作品展开了研究。

杨芬于 2012 年发表了论文《〈青邱高季迪先生诗集〉版本辨析——古籍中版印差异现象例举》②。该文以北京大学图书馆藏的《青邱高季迪先生诗集》一书为例，考订此书的版印渊源，辨析不同版印各自的版本特征。刘君若在论文《高启诗歌辨伪札记》③ 中，就《停君白玉卮》（《缶鸣集》卷三）、《慰徐参军丧子》（《缶鸣集》卷十二）、《悼顾宜人》（《高太史大全集》卷十二）、《题妓像》（《高太史大全集》卷十八）不见秋娘、《次韵包同知客怀》（《槎轩集》卷三）、《次紫城韵寄西梦道人》（《高青丘诗集注·遗诗》）、《寄山庭老人兼紫城山人》（同上）、《病驼行》（《高青丘诗集注》卷二）等八首作品，质疑是否为高启所作。 2022 年，高虹飞在《高启："明代第一诗人"与出版》④ 一文中，从出版学角度，对高启诗集在洪武、建文、永乐等不同时期的出版情况、出版特点进行解析，探究了出版学与中国古代

---

① 刘召明. 高启诗学理论发覆 [J]. 文艺理论研究，2020，41（05），100.
② 杨芬.《青邱高季迪先生诗集》版本辨析——古籍中版印差异现象例举 [J]. 图书与情报，2012（02），141−146.
③ 刘君若. 高启诗歌辨伪札记 [J]. 厦门教育学院学报，2010，12（03）.
④ 高虹飞. 高启："明代第一诗人"与出版 [J]. 大学生，2022（08），80−81.

文学的关系。 2023年，刘桐在论文《高启诗集编纂特点及版本价值述略》[①]中，分析了高启诗集的撰写特点，并梳理了《高青丘集》的流传版本，较为详细地还原了高启诗集的历史原貌。

第六，高启其人其文的后世传播与接受研究。 近年来，也有学者开始用接受美学的观点，研究高启的诗词文作品在后世的流传情况。 2013年，何宗美发表论文《高启三辨——以〈四库全书总目〉高启诗文提要为中心》[②]。该文针对四库馆臣提出的 "'行世太早，预折太速'为由作出'未能熔铸变化，自为一家'、'反不能名启为何格'的结论"，[③] 提出 "这是让高启英年早逝反倒成为贬低高启诗歌创作地位和成就的藉口"。作者还直面四库馆臣提出的 "天限" 一说，认为这一说法也站不住脚，属于一厢情愿的主观臆断。 2022年，晏选军、韩旭发表了论文《纠缠的经典化评价历程：高启诗歌评论的传播与接受》[④]，文中阐释了历代评论者对高启持有的不同态度。一方面，认为高启是明初文人的代表，代表着明代文学的最高水平；另一方面，则认为高启英年早逝，未能在文学创作上有所突破。作者认为，历代评论家的不同态度，关乎着是否能够客观评价高启在中国文学史上的地位和影响。 2013年，林新萍发表论文《高启诗歌研究——以沈德潜对高启诗歌批评为视角》[⑤]，作者以沈德潜对高启诗歌批评为视角，针对沈德潜曾对高启诗歌做出了 "蹊径未化" "未能直追大雅" 等评价，认为 "沈德潜作为诗论家，自有其评价'大雅'的标准，但其'大雅'标准过于狭隘，不能正确评价高启诗歌。其实，高启诗歌拥有秀逸的辞句、清新的音韵，齐全的体

① 刘桐. 高启诗集编纂特点及版本价值述略 [J]. 四川图书馆学报，2023，(01)，95－100.

② 何宗美. 高启三辨——以《四库全书总目》高启诗文提要为中心 [J]. 中国文学研究（辑刊），2013 (02)，51－63.

③ 何宗美. 高启三辨——以《四库全书总目》高启诗文提要为中心 [J]. 中国文学研究（辑刊），2013 (02)，63.

④ 晏选军、韩旭. 纠缠的经典化评价历程：高启诗歌评论的传播与接受 [J]. 中南大学学报（社会科学版），2022，28 (04)，162－170.

⑤ 林新萍. 高启诗歌研究——以沈德潜对高启诗歌批评为视角 [J]. 怀化学院学报，2014，33 (03)，80－82.

例和洒脱的气度，而这些方面的特色符合更广泛意义上的'大雅之作'的要求"。① 2021 年，李子璇发表论文《论〈明三十家诗选〉选评高启诗歌》②，作者以清代汪端所辑的《明三十家诗选》为依据，评述了清人眼中的高启其人其诗。作者认为："其选录强调诗歌创作之清真、学古而化，选评诗人诗作时重视人品与诗品、诗论与诗歌创作实践相结合，将高启诗歌推为第一之原因也正在于此。选本对高启诗歌的极大肯定，也是对明代以来诗坛中标榜前七子、倡'诗必盛唐'风气的有意反拨，在一定程度上也影响到此后对高启诗歌价值和明代诗史的构建和认知。"③ 2021 年，李佳佳发表了论文《论王夫之〈明诗评选〉评高启诗歌》④。作者认为，"王夫之在《明诗评选》中盛赞高启、刘基等个体诗人，却对明代相对著名的文学流派的诗歌不以为然。王夫之认为高启的乐府起八百余年之衰，并大赞高启是真诗人、真才子。高启的一些五言律诗虽然被王夫之奉为神品，但他的世传名句却又被王夫之认为是'恶诗'。因受自己诗学理论所限，王夫之对高启诗歌及高启本人的评价难免偏颇，他极力推崇的那些高启的诗歌，有些是当不起如此盛赞的"。⑤

第七，高启对他人的接受研究。高启的文学创作兼采众家之长，除本书中研究的论题，即高启对李白的接受外，还有学者从接受美学的角度，探究高启对前人的接受。白宪娟所撰写的论文《高启的〈庄子〉接受研究》⑥，主要从高启对庄子的精神接受及高启诗歌对《庄子》的接受，探究了高启对庄子的接受。作者认为，"他在思想上认可，并在行为上实践了《庄子》关注个体生命、珍视生命价值、安命平和、追求精神自由的思想；在创作上，山水、游仙题材的诗作和清丽自然的诗风，是高启在庄子思想参与下形成的审美趣味，艺术地体现了高启对《庄子》的接受；而艺术化的人

---

① 林新萍. 高启诗歌研究——以沈德潜对高启诗歌批评为视角 [J]. 怀化学院学报，2014，33（03），80.
② 李子璇. 论《明三十家诗选》选评高启诗歌 [J]. 新纪实，2021（30），71-73.
③ 李子璇. 论《明三十家诗选》选评高启诗歌 [J]. 新纪实，2021（30），71.
④ 李佳佳. 论王夫之《明诗评选》评高启诗歌 [J]. 衡阳师范学院学报，2021，42（05），25-30.
⑤ 李佳佳. 论王夫之《明诗评选》评高启诗歌 [J]. 衡阳师范学院学报，2021，42（05），25.
⑥ 白宪娟. 高启的《庄子》接受研究 [J]. 南京师大学报（社会科学版），2012（06），128-133.

生模式，则是高启在思想、行为、个性、创作等方面对《庄子》接受的深度、综合呈现，也是高启精神上切近庄子精髓的反映"。①

综上所述，学界20世纪以来的高启研究，涉及了高启的生平、思想、诗歌、词文、理论等诸多方面，为我们还原了一个较为立体而丰满的高启形象。

但是目前为止，还鲜有学者将高启与李白结合在一起进行专题研究。因此，在汲取前人已有的研究成果的基础上，笔者认为还可以从高启对李白的接受这一方向找寻一个突破点，更为深入、更为具体地探析高启与李白的文学成就与创作特色，回顾两位诗人在古代文学发展的特定时期所产生的巨大影响。这有助于我们更好地把握高启作为明初具有开创性意义之诗人的创作思路，且能够更加真切地还原高启的创作心态，以便更深刻地解读高启的诗文作品。同时，这也将有助于全面地把握李白及其诗歌在后世的传播与流变。基于此，本书选择了"高启对李白的接受研究"作为研究课题。

第三节　研究目的及意义

明初文坛对李白的推崇之风，为高启实现对李白的继承和接受，提供了环境背景。高启身处元明交替之际，他和明初诗人群体一样，极度渴望解放天性，追求用文字更为自由自我的表达，抒发对人生畅达的理解。本书主要从下三个方面论述高启对李白的接受现象。

第一，高启在涉及李白的诗文作品中所表现出来的情感倾向。高启作为明初诗坛的开拓者，转益多师，诸体并工。高启创作了许多与"诗仙"李白相关的诗歌作品。本书将以诗歌文本为具体的分析对象，从高启笔下的李白形象、高启以"谪仙人"自比、高启与李白相似的人生符号等方面来解析高启对李白的情感态度，探究高启对李白人格的接受，并分析其原因所在。

---

① 白宪娟. 高启的《庄子》接受研究 [J]. 南京师大学报（社会科学版），2012（06），128.

　　第二，根据高启在具体的创作实践中所展现出的李白接受，进一步解读李白的诗文特色对高启文学创作的影响之所在。 高启流传于后世的作品多达两千余首，李白流传于世的诗作也有近千首，本书将以高李二人的具体诗文作品为研究底本，结合历代诗评家给予二者的相关评论，探究高启与李白的"师承"关系，以此具体解析高启对李白诗格的接受。具体而言，本书将着重围绕四个方面展开论述：其一，探析高启对李白诗歌题材和立意的借用与模拟；其二，高启对李白诗歌风格的接受；其三，高启对李白诗歌艺术构思的模仿；其四，探析高启在具体作品中对李白诗句的化用、借用与仿写等情况。

　　第三，探析高启对李白接受的具体原因。 高启对李白接受的原因是多方面的，既包括高启本人对李白文学风格的深厚热爱与推崇，也包括李、高二人人生经历的相似，以及所处时代的影响。

第四节　采用的研究方法

　　本书在继承前人对高启、李白研究成果的基础上，立足于高启、李白创作的具体文本，以接受美学为指导，采取文献研究、跨学科研究相结合的方式，探析高启对李白人格、诗格的肯定与接受。具体采用的研究方法如下：

　　（1）文献研究法

　　本书文献研究法的运用，主要体现在通过分析已有的研究成果和文献资料，获取相关信息。具体而言，一是大量收集高启、李白的存世诗文作品及历代诗文评对二者的客观评述；二是对前人研究的诸多成果加以研读，引文及所引用文献皆会详细注明原文出处。

　　（2）跨学科研究法

　　跨学科研究法的运用，是借助接受美学的主要观点和研究方法，打破其与中国古代文学之间的障碍与壁垒，以对具体文本的深度分析为基础，采用接受美学的相关理论、方法，综合研究高启对李白的接受现象。

（3）统计法

在开展中国古代文学研究过程中，通过加以量化的方式，更为直观地呈现研究结果。本书的统计法用以统计高启在具体作品中对李白诗句的化用、借用与仿写等方面的数量，并结合数据加以分析。

（4）比较法

比较，能够从对比中找到研究对象或现象的相同性与差异性，于对比中探究普遍规律及特殊本质。本书比较法的运用主要体现在两方面，一是将高启的生平经历与李白的生平经历进行比较，二是将高启的文学作品与李白的文学作品进行比较。

（5）调查法

本书运用调查法，从历史史料记载中就高启和李白的生平经历、文学创作进行深入的调查研究。

第二章

高启对李白人格的接受

高启作为"明代第一诗人"，以博学工诗的聪明才智与兼学众家的创作追求，卓立于元明易代之际。其诗一改元末诗坛绮靡缛丽之诗风，展现出超凡脱俗之意趣。正如明代诗人李东阳在《怀麓堂诗话》中所言："国初称高、杨、张、徐。高季迪才力声调过三人远甚，百余年来，亦未见卓然有以过之者，但未见其止耳。"① 李东阳认为，有明一代，四位诗人屹立明初诗坛：高启、杨基、张羽、徐贲，而高启的才华远在其他三人之上，一百多年过去了，未有人能超越。

通观高启其人其作，其实能够发现高启的个性与李白有颇多相似之处，其诗风亦相类，故清人赵翼评价道："李青莲诗，从未有能学之者，惟青邱与之相上下，不惟形似，而且神似。"② 赵翼给了高启极高的评价与认可，他认为，诗仙李白的诗歌，自唐以后并未有文学家能够真正学习到他的创作精髓，唯有明代的高启可以与李白比肩论上下高低，不仅仅是在文学创作的样式呈现出高度的相似性，而且在文学作品中营造的意象意境，传递的感情色彩，都颇有李白之风。

---

① 李东阳著. 怀麓堂诗话校释［M］. 李庆立校. 北京：人民文学出版社，2009：94.
② 赵翼著. 瓯北诗话：高青邱诗［M］. 霍松林、胡主佑校点. 北京：人民文学出版社，1981：124.

第一节 高启笔下的李白形象

李白以"高吟大醉三千首,留著人间伴月明"① 的落拓不羁,形象地演绎了诗歌中的浪漫主义;以"笔落惊风雨,诗成泣鬼神"② 的卓尔不群,成为盛唐诗歌黄金时代的开创性人物之一。李白之"狂",众人皆知。"醉舞狂歌""飞扬跋扈"都是"诗仙"极具个性色彩的人物标识。李白的好友"诗圣"杜甫就曾在《赠李白》一诗中用"痛饮狂歌空度日,飞扬跋扈为谁雄"③ 来描摹李白的个性。在杜甫的诗歌中,诗仙李白的日常形象得到了一定程度的还原。杜甫见到李白终日与酒为伴的样子,不禁发问:像您如此狂放不羁、洒脱恣意的人,又为了谁逞强呢?这时的李白遭遇了赐金放还,但他依然豪放洒脱,将自己的政治失意通通寄于酒中,整日以酒度日,好友杜甫见此情景也不得不感叹道,李白才华横溢,但终究无法得到统治者的赏识。

高启作为明代诗坛的开创者之一,在诗文创作中从未掩饰对李白人格的推崇,其笔下的李白形象兼具狂放不羁的任性与旷达宏放的随性,相得益彰。

在高启的诗作《凤台二逸图》(并序)中,高启传神地刻画了才高不遇的李白形象:

> 元集贤院待制冯海粟公,自号瀛洲客,尝被斥,游金陵凤凰台,作诗吊李谪仙,好事者为作凤凰台游图。近有诗示求题,赋此塞之。

谪仙昔作供奉臣,诗语不合妃子嗔。銮坡无地容侍直,锦袍来醉金陵春。金陵台高凤凰去,西望长安竟何处?江声空打石城潮,山色犹横历阳树。骑鲸一去五百秋,花草满径埋春愁。瀛洲老客绿玉杖,笑领宾客还来游。才气风流颇同调,曾入金门待明

---

① 郑谷著. 郑谷诗集笺注·读李白集 [M]. 上海:上海古籍出版社,2009:258-259.
② 杜甫著. 杜诗详注·寄李十二白二十韵 [M]. 仇兆鳌注. 北京:中华书局,1979:661.
③ 杜甫. 杜诗详注·赠李白 [M]. 仇兆鳌注. 北京:中华书局,1979:42.

诏。当年流落不自悲，却问前人欲相吊。可怜二子遭清时，放逐江海空题诗。赖有高名足难朽，何用粉墨他年垂。夕阳栏槛登临后，谁复来游酹杯酒。屐痕寂寞隐苍苔，栖乌啼满台前柳。①（高启《凤台二逸图》）

从该诗的序言可知，诗歌写于高启的好友冯子振遭逢贬谪之时。冯子振邀约好友高启等人同游金陵凤凰台。高启面对眼前流淌而去的苍茫江水，不禁触目伤怀，遥想起五百多年前也同样遭遇流放的李青莲，于是借诗抒发了对好友无辜遭贬的愤懑之情。不言而喻，诗中所塑造的"李白形象"，其实也是诗人的自我写照，寄寓了诗人的身世之感。

诗歌开篇即记李白任翰林供奉之时，曾承诏作《清平调词》三章，结果被高力士趁机污蔑一事。《李翰林别集序》对此事有记载："会高力士终以脱靴为深耻，异日太真妃重吟前辞，力士曰：'始以妃子怨李白深入骨髓，何翻拳拳如是耶？'太真妃因惊曰：'何翰林学士能辱人如斯？'力士曰：'以飞燕指妃子，贱之甚矣。'太真妃颇深然之。上尝三欲命李白官，卒为宫中所捍而止。"②《唐才子传》亦记载该事："尝大醉上前，草诏，使高力士脱靴，力士耻之，摘其《清平调》中飞燕事，以激怒贵妃，帝每欲与官，妃辄沮之。"③

高启在诗中对李白无辜遭遇贬谪一事深表同情，无奈高呼："金陵台高凤凰去，西望长安竟何处？"④ 高启借诗歌慨叹起李白怀才不遇的人生，而诗歌中"金陵台高凤凰去"完全是对李白诗句"凤凰去已久"⑤ 的隔空呼应。继而高启又用"才气风流颇同调，曾入金门待明诏"⑥ 来肯定李白与好

---

① 高启著. 高青丘集·凤台二逸图（并序）［M］. 金檀辑注. 徐澄宇、沈北宗校点. 上海：上海古籍出版社，1985：402.
② 乐史述. 李翰林别集序［M］//李白著. 李太白全集. 卷三十一·附录·序［M］. 王琦注. 北京：中华书局，2008：1455－1456.
③ 傅璇琮主编. 唐才子传校笺·李白［M］. 北京：中华书局，1987：387.
④ 高启著. 高青丘集·凤台二逸图（并序）［M］. 金檀辑注. 徐澄宇、沈北宗校点. 上海：上海古籍出版社，1985：402.
⑤ 李白著. 李太白全集·金陵凤凰台置酒［M］王琦注. 北京：中华书局，2008：944.
⑥ 高启著. 高青丘集·凤台二逸图（并序）［M］. 金檀辑注. 徐澄宇、沈北宗校点. 上海：上海古籍出版社，1985：402.

友皆是才华横溢之人，讲述二人都曾受朝廷征召而入朝为官的史实。褒扬之后，诗人笔锋一转，再次对二人怀才不遇的无奈现实，深表惋惜："可怜二子遭清时，放逐江海空题诗。"① 此时好友冯子振被排斥在朝廷之外，流放江南。高启怜爱眼前的挚友，举目沧海，思绪飘飞，遥想起那位豪放不羁、旷达释然的大诗人李白，在天宝初年所经历的相似境遇。理想尚在，仕道不复，虽然内心依旧激荡着豪情壮志，可残酷的现实竟使有志之士在报国之上举步维艰。世事艰险，但内心豁达的高启却不卑不亢，掷地有声地吟咏出："赖有高名足难朽，何用粉墨他年垂？"② 诗人深信，凭借着真才实学必能留名千古，更深信好友与李白的才华一定不会埋没于尘世，更不会遗忘于后世。

高启也似乎重复了李白的人生轨迹，生不逢时，怀才不遇。相似的人生际遇，让高启更能对李白的种种遭遇感同身受。同时这也赋予了高启切身感悟李白在诗作中借以抒发各种情感的心境。高启不得意之时，曾一度闭门索居。一日深夜，诗人偶然听闻旁人诵读《蜀道难》和《偪仄行》二诗，不禁触景生情，挥笔写下怀想李白之作——《夜闻谢太史诵李杜诗》。诗人在微冷寂静的夜晚，回想起李白与杜甫两位伟大诗人的命运多舛，暗生悲悯之情。诗人欲借李白与杜甫之遭遇，一吐因仕途蹉跎而积聚于内心的郁郁寡欢：

> 前歌《蜀道难》，后歌《偪仄行》。商声激烈出破屋，林鸟夜起邻人惊。我愁寂寞正欲眠，听此起坐心茫然。高歌隔舍如相和，双泪迸落青灯前。李供奉、杜拾遗，当时流落俱堪悲。严公欲杀力士怒，白首江海长忧饥。二子高才且如此，君今与我将何为？③（高启《夜闻谢太史诵李杜诗》）

---

① 高启著. 高青丘集·凤台二逸图（并序）［M］. 金檀辑注. 徐澄宇、沈北宗校点. 上海：上海古籍出版社，1985：402.

② 高启著. 高青丘集·凤台二逸图（并序）［M］. 金檀辑注. 徐澄宇、沈北宗校点. 上海：上海古籍出版社，1985：402.

③ 高启著. 高青丘集·夜闻谢太史诵李杜诗［M］. 金檀辑注. 徐澄宇、沈北宗校点. 上海：上海古籍出版社，1985：444.

　　诗人提笔写道，邻人方才歌罢《蜀道难》，接而又吟诵起《俦仄行》。激烈清扬的歌声穿透了简陋的茅屋，深刻地抵达于诗人的内心。正值孤寂忧愁的诗人，听闻歌声，困乏的内心不禁顿生感慨，睡意全无，茫然若失之感一触即发。吟咏的歌声隔着房舍，回音缭绕，好似互相唱和。诗人的两行悲泪便不由夺眶而出，迸落于青灯之前。高启提笔而写，借诗抒怀，叹息着李供奉与杜拾遗的怀才不遇，甚是悲伤。遥想起当年杜甫曾遭严武迫害，李白也曾因惹怒高力士而身陷谗言，两位诗人直至晚年，依然漂泊四海，居无定所，忍受饥寒。高启也不由抚膺长叹，如此具有高才的两位诗人都这般时运不济，那你我等人于现世又能有何作为呢？高启在怀想唐代两位伟大诗人的命运不济之时，也倾注了诗人对自我遭遇的无奈叹息。此时，高启已经在追寻理想的仕途上几经周折，切身感受了残酷险恶的政治环境，诗人也开始意识到自己的满腔热血或许只能空流于心的苍凉，看到了兼济天下的政治理想依然遥不可及的不争事实。由元入明，易代乱离，高启的生活也颇受冲击，亲身经历了社会的动荡不安，目睹了战乱中的民不聊生。诗人对于一直以来内心所希冀的安定美好，也渐生怀疑之态。写作此诗的这一阶段，高启的生活开始归于平淡，深居简出，独身寂寞。于是李白与杜甫二人的切身遭遇，便合乎情理地在高启的内心产生极大的共鸣。

　　回望李白的一生，经历奸人的诽谤陷害，深陷怀才不遇的痛楚，始终挥之不去的是壮志难酬的无奈。但豪放的性格、旷达的气度、自适的心态，让李白在如此困境面前，依然能够气定神闲，泰然自若。这种超然宏放的个性更是让高启仰慕不已。

　　在《题谪仙像》一诗中，高启仅用寥寥数笔，便立体地还原了一个真实可感的李白形象。更在描摹人物画像的同时，表达了自己对诗仙的仰慕之情，讴歌了李白不畏权贵，敢于追寻自我的精神：

　　　妃子嗔来供奉归，金陵酒涴旧宫衣。若教直上楼船去，此像

人间写亦稀。[①]（高启《题谪仙像》）

全诗仅仅二十八字，言简意赅地回顾了李白颇为起伏的一生，诗仙洒脱自适的人生情怀也在诗中一览无余。《题谪仙像》一诗记述了李白因得罪杨玉环而被贬官的遭遇。《新唐书·李白传》对此有所记：

> 白尝侍帝，醉，使高力士脱靴。力士素贵，耻之，擿其诗以激杨贵妃，帝欲官白，妃辄沮止。白自知不为亲近所容，益骜放不自修，与知章、李适之、汝阳王李琎、崔宗之、苏晋、张旭、焦遂为"酒八仙人"。恳求还山，帝赐金放还。白浮游四方，尝乘舟与崔宗之自采石至金陵，著宫锦袍坐舟中，旁若无人。[②]（欧阳修、宋祁《新唐书·李白传》）

李白曾侍奉唐玄宗，喝醉酒了，提出让高力士为他脱靴的要求。高力士素来以高贵自居，对"脱靴"之事耿耿于怀。后来，李白为杨玉环作诗，高力士从中作梗，挑拨说李白之诗有讽刺贵妃之嫌，杨玉环听了之后，果然被激怒了。随后唐玄宗有意赐官给李白，但杨玉环却流着泪极力阻止。李白自知自己无法得到更好的机会获得玄宗的赏识，上书恳求能应允他退隐山林，唐玄宗答应了他的请求，赏赐金锦放李白归隐。后来，李白游历四方，遍布名川。一天月夜，李白乘船与好朋友崔宗之一道从采石矶前往金陵南京，李白身着唐玄宗所赏赐的宫锦袍，坐在船中，权当旁边没有他人一样。

高启用《题谪仙像》一诗记录了诗仙这段仕途失意却依旧豪放不羁的经历。高启写到，因杨玉环嗔怒，任供奉之职的李白便被赐金放还。仕途失意的李白，终日穿着旧时的宫锦袍流连于金陵的酒肆，毫不顾忌宫锦袍被污

---

① 高启著. 高青丘集·题谪仙像 [M]. 金檀辑注. 徐澄宇、沈北宗校点. 上海：上海古籍出版社，1985：814.

② 欧阳修. 宋祁撰. 新唐书·卷二百二·列传一百二十七·文艺中 [M]. 北京：中华书局，1975：5763.

染。如果此时让李白登上楼船，他如此的人物形象，人间可谓是少之又少。

这首诗歌结尾之处的"稀"字，有如神来之笔。"稀"，即稀有、稀缺、稀少之意，世间所有人、事、物，皆因"少"而贵。由此可见，高启以"稀"字收尾，精准地传达出自己对李白为人的敬仰，对李白才学的赏识，直言其为不世之才。这也以画龙点睛之笔，对题目进行了呼应。高启在为本诗题名时，就直言自己本就不是刻画一位"凡人像"，而是要描写一位降谪于人间的"仙人"，这也完全对应了李白被称作为"谪仙"的历史史实。高启通过诗句复刻李白的人生境遇，后用"稀"字来评价谪仙李白狂放不羁、恃才傲物的一生，亦能看出高启对李白此种人生态度的肯定与向往，表达了极其无限的崇敬之情。

高启对李白的仰慕之情，溢于言表。在进行诗歌创作时，也多次引"谪仙"的形象入诗。高启笔下的李白形象，大多都演绎着豪放洒脱的人物性格，诠释着真率俊逸的处世心态。在《题滕用衡所藏山水图》一诗中，高启以李白喻好友滕用衡，赞颂了好友与诗仙相仿的豪逸心态与洒脱情怀：

滕君兴在烟霞间，远游十年今始还。画图示我有层嶂，竟似何处之名山。君言我初适东越，酒船横渡镜湖月。醉咏谪仙天姥吟，海光欲曙清猿歇。瑶草春已生，便入金华行。道逢牧羊儿，疑是黄初平。从此西游楚江水，大帆如云挂空里。柂楼酾酒唤长风，一日看山一千里。不闻东林钟，但见香炉峰。波迷洞庭阔，树隔潇湘重。白沙翠壁经过好，就中几度曾幽讨。麻姑坛上扫落花，尧女祠前荐芳藻。晚客湖南逢雁回，登临长上楚王台。天从朱鸟峰头转，江自黄牛峡外来。搜奇历险今应倦，默坐旧游空数遍。时向明窗看此图，好山一一皆重见。我闻君言自叹嗟，身如处女愁离家。闭门读书无半车，髀肉渐生空鬓华。床前尘土蔽双屐，何不著之践苔石。幸逢盛世道路平，五岳寻真皆可适。便当

往抱绿绮弹松风，行尽万壑千岩中。仙书探得金匮空，归来夸君
重相逢，握手一笑吴门东。①（高启《题滕用衡所藏山水图》）

高启的好友滕用衡远游名川，十年来归。高启目睹画卷上层峦叠嶂的山
峰，听闻好友绘声绘色的描述，神思远游：好友仿效诗仙李白，东游吴越，
泛舟于镜湖之上。小船缓慢而行，好友对酒当歌，兴致勃发之际，更是高吟
起李白的《梦游天姥吟留别》一诗。人行画中，全无羁绊，纵酒为乐，清幽
淡远。将李白式的及时行乐真实地再现于画面之中。通观全诗，诗人在此诗
中所选取的"瑶草""江水""大帆""长风""香炉峰""黄牛峡""绿绮"等
意象，皆为李白笔下曾描摹过的壮阔与清丽之景。

瑶草，即瑶花仙草。李白曾写作《梁园至敬亭山见会公，谈陵阳山水兼
期同游，因有此赠》一诗，诗中写道：

我随秋风来，瑶草恐衰歇。中途寡名山，安得弄云月？渡江
如昨日，黄叶向人飞。敬亭惬素尚，弭棹流清辉。冰谷明且秀，
陵峦抱江城。粲粲吴与史，衣冠耀天京。水国饶英奇，潜光卧幽
草。会公真名僧，所在即为宝。开堂振白拂，高论横青云。雪山
扫粉壁，墨客多新文。为余话幽栖，且述陵阳美。天开白龙潭，
月映清秋水。黄山望石柱，突兀谁开张？黄鹤久不来，子安在苍
茫。东南焉可穷，山鸟飞绝处。稠叠千万峰，相连入云去。闻此
期振策，归来空闭关。相思如明月，可望不可攀。何当移白足，
早晚凌苍山。且寄一书札，令予解愁颜。②（李白《梁园至敬亭
山见会公，谈陵阳山水兼期同游，因有此赠》）

---

① 高启著. 高青丘集·题滕用衡所藏山水图 [M]. 金檀辑注. 徐澄宇、沈北宗校点. 上海：上海古籍
出版社，1985：455-457.

② 李白著. 李太白全集·梁园至敬亭山见会公，谈陵阳山水兼期同游，因有此赠 [M]. 王琦注. 北
京：中华书局，2008：620-621.

李白当时从梁园前往敬亭山，已是时入秋天。因此诗仙感叹道，我跟随秋风的到来而来，想必敬亭山的瑶花仙草都已经衰败枯萎了。而高启则在《题滕用衡所藏山水图》中写道，瑶花仙草都已经在春天开放了，此时便开启了金华之行。李白在诗歌中提到"瑶草"，描写的是秋天瑶草的状态。而高启则刻画的是春天瑶草的状态，不得不说，二者同时借用"瑶草"生长的变化状态来侧面印证季节与时间的变化，可谓是有异曲同工之妙。

高启在诗歌中提到"西游楚江水"，而"江水"也是李白笔下时常描摹的对象。李白曾在《江上赠窦长史》一诗中，写道：

> 汉求季布鲁朱家，楚逐伍胥去章华。万里南迁夜郎国，三年归及长风沙。闻道青云贵公子，锦帆游戏西江水。人疑天上坐楼船，水净霞明两重绮。相约相期何太深，棹歌摇艇月中寻。不同珠履三千客，别欲论交一片心。[1]（李白《江上赠窦长史》）

"闻道青云贵公子，锦帆游戏西江水。"[2] 李白在诗歌中说到，听闻宣城窦长史是青云直上的贵公子哥，曾经在西江水面上驾驶了一艘华丽的船舶。

高诗后面一句提到的"大帆"——"大帆如云挂空里"，描写的就是在楚江上航行的船只就像一片白云高挂在空中。而"如云的大帆"，在李白所创作的诗歌中更是比比皆是，李白将其称为"云帆"。

《同族弟金城尉叔卿烛照山水壁画歌》里，李白也写到了"云帆"：

> 高堂粉壁图蓬瀛，烛前一见沧洲清。洪波汹涌山峥嵘，皎若丹丘隔海望赤城。光中乍喜岚气灭，谓逢山阴晴后雪。
>
> 回溪碧流寂无喧，又如秦人月下窥花源。了然不觉清心魂，

① 李白著. 李太白全集·江上赠窦长史 [M]. 王琦注. 北京：中华书局，2008：580.
② 李白著. 李太白全集·江上赠窦长史 [M]. 王琦注. 北京：中华书局，2008：580.

只将叠嶂鸣秋猿。与君对此欢未歇，放歌行吟达明发。却顾海客
扬云帆，便欲因之向溟渤。① （李白《同族弟金城尉叔卿烛照山
水壁画歌》）

李白用诗歌记录了自己观赏壁画的过程和感受：在高堂白色的高墙之
上，画着一幅蓬莱、瀛洲仙山图。我举着烛台上前观望，看见隐居之地沉浸
在清逸之中，招人欲去。仙山陡峭高耸，四面水波涌起，犹如神仙所居之
处，隔着大海，可以望见赤城。山中的雾气已经消散了，一片清澈，仿佛看
到了山阴出太阳之后的雪景。青绿色的溪水回流宛转，悄然无声，就好像在
月亮的照耀下，秦人在偷看桃花源一般。观赏图画，就好像胸中释怀，听到
了秋天猿猴的鸣叫之声，穿越层层叠嶂而来。与君相对，这样的欢愉无法停
歇，内心多么想放歌高吟直到天明。"却顾海客扬云帆，便欲因之向溟渤"②
一句，诗仙提到了"云帆"，讲到回首看见画中的海客高扬云帆，便不禁产
生了入海求仙的出世之思。

在《上皇西巡南京歌十首》（其六）里，李白也提到了"云帆"这一意象：

濯锦清江万里流，云帆龙舸下扬州。北地虽夸上林苑，南京
还有散花楼。③ ［李白《上皇西巡南京歌十首》（其六）］

李白在四川成都，看到锦江之水滔滔东流，于是用文字记录到：濯锦的
清江水一直奔流万里，帝王所乘坐的舟船，挂上云帆，向东而行，直下扬
州。北方的都城长安，虽然有可以夸耀的上林苑，但在诗人心中，南京成都
也有散花楼可以与之媲美。

在李白的送别诗里，"云帆"更是多次化身为自己与友人情感的见证。

---

① 李白著. 李太白全集·同族弟金城尉叔卿烛照山水壁画歌 ［M］. 王琦注. 北京：中华书局，2008：
387－388.
② 李白著. 李太白全集·同族弟金城尉叔卿烛照山水壁画歌 ［M］. 王琦注. 北京：中华书局，2008：
388.
③ 李白著. 李太白全集·上皇西巡南京歌十首（其六）［M］. 王琦注. 北京：中华书局，2008：438.

李白在《送别》一诗中写道：

　　寻阳五溪水，沿洄直入巫山里。胜境由来人共传，君到南中
自称美。送君别有八月秋，飒飒芦花复益愁。云帆望远不相见，
日暮长江空自流。[①]（李白《送别》）

诗人在送别朋友的溪水边，看到水逆流而上一直流入巫江。于是，诗仙
慰藉着友人说，听到大家一直传颂那里怡人的风景，想必你一定会非常喜
欢。在这个金秋八月，送你远行，听到芦花被风吹动的飒飒声中，离愁别绪
更加浓郁。"云帆望远不相见，日暮长江空自流"[②]，诗仙在送别朋友时，远
眺朋友的船帆渐行渐远，只剩日暮下的长江水独自流淌。

在《送崔氏昆季之金陵》一诗中，李白又写道：

　　放歌倚东楼，行子期晓发。秋风渡江来，吹落山上月。主人
出美酒，灭烛延清光。二崔向金陵，安得不尽觞。水客弄归棹，
云帆卷轻霜。扁舟敬亭下，五两先飘扬。峡石入水花，碧流日更
长。思君无岁月，西笑阻河梁。[③]（李白《送崔氏昆季之金陵》）

这也是李白送别诗的代表作之一。"水客弄归棹，云帆卷轻霜"[④] 一
句，诗仙也提到了"云帆"这一意象。

在《送萧三十一之鲁中，兼问稚子伯禽》中，李白写道：

　　六月南风吹白沙，吴牛喘月气成霞。水国郁蒸不可处，时炎

---

① 李白著. 李太白全集·送别 [M]. 王琦注. 北京：中华书局，2008：813.
② 李白著. 李太白全集·送别 [M]. 王琦注. 北京：中华书局，2008：813.
③ 李白著. 李太白全集·送崔氏昆季之金陵 [M]. 王琦注. 北京：中华书局，2008：867.
④ 李白著. 李太白全集·送崔氏昆季之金陵 [M]. 王琦注. 北京：中华书局，2008：867.

道远无行车。夫子如何涉江路？云帆袅袅金陵去。高堂倚门望伯鱼，鲁中正是趋庭处。我家寄在沙丘傍，三年不归空断肠。君行既识伯禽子，应驾小车骑白羊。① （李白《送萧三十一之鲁中，兼问稚子伯禽》）

诗人在"夫子如何涉江路？云帆袅袅金陵去"② 一句中，也用"云帆"代指了朋友乘坐的小船。

在《送杨燕之东鲁》中，李白再一次提到了"云帆"这一意象：

关西杨伯起，汉日旧称贤。四代三公族，清风播人天。夫子华阴居，开门对玉莲。何事历衡霍，云帆今始还。君坐稍解颜，为我歌此篇。我固侯门士，谬登圣主筵。一辞金华殿，蹭蹬长江边。二子鲁门东，别来已经年。因君此中去，不觉泪如泉。③ （李白《送杨燕之东鲁》）

"长风"即大风，高诗写道"柁楼酾酒唤长风，一日看山一千里"，描述着在船上斟酒唤起了大风，船借风势，一天便可以行进一千里。

同样"长风"也是李白笔下的常见意象。例如在李白的名篇之一——《宣州谢朓楼饯别校书叔云》中，写到了"长风"：

弃我去者，昨日之日不可留；乱我心者，今日之日多烦忧。长风万里送秋雁，对此可以酣高楼。蓬莱文章建安骨，中间小谢又清发。俱怀逸兴壮思飞，欲上青天揽明月。抽刀断水水更流，

① 李白著. 李太白全集·送萧三十一之鲁中，兼问稚子伯禽 [M]. 王琦注. 北京：中华书局，2008：828.

② 李白著. 李太白全集·送萧三十一之鲁中，兼问稚子伯禽 [M]. 王琦注. 北京：中华书局，2008：828.

③ 李白著. 李太白全集·送杨燕之东鲁 [M]. 王琦注. 北京：中华书局，2008：826.

举杯消愁愁更愁。人生在世不称意，明朝散发弄扁舟。① （李白
《宣州谢朓楼饯别校书叔云》）

李白在诗歌中说道，摒弃我而去的昨天，早已无法挽留。扰乱我心绪的
今日，似乎平添了很多烦忧。"长风万里送秋雁，对此可以酣高楼"②，万里
长风吹送南归的鸿雁，面对此景，正可以登上高楼开怀畅饮。李白继而感叹
道，你的文章颇有建安风骨，而我更推崇，像谢朓那样清新秀丽的诗歌风
格。我们都满怀壮志豪情，神思腾跃，像要飞到青天之上，轻逸得仿佛可以
徒手摘取那轮皎洁的明月。拔刀断水，水的流速更加汹涌；举杯消愁，烦忧
却更加浓烈。人生在世，不能称心如意的地方数之不尽，还不如披头散发，
登上长江之上的那一叶扁舟。

李白还在《鲁郡尧祠送窦明府薄华还西京（时久病初起作）》中写道：

朝策犁眉骃，举鞭力不堪。强扶愁疾向何处，角巾微服尧祠
南。长杨扫地不见日，石门喷作金沙潭。笑夸故人指绝境，山光
水色青于蓝。庙中往往来击鼓，尧本无心尔何苦？门前长跪双石
人，有女如花日歌舞。银鞍绣毂往复回，簸林蹶石鸣风雷。远烟
空翠时明灭，白鸥历乱长飞雪。红泥亭子赤阑干，碧流环转青锦
湍。深沉百丈洞海底，那知不有蛟龙蟠。君不见绿珠潭水流东
海，绿珠红粉沉光彩。绿珠楼下花满园，今日曾无一枝在。昨夜
秋声阊阖来，洞庭木落骚人哀。遂将三五少年辈，登高远望形神
开。生前一笑轻九鼎，魏武何悲铜雀台。我歌白云倚窗牖，尔闻
其声但挥手。长风吹月度海来，遥劝仙人一杯酒。酒中乐酣宵向
分，举觞酹尧尧可闻？何不令皋繇拥篲横八极，直上青天挥浮
云。高阳小饮真琐琐，山公酩酊何如我？竹林七子去道赊，兰亭

---

① 李白著. 李太白全集·宣州谢朓楼饯别校书叔云 [M]. 王琦注. 北京：中华书局，2008：861.
② 李白著. 李太白全集·宣州谢朓楼饯别校书叔云 [M]. 王琦注. 北京：中华书局，2008：861.

雄笔安足夸。尧祠笑杀五湖水，至今憔悴空荷花。尔向西秦我东
越，暂向瀛洲访金阙。蓝田太白若可期，为余扫洒石上月。①
[李白《鲁郡尧祠送窦明府薄华还西京（时久病初起作）》]

诗歌开篇，李白用叙事视角切入，自己乘着犁眉黄身马，因为病愈不
久，举鞭时稍感无力。此时强撑着病体去哪里呢？戴着角巾穿着便服来到了
尧庙。此时，只见杨柳垂地，遮蔽了天日，石门山喷发的流水汇聚成了金沙
潭。自己带着笑意，夸赞此处的美好风景，是朋友相送的好地方。尧庙中，
来来往往的人击鼓求福，帝尧或许本无心得大家的祭拜。尧庙前有双跪石
人，美艳如花的女子整日表演着歌舞。权贵们乘坐的车马络绎不绝，惊动起
山石发出了阵阵轰鸣。远眺金沙潭，浩渺长烟，激荡碧波。群翔的白鸥，就
仿佛纷纷扬扬的飞雪。亭台楼阁置于青碧色的流水之间。金沙潭似乎深过百
丈，通彻海底，不知道其中是否有蛟龙出没。置身在这里，让我想起了绿珠
潭，潭水仿似一下流入了东海，荡然无存，那粉面红妆的绿珠也不知道去哪
里了。遥想当年，绿珠楼下的鲜花，如今一枝也找不到了。昨夜已经感受到
秋风自西吹来，洞庭湖涌起了阵阵水波，树叶纷纷落下。多想携同三五个少
年，登高远眺，一定会有心旷神怡之感。倘若当年曹操不是执念争夺天下，
又怎会有铜雀台空留歌舞的悲哀呢？我现在倚靠着窗户，高歌一曲《白云
谣》，希望您能随着歌声挥手回应。今晚，清风徐吹，朗月相照，人仙共
醉。已近夜半时分，酒酣情浓，举杯祭帝尧，帝尧是否能够感知呢？如果帝
尧能够感知，应命令皋陶手执扫帚，廓清宇内，扫清浮云。今日的盛会，实
为空前。遥想远古时期的高阳池，也只能当作是小饮，又怎能与我们的酣畅
淋漓相比呢？想必竹林七贤的聚会也远远不如我们今日之聚，王羲之所写的
《兰亭集序》也不足夸耀。金沙潭之水，清澈胜太湖，可惜此刻水边只剩下
孤独的荷花。此次离别，您归西秦，我赴东越。如果将来蓝田山、太白山，
能成为相会之处，请您为我将石上的月光，擦拭光洁。这是李白病愈后不久

---

① 李白著. 李太白全集·鲁郡尧祠送窦明府薄华还西京（时久病初起作）[M]. 王琦注. 北京：中华
书局，2008：779—781.

为友人送行时写下的一首作品。整首诗歌极具李白式的夸张想象，运用大量变幻莫测的意象，其中也提到了"长风"。

在诗歌《登黄山凌歊台送族弟溧阳尉济充泛舟赴华阴》中，李白也写到了"长风"：

> 鸾乃凤之族，翱翔紫云霓。文章辉五色，双在琼树栖。一朝各飞去，凤与鸾俱啼。炎赫五月中，朱曦烁河堤。尔从泛舟役，使我心魂悽。秦地无草木，南云喧鼓鼙。君王减玉膳，早起思鸣鸡。漕引救关辅，疲人免涂泥。宰相作霖雨，农夫得耕犁。静者伏草间，群才满金闺。空手无壮士，穷居使人低。送君登黄山，长啸倚天梯。小舟若凫雁，大舟若鲸鲵。开帆散长风，舒卷与云齐。日入牛渚晦，苍然夕烟迷。相思定何许？杳在洛阳西。①
> （李白《登黄山凌歊台送族弟溧阳尉济充泛舟赴华阴》）

李白后又在《永王东巡歌十一首》（其八）一诗中写到了"长风"：

> 长风挂席势难回，海动山倾古月摧。君看帝子浮江日，何似龙骧出峡来。②［李白《永王东巡歌十一首》（其八）］

李白在诗歌中，营造了这样的诗境：船帆被长风吹拂着，勇往直前。军队威慑力所到之处，似乎能撼动山海，胡兵皆闻风丧胆。李白不禁感叹，永王率兵顺江而下，多么像当年晋朝的龙骧将军浩浩荡荡出峡伐吴的壮观景象呀！

而在《赠何七判官昌浩》一诗中，李白也提到了"长风"：

> 有时忽惆怅，匡坐至夜分。平明空啸咤，思欲解世纷。

① 李白著. 李太白全集·登黄山凌歊台送族弟溧阳尉济充泛舟赴华阴［M］. 王琦注. 北京：中华书局，2008：867—868.

② 李白著. 李太白全集·永王东巡歌十一首（其八）［M］. 王琦注. 北京：中华书局，2008：431.

心随长风去，吹散万里云。羞作济南生，九十诵古文。不然
拂剑起，沙漠收奇勋。老死阡陌间，何因扬清芬。夫子今管乐，
英才冠三军。终与同出处，岂将沮溺群?① （李白《赠何七判官
昌浩》）

李白在这首诗歌中抒发了自己内心的矛盾与苦闷，他说道：有时候，我
的内心会忽感惆怅与郁闷，自己兀然独坐，一直到夜深。天亮时，我感受到
自己的空怀壮志，于是便仰天长啸。我此生一心只想为苍生解乱释纷。我的
内心，也随着长风直上万里，将空中浮云吹散。我自认无法像西汉的伏生那
样，年逾九十还吟诵诗文。我只想挥剑而起，到沙漠上去与敌寇厮杀，建功
立业。我很害怕这一辈子就老死在阡陌之间，无法让自己名声远扬。夫子就
是当今的管仲和乐毅，英才名冠三军。我想您终会功成名就，绝不会一生与
长沮、桀溺为伍。

由此可见，"长风"是李白诗歌中，高频被描摹的意象。而高启在诗歌中，
化用李白诗歌的意象，也由此可见，高启对李白的接受是确凿可信的存在。

高启听到友人滕用衡描述远行游历时，说没有听到东林钟的钟声敲响，
却望见了香炉峰。而李白也曾登临过香炉峰，在《望庐山瀑布二首》（其
一）中，李白写道："西登香炉峰，南见瀑布水。"② 李白从西面登上香炉
峰，向南望见瀑布高挂在山前。

而高启在《题滕用衡所藏山水图》中提到的另一处地名黄牛峡，李白也
曾到访过。李白曾在诗歌《留别龚处士》一诗中记述：

龚子栖闲地，都无人世喧。柳深陶令宅，竹暗辟疆园。我去
黄牛峡，遥愁白帝猿。赠君卷葹草，心断竟何言。③ （李白《留
别龚处士》）

---

① 李白著. 李太白全集·赠何七判官昌浩 [M]. 王琦注. 北京：中华书局，2008：482.
② 李白著. 李太白全集·望庐山瀑布二首（其一）[M]. 王琦注. 北京：中华书局，2008：988.
③ 李白著. 李太白全集·留别龚处士 [M]. 王琦注. 北京：中华书局，2008：732.

李白在诗歌中写道，龚处士停留的隐居之地，没有一点世俗喧哗。这里好像是东晋陶渊明的住宅，杨柳依依；又仿佛是吴郡顾辟疆的园林，竹径通幽。我马上要渡过黄牛峡了，白帝猿都发出了愁鸣之声，为这湍急的逆流。我想送君一把卷蒁草，离别时的心情，就如这草心断裂般，无以言语。

在《题滕用衡所藏山水图》一诗中，高启还描写道，怀抱绿绮琴弹奏，弹奏出的琴声，仿佛松涛之声在万壑千岩中穿行而过。这样的诗歌意象与意境，在李白诗歌中完全能够找到高度相似的痕迹。在《听蜀僧濬弹琴》一诗中，李白写道：

> 蜀僧抱绿绮，西下峨眉峰。为我一挥手，如听万壑松。客心洗流水，馀响入霜钟。不觉碧山暮，秋云暗几重。[①]（李白《听蜀僧濬弹琴》）

李白曾经听闻一位来自蜀地峨眉上的僧人弹奏绿绮琴，技艺十分高超。僧人为李白挥手弹奏过琴曲——《风入松》，其聆听的感受仿佛是真的听到了万壑松涛之声。李白在描述听琴之后的感受时形容，自己的心灵就像被清流洗涤，琴声与钟声遥相呼应。在不知不觉中，天时已晚，暮色笼罩着青山，只觉秋云黯然，布满黄昏。高启的诗歌完全是对李白诗歌意境及诗意的高度仿写与化用。

由此观之，高启除对李白飘逸洒脱的性格推崇备至之外，也悉数接受了李白诗文创作对自己的深刻影响。

在"诗仙""酒仙"李白的人物画像里，一定少不了"酒元素"。在李白的人生际遇中，酒不仅仅是一种饮品，更是一种文化象征。"酒文化"在李白的一生中，得到了淋漓尽致地诠释与呈现。酒文化于李白而言，充满浪漫主义色彩，是一种精神的寄托，是一种文化的传承。在李白笔下描绘的美

---

① 李白著. 李太白全集·听蜀僧濬弹琴 [M]. 王琦注. 北京：中华书局，2008：1129.

酒，如同诗一般，充满了奔放、豪迈的气息。酒对于李白的人生而言，是与好友相聚时的情感纽带，是文学创作时的灵感源泉，是孤独思乡时的精神寄托，更是李白表达对人生热爱和对自由向往的外化媒介。

当然李白的酒文化，不仅仅体现在他的生平经历中，更体现在他的文学作品中。今天，我们仍可以品味李白留下的酒文化，体验他的诗意人生与酒意人生的高度融合。他笔下的美酒，如同流淌的诗歌一般，诉说着人生的欢乐与自由。

"酒"对于诗仙李白而言，既是生活中的日常伴侣，同时也是情感表达的载体，李白的诸多名篇都以酒为描摹对象。

在《把酒问月》中，李白带着几分醉意，将明月活化，与之对话：

> 青天有月来几时？我今停杯一问之。人攀明月不可得，月行却与人相随。皎如飞镜临丹阙，绿烟灭尽清辉发。但见宵从海上来，宁知晓向云间没。白兔捣药秋复春，嫦娥孤栖与谁邻？今人不见古时月，今月曾经照古人。古人今人若流水，共看明月皆如此。唯愿当歌对酒时，月光长照金樽里。[①]（李白《把酒问月》）

酒是李白创作的源泉，也是他想象的发端。开篇作者便写道"青天明月来几时？我今停杯一问之"。面对人类世界的永恒之谜，李白借着酒意，浪漫飘逸地提出了对明月升降圆缺规律的疑问。随后，李白的笔，从人写到月，又从人写到月，回环往复中诠释着李白对人生的思考和对宇宙的遐想。诗歌的最后一句，"唯愿当歌对酒时，月光长照金樽里"，即诗仙以酒为媒介，将"人"与"月"自然地融通到一起，感叹着说，面对漫漫人生路，只愿当自己在对酒当歌时，皎洁无瑕的月光能够洒在酒杯中，这样便是对人世间极好的享受了。

《将进酒》是李白歌行体的代表作之一。写作这首歌行体诗歌时，李白

---

① 李白著. 李太白全集·把酒问月 [M]. 王琦注. 北京：中华书局，2008：941.

正值仕途失意、人生际遇的低谷，这也常常是情绪心态的低谷。但对于李白来说，幸而有酒，更幸而爱酒，正好可以借酒助兴、借酒浇愁，感叹自己怀才不遇的无奈与无力。即使壮志难酬，李白也从未沉沦，高调主张着"人生得意须尽欢，莫使金樽空对月"。① 诗仙宣扬着，人生在意气风发之时，就应该尽情享受欢愉，而尽兴饮酒便是人生的畅快享受之一，所以千万别辜负了人生的大好时光，让杯中无酒，空杯对月。这一句也为下面李白表达自己的乐观酒脱埋下了伏笔："天生我材必有用，千金散尽还复来。"② 李白极度认可自己的才华，相信即使用完了黄金千两，也必将会有再次复得的机会。此时的李白，虽然处于低谷，但是当他畅想着未来会有的转机时，再次将狂放不羁的性格肆意挥洒，而挥洒的对象与载体，便是"酒"——"会须一饮三百杯"③，诗仙高呼着，此时的心情，痛痛快快喝上三百杯也不为多。接着，李白呼唤着朋友岑勋、元丹丘赶紧饮酒，切莫停杯。随后，在一曲高歌中，依然表达着对"酒"的执念。"钟鼓馔玉不足贵，但愿长醉不用醒"④，即便是被美味珍馐填满的华贵生活，在李白眼中也变得不起眼，此时的他，只想在"酒"中长醉不醒。在李白看来，古来圣贤都是寂寞终老，只有擅饮酒之人才能留名青史。这时，李白举出历史的实证，讲述了曹植当年在洛阳西门外的平乐观设宴款待富豪贤贵，作乐于把酒言欢中。回顾完历史，李白的思绪再次从历史的清醒中回到了肆意的微醉中，还向宴请自己的元丹丘发问，为何说钱不够呢？只管把积蓄拿出来买酒一起喝。"五花马、千金裘，呼儿将出换美酒，与尔同销万古愁。"⑤ 名贵的五花马、价值千金的皮衣，这些值钱物都可以拿给侍儿们去换美酒，唯有美酒可以消除无尽的哀愁。整首诗歌中的诗仙淋漓尽致地演绎了自己狂放不羁、气度不凡的人物画像，所有的思绪、言语、行为，皆由"酒"引出，皆由"酒"唤醒，"酒"在此时已早于诗仙化作一体。

---

① 李白著. 李太白全集·将进酒 [M]. 王琦注. 北京：中华书局，2008：179.
② 李白著. 李太白全集·将进酒 [M]. 王琦注. 北京：中华书局，2008：179.
③ 李白著. 李太白全集·将进酒 [M]. 王琦注. 北京：中华书局，2008：179.
④ 李白著. 李太白全集·将进酒 [M]. 王琦注. 北京：中华书局，2008：180.
⑤ 李白著. 李太白全集·将进酒 [M]. 王琦注. 北京：中华书局，2008：180.

《月下独酌四首》也是李白的代表组诗之一，四首作品皆围绕"酒"展开。《月下独酌四首》（其一）中的名句"举杯邀明月，对影成三人"① 也是流传千年。

《月下独酌四首》（其一）：

> 花间一壶酒，独酌无相亲。举杯邀明月，对影成三人。月既不解饮，影徒随我身。暂伴月将影，行乐须及春。我歌月徘徊，我舞影零乱。醒时相交欢，醉后各分散。永结无情游，相期邈云汉。② ［李白《月下独酌四首》（其一）］

李白此时因政治失意，正孤寂满怀中。他将一壶美酒摆放在花丛中，自斟自饮，身边无一亲友。此刻孑身一人的自己，只能举起酒杯，邀请明月共饮。诗人望向地面，看到明月、自己和影子合成三人。诗人感叹道，明月不能懂得开怀畅饮的快乐，而影子也只能默默地跟随身后。可惜此时，别无他选，只能与明月、影子相伴，人生应该趁此春宵，及时行乐。诗人吟诵着诗篇，月亮伴之徘徊；诗人手舞足蹈，影子便随之律动。诗人说，清醒时的自己与月亮、影子一同分享欢乐，而喝醉之后，便各奔东西。诗人多想与他们永结情友谊，相约在缥缈的银河边。

在《月下独酌四首》（其二）中，李白更是通篇论酒，可称其为一篇"爱酒辩"：

> 天若不爱酒，酒星不在天。地若不爱酒，地应无酒泉。天地既爱酒，爱酒不愧天。已闻清比圣，复道浊如贤。贤圣既已饮，何必求神仙？三杯通大道，一斗合自然。但得酒中趣，勿为醒者传。③ ［李白《月下独酌四首》（其二）］

---

① 李白著. 李太白全集·月下独酌四首（其一）[M]. 王琦注. 北京：中华书局，2008：1063.
② 李白著. 李太白全集·月下独酌四首（其一）[M]. 王琦注. 北京：中华书局，2008：1062－1063.
③ 李白著. 李太白全集·月下独酌四首（其二）[M]. 王琦注. 北京：中华书局，2008：1063.

作者开篇即提出了两个设问，在自问自答中，表明了天地皆爱酒的自我认定：上天如果不爱酒，那么就不会将酒星罗列在天上；大地如果不爱酒，那么就不会出现"酒泉"的地名。所以由此可见，天与地都爱酒。作者顺势链接到自身，如果天与地都爱酒，那么我爱酒，就是无愧于天地的行为。此一句，诗仙将自己爱酒的行为赋予了神圣化。接下来，诗仙又将"酒"与"圣贤"相比，说自己曾听闻，世间曾以"清酒"比"圣人"，以"浊酒"比"贤人"。随后诗仙又发问道：既然圣贤皆饮酒，又何必去求神仙呢？饮下三杯酒就可以通向儒家的大门，饮完一斗酒就能融会贯通道家的自然主张。作为爱喝酒的自己而言，只一心顾着得到酒中的真趣味，而这样的趣味绝不能向醒者传递。李白借"酒"，论天、论地、论人，在大开大合的创作思维中，抒情与说理相得益彰。而作者借"酒"派遣，政治失意在酒中似乎已不足挂齿，因此"酒"也成为李白人生重要节点的陪伴与见证。于某种程度而言，"酒"似乎已然成为李白人生的一部分，不可分割且不可代替。

在《月下独酌四首》（其三）中，李白写道：

> 三月咸阳城，千花昼如锦。谁能春独愁？对此径须饮。穷通
> 与修短，造化夙所禀。一樽齐死生，万事固难审。醉后失天地，
> 兀然就孤枕。不知有吾身，此乐最为甚。[①]　［李白《月下独酌四
> 首》（其三）］

在诗歌开篇，李白怨怼道因为忧愁不能乐游，希望借酒能宽慰自己。李白写道，三月里的长安城，此时春色满园，阳光明媚。可是谁如我这样，独自哀愁，看到眼前的美景只能痛饮？富贫与长寿，本来就是各自的造化不同。一杯酒杯中，生死无异，何况世间之事并无是非定论。酒醉后，失去了

---

① 李白著. 李太白全集·月下独酌四首（其三）[M]. 王琦注. 北京：中华书局，2008：1064.

天和地，一头扎向了孤枕。沉醉中不省人事，这种逍遥的快乐何处能寻到呢？

在《月下独酌四首》（其四）中，酒仙依然借酒消愁：

> 穷愁千万端，美酒三百杯。愁多酒虽少，酒倾愁不来。所以知酒圣，酒酣心自开。辞粟卧首阳，屡空饥颜回。当代不乐饮，虚名安用哉？蟹螯即金液，糟丘是蓬莱。且须饮美酒，乘月醉高台。[①]［李白《月下独酌四首》（其四）］

李白再次借酒抒怀：万千头绪萦绕在心，幸而有美酒三百杯。虽然面对愁多酒少的窘迫，但只要有美酒相伴，忧愁便不再回。似乎只有自己才了解酒中的圣贤，即使酒少愁多，也能酒到释怀。辞粟只能隐居首阳山，没有酒食颜回也受饥。身在当下，如果不饮酒，徒留虚名又有什么用呢？在自己看来，蟹螯就是仙药金液，糟丘就是仙山蓬莱。姑且先饮一番美酒，乘着月色去高台上大醉一回。这样的人生，对于诗仙而言，也无憾了。

李白时常流连于酒肆，而高启笔下的李白，传神地复刻出了诗仙爱酒的形象。

至正二十二年（1362），高启与友人登临天平山，写作《九日与客登虎丘至夕放舟过天平山》一诗。诗中有言："金陵酒熟来谪仙，赤壁歌残泣嫠妇。人生此乐信难得，梦幻功名何时有？他年何必问谁健，但令不负持螯手。"[②] 高启在游历天平山之际，见景生情，遥想起嗜酒如命的李白与旷达自适的苏东坡，诗人在追忆李白喜好纵酒狂歌，讲求及时行乐的人生态度之际，也借李白之口，宣扬了自己的人生主张，规劝世人不要过度沉迷于功名利禄的追逐，应该笑对人事变迁，尽情享受短暂且难得的快乐，莫要辜负当下的美好时光。

---

① 李白著. 李太白全集·月下独酌四首（其四）[M]. 王琦注. 北京：中华书局，2008：1064.
② 高启著. 高青丘集·九日与客登虎丘至夕放舟过天平山 [M]. 金檀辑注. 徐澄宇、沈北宗校点. 上海：上海古籍出版社，1985：324.

第二节　高启以"谪仙人"自比

李白曾被贺知章称为"谪仙人",见于孟棨的《本事诗》:"李太白初自蜀至京师,舍于逆旅。贺监知章闻其名,首访之。既奇其姿,复请所为文。出《蜀道难》以示之。读未竟,称叹者数四,号为'谪仙',解金龟换酒,与倾尽醉。期不间日,由是称誉光赫。"① 之后,李白本人也多次在诗中提及"谪仙人"一称:"四明有狂客,风流贺季真。长安一相见,呼我'谪仙人'。昔好杯中物,今为松下尘。金龟换酒处,却忆泪沾巾。"② 又如:"青莲居士谪仙人,酒肆藏名三十春。湖州司马何须问,金粟如来是后身。"③

高启在文学作品中,也曾自比为"谪仙人",他借用李白为"谪仙人"的典故,彰显出对李白的高度认可,表达着对李白的无限崇敬之情。高启曾在《青丘子歌》(并序)中将自己自比为"降谪仙卿":

> 江上有青丘,予徙家其南,因自号青丘子。闲居无事,终日苦吟,间作《青丘子歌》言其意,以解诗淫之嘲。
>
> 青丘子,臞而清,本是五云阁下之仙卿。何年降谪在世间,向人不道姓与名。蹑屩厌远游,荷锄懒躬耕。有剑任锈涩,有书任纵横。不肯折腰为五斗米,不肯掉舌下七十城。但好觅诗句,自吟自酬赓。田间曳杖复带索,旁人不识笑且轻。谓是鲁迂儒、楚狂生。青丘子,闻之不介意,吟声出吻不绝咿咿鸣。朝吟忘其饥,暮吟散不平。当其苦吟时,兀兀如被醒。头发不暇栉,家事不及营。儿啼不知怜,客至不果迎。不忧回也空,不慕猗氏盈。不惭被宽褐,不羡垂华缨。不问龙虎苦战斗,不管乌兔忙奔倾。向水际独坐,林中独行。研元气,搜元精。造化万物难隐情,冥

① 孟棨撰. 本事诗·高逸第三 [M]. 李学颖标点. 上海:上海古籍出版社,1991:17.
② 李白著. 李太白全集·对酒忆贺监二首(并序)[M]. 王琦注. 北京:中华书局,2008:1085.
③ 李白著. 李太白全集·答湖州迦叶司马问白是何人 [M]. 王琦注. 北京:中华书局,2008:876.

茫入极游心兵，坐令无象作有声。微如破悬虱，壮若屠长鲸，清同吸沆瀣，险比排峥嵘。霭霭晴云披，轧轧冻草萌。高攀天根探月窟，犀照牛渚万怪呈。妙意俄同鬼神会，佳景每与江山争。星虹助光气，烟露滋华英，听音谐《韶》乐，咀味得大羹。世间无物为我娱，自出金石相轰铿。江边茅屋风雨晴，闭门睡足诗初成。叩壶自高歌，不顾俗耳惊。欲呼君山老父携诸仙所弄之长笛，和我此歌吹月明。但愁欻忽波浪起，鸟兽骇叫山摇崩。天帝闻之怒，下遣白鹤迎。不容在世作狡狯，复结飞佩还瑶京。①

[高启《青丘子歌》（并序）]

高启首先讲述了自己创作《青丘子歌》的背景。在松江边上，有一个地方叫青丘。诗人迁居到青丘的南面，给自己取了一个"青丘子"的号。日常生活中，闲居无事，整天苦吟，所以创作了《青丘子歌》以抒发情感。

在《青丘子歌》中，高启描绘道：青丘子本人长得很清瘦，是五云阁下的仙人。青丘子被降谪到人世间后，不愿对人说起自己的姓名。青丘子在日常生活中，不喜欢远游，也懒于荷锄躬耕。家中的宝剑，已锈迹斑驳，书籍也随意摆放。青丘子，为人刚正不阿。绝不会为俸禄而趋奉官场，也绝不肯卖弄口才去游说。他在日常中，喜欢寻找诗句苦吟，以在诗词唱和中，聊以慰藉。

在青丘子生活的田间，能看到他拄着拐杖，垂着衣带，一边行走一边吟唱。很多人都不理解他，反而嘲笑和轻视他，说他是鲁地迂腐的儒生。但青丘子始终保持着平和的心态。听到人们的嘲讽，他也丝毫不介意，自顾自地行吟就好。在行吟中可以忘记饥饿，可以消解郁闷。苦吟之时，青丘子会有醉酒般的梦幻感。

青丘子是不拘小节之人，没有时间梳理头发，也无心顾及家事。小儿啼

---

① 高启著. 高青丘集·青丘子歌（并序）[M]. 金檀辑注. 徐澄宇、沈北宗校点. 上海：上海古籍出版社. 1985：433－434.

哭了，不知道怜爱安抚；客人来到了，也不知道以笑相迎。青丘子不会像颜
回那样为了贫穷而忧愁，他的内心从未羡慕猗顿的富有。

他的内心不会因为穿着宽大的粗布衣服而感到羞惭，也不会羡慕仕宦者
的华美衣冠。他不问英雄豪杰争夺天下之事，也无心管太阳、月亮的东升西
落。只见他有时到水边独坐，有时去林中独行。探寻自然，探寻真理，在他
的笔下，自然万物都被他赋予了生命。

青丘子的神思时常驰骋于苍茫无际之中，能够将难以描摹的情景形容得
有声有色。微细处，能击中空中悬挂的微如虮样的东西；雄壮处，有如屠杀
长鲸的壮丽气魄。清新处，仿佛吸收了夜间露气；险峻处，好比排列高耸山
峰。像云散天晴，冰冻消解，青草萌生，把天地之间各种奇妙的景象都表现
了出来，照亮了各个幽暗的角落。在他的笔下，意境与鬼神相合，美景与江
山争美。星虹烟露，都能为作品增添文采。音韵犹如韶乐一样和谐优美，味
道就像肉羹般纯正。这尘世似乎没有其他东西，可以任其消遣，写出的诗
歌，像金石乐器发出轰鸣铿锵的声音。江边茅屋中，伴随风和日丽，青丘子
闭门睡足，刚写成了新诗。青丘子敲打酒壶，高声吟唱，不管世俗之人听到
而吃惊。想叫君山老父带着诸仙所吹奏的长笛，和着歌声于月下吹奏。唯有
担忧波浪涌起，鸟兽骇叫，地动山摇。如此，天帝听到了可能会发怒，派白
鹤接他回天上去。不容许他在世间嬉戏游玩，重新系结上飞佩回到玉京。

该诗乃为高启的代表作之一，诗歌继承了李白与李贺的诗歌特点，尽兴
发挥丰富的想象与大胆的夸张，以清高的节操，表达了作者对理想的追求与
对权贵的蔑视。全诗气势磅礴跌宕、神韵飞扬，深得太白风韵。

高启在诗歌开篇即自述生世，将自己称为"仙卿"："青丘子，癯而清，
本是五云阁下之仙卿。何年降谪在世间，向人不道姓与名。"① 以此开篇，
实乃自命不凡之心性所致，表明了诗人不甘于平庸的人生追求，这一秉性与
李白顾盼自雄的心性极为相似。

高启接着说道，自己任侠使气，桀骜不驯，唯好写诗作文，就算清平至

① 高启著. 高青丘集·青丘子歌（并序）［M］. 金檀辑注. 徐澄宇、沈北宗校点. 上海：上海古籍出版社. 1985：433.

极也不改初衷。每天苦吟："朝吟忘其饥，暮吟散不平"①；甘于贫苦："不惭被宽褐，不羡垂华缨"②；不逐名利："不问龙虎苦战斗，不管乌兔忙奔倾"③；唯沉浸在自己的创作心境之中："妙意俄同鬼神会，佳景每与江山争。"④ 如此放达的生活态度与忘我的创作境界，完全可以将其视作为高启以实际行动向"谪仙人"李白的致敬。

当谈及诗歌创作的具体情形时，高启更是洋洋洒洒地写道："星虹助光气，烟露滋华英，听音谐《韶》乐，咀味得大羹。"⑤ 诗人高扬地宣称自己的创作乃是得到了天地万物的相助，方才如此古雅自然。此番狂放豪迈之气度足见其与诗仙李白的神似之处。"叩壶自高歌，不顾俗耳惊"⑥ 则形象地再现了诗人心游物外的创作状态，敲着酒壶，独自高歌，完全不在乎旁人的诧异与不解。如此心无旁骛，唯我独尊的状态完全是对诗仙从容不凡之气度予以再现。"欲呼君山老父携诸仙所弄之长笛，和我此歌吹月明。"⑦ 诗人神思飘飞，发挥奇绝的想象，期盼着君山老父能够送来仙人所吹弄的长笛，对月而歌，与己唱和。如此仙逸飘飞的画面，在李白的诗歌作品中也得以常见。最后诗人形容自己的作品足以惊天地、泣鬼神，骇鸟兽、崩山岳，这自然又让我们联想到杜甫曾在赞颂李白诗歌具有出神入化的艺术感染力时所言道："笔落惊风雨，诗成泣鬼神。"⑧

这首《青丘子歌》（并序）是一首"自传诗"，可视为描摹高启自画像的

---

① 高启著. 高青丘集·青丘子歌（并序）[M]. 金檀辑注. 徐澄宇、沈北宗校点. 上海：上海古籍出版社. 1985：434.
② 高启著. 高青丘集·青丘子歌（并序）[M]. 金檀辑注. 徐澄宇、沈北宗校点. 上海：上海古籍出版社. 1985：434.
③ 高启著. 高青丘集·青丘子歌（并序）[M]. 金檀辑注. 徐澄宇、沈北宗校点. 上海：上海古籍出版社. 1985：434.
④ 高启著. 高青丘集·青丘子歌（并序）[M]. 金檀辑注. 徐澄宇、沈北宗校点. 上海：上海古籍出版社. 1985：434.
⑤ 高启著. 高青丘集·青丘子歌（并序）[M]. 金檀辑注. 徐澄宇、沈北宗校点. 上海：上海古籍出版社. 1985：434.
⑥ 高启著. 高青丘集·青丘子歌（并序）[M]. 金檀辑注. 徐澄宇、沈北宗校点. 上海：上海古籍出版社. 1985：434.
⑦ 高启著. 高青丘集·青丘子歌（并序）[M]. 金檀辑注. 徐澄宇、沈北宗校点. 上海：上海古籍出版社. 1985：434.
⑧ 杜甫著. 杜诗详注·寄李十二白二十韵 [M] 仇兆鳌注. 北京：中华书局，1979：661.

杰作。历代文学界都将"青丘子"视作为高启本人的化身，他称自己为"降谪仙卿"，其实是进一步将自己与李白的人格形象做了融合。高启效仿李白以仙人自居，表明了自己对仙逸生活的憧憬与向往，传达了自己想要追求洒脱慷慨之人格的愿望。高启也曾在五言古诗《赠陶篷先生》中写道："逢余向沧州，笑落头上巾。谓余有仙契，泥滓非久沦。"① 记述了诗人与陶篷先生见面时，陶篷先生谓自己乃是与仙道结缘之人，不该徘徊于污秽的尘世之中，要保有怡然自得的心态与遗世独立的视角。清代诗评家赵翼在《瓯北诗话》中对此事亦有记载与评述："昔司马子微谓青莲有仙风道骨；而青邱《赠陶篷先生》亦云：'谓予有仙契；泥滓非久沦。'盖二人实皆有出尘之才，故相契在神识间耳。"② 由此可见，高启与李白在个性上有着极高的契合度。两位诗人都是尘世间难得一遇的人才，皆工于文学。两人在实际生活与文学创作中所传递出的飘然欲仙之气，慷慨洒脱之心，皆有形似与神似之感。虽有时空阻隔，但却不能被漠视，由此也印证了高启对李白人格接受的事实。无论是天性所致或刻意效仿，我们都能找到高启与李白的共通之处。

凡称"谪仙"之人，除拥有超凡脱俗的品性气质与飘然欲仙的处世态度之外，狂放不羁的人格意识也一定深刻地植于其骨气之中。后世文人在凭吊李白时，也多次提及李白这一典型的人格特征。例如孟郊曾作《赠郑夫子鲂》一诗："天地入胸臆，吁嗟生风雷。文章得其微，物象由我裁。宋玉逞大句，李白飞狂才。苟非圣贤心，孰与造化该。勉矣郑夫子，骊珠今始胎。"③ 李白之心，海纳百川，坦荡宽广，狂放一生，留名千古。张祜也在《偶题》一诗中有如下描写："古来名下岂虚为，李白颠狂自称时。惟恨世间无贺老，谪仙长在没人知。"④ 高度赞扬了谪仙不朽的狂放形象。

谪仙李白所持有的狂放不羁的人格意识也在高启心中烙印下了深刻的痕迹。正如高启在《题谪仙像》《九日与客登虎丘至夕放舟过天平山》等诗歌

① 高启著. 高青丘集·赠陶篷先生 [M]. 金檀辑注. 徐澄宇、沈北宗校点. 上海：上海古籍出版社，1985：185－186.
② 赵翼著. 瓯北诗话·高青邱诗 [M]. 霍松林、胡主佑校点. 北京：人民文学出版社，1981：125.
③ 孟郊撰. 孟东野诗集·赠郑夫子鲂 [M]. 华忱之校订. 北京：人民文学出版社，1984：110.
④ 张祜著. 张祜诗集·偶题 [M]. 严寿澄校编. 南昌：江西人民出版社，1983：80.

中所塑造的"狂放谪仙"的形象一样，高启对李白不受迫于正统思想的禁锢，不盲目迎合主流价值观，敢于提倡自我解放的个性主张也十分仰慕崇敬。他歆羡李白能够将自我性情肆意地舒展于个人的文学创作之中，同时也能够在生活中找到唯我独尊、怡然自得的真正快乐。

李白曾在《庐山谣寄卢侍御虚舟》一诗中以"楚狂人"自居："我本楚狂人，凤歌笑孔丘。手持绿玉杖，朝别黄鹤楼。五岳寻仙不辞远，一生好入名山游。"① 高启也在《青丘子歌》（并序）中亦以"楚狂人"自比："蹩屧厌远游，荷锄懒躬耕。有剑任锈涩，有书任纵横。不肯折腰为五斗米，不肯掉舌下七十城。但好觅诗句，自吟自酬赓。田间曳杖复带索，旁人不识笑且轻。谓是鲁迂儒、楚狂生。"② 诗中"青丘子"放浪形骸，旷达豪爽的形象再次与谪仙人李白的形象不谋而合。

"谪仙人"不仅化身为高启的精神偶像，高启在诗作中直呼李白为"狂客"，同时更在生活之中大力仿效"谪仙人"任性豪放的生活方式：

> 前年城西作冶游，柳条拂盖花迷舟。笑看明月问狂客，我举大白君当浮。去年城西复偶住，酒伴家家邀即去。东邻寺里花正开，半醉半醒游几度。今年有花愁独寻，闭门三日卧春阴。将军小队游何处，日暮空听车马音。皋桥泰娘殊窈窕，为我唤来歌《水调》。客愁草草不易除，世事茫茫本难料。玉壶一双秋露倾，唯此可以忘吾情。醉归共射草中石，笑劈弓弦霹雳鸣。③（高启《次韵答朱冠军游西城之作》）

城西冶游，春意正浓。高启对月而望，飞来一问："谁是古今真正的狂放之人呢？"其实答案早已深铭诗人的肺腑，只待呼之欲出：唯有李太白才

---

① 李白著. 李太白全集·庐山谣寄卢侍御虚舟 [M]. 王琦注. 北京：中华书局，2008：677－678.

② 高启著. 高青丘集·青丘子歌（并序）[M]. 金檀辑注. 徐澄宇、沈北宗校点. 上海：上海古籍出版社. 1985：433.

③ 高启著. 高青丘集·次韵答朱冠军游西城之作 [M]. 金檀辑注. 徐澄宇、沈北宗校点. 上海：上海古籍出版社，1985：423－424.

可配此称呼。"东邻寺里花正开，半醉半醒游几度"① ——去年今日，诗人就曾在迷醉的状态下，游览赏花。如此狂放不羁的形象，怎能不将之与李白相联。"玉壶一双秋露倾，唯此可以忘吾情"诗人高呼着世间解忧之物，唯有杜康。此句一出，便自然又让人们联想到李白在《下终南山过斛斯山人宿置酒》一诗中写道：

> 暮从碧山下，山月随人归。却顾所来径，苍苍横翠微。相携及田家，童稚开荆扉。绿竹入幽径，青萝拂行衣。欢言得所憩，美酒聊共挥。长歌吟松风，曲尽河星稀。我醉君复乐，陶然共忘机。②（李白《下终南山过斛斯山人宿置酒》）

李白用陶渊明式的平淡描摹田园生活的图景。一天傍晚，诗人从终南山下来，看到山中之月一直跟随着自己。回首来时的山间小路，看到苍茫一片青翠。偶遇斛斯山人，携手一同去其家，家中的孩童出来打开了柴门。走入竹林的幽深小径，只见下垂的藤蔓拂着行人的衣裳。大家相谈甚欢，畅饮美酒。长歌一曲，松风和鸣，一曲唱罢，已是星光稀微。李白高呼借酒释怀，暂忘忧愁的那番感慨："我醉君复乐，陶然共忘机。"③

第三节　高启与李白相似的人格特征

（一）少年有才，志存高远

翻阅高启与李白的生平，我们能够找寻到两人许多相似的人格符号。李白作为盛唐诗人的杰出代表，为后世树立了一座可望而不可即的高峰。而高启作为元明交替之际的易代诗人，自然也为引领一代诗风树立了卓绝风范。

---

① 高启著. 高青丘集·次韵答朱冠军游西城之作 [M]. 金檀辑注. 徐澄宇、沈北宗校点. 上海：上海古籍出版社，1985：423—424.
② 李白著. 李太白全集·下终南山过斛斯山人宿置酒 [M]. 王琦注. 北京：中华书局，2008，930.
③ 李白著. 李太白全集·下终南山过斛斯山人宿置酒 [M]. 王琦注. 北京：中华书局，2008，930.

"少年有才"是高启与李白非常相似的人物特征之一。早在年少时期，两位诗人的聪慧才智就已初露锋芒。

高启从小就显露出机智过人的天赋，又兼有勤奋好学的美德。少年高启，博览群书，习众家之长，立志于在仕途上大展宏图，能够为天下苍生和国家社稷出一己之力。

《玉堂丛语》中对高启有如下记载："高启字季迪，吴郡人。少孤力学，能诗文，好权略，每论事，辄倾其座人。"① 高启在年少之时，就已经表现出了优于常人的思维能力，在诗歌创作方面也展现出了较高的天赋。高启的聪慧才智除了展现在文学造诣上，也体现在其优良敏锐的政治素养方面。少年高启喜好谋略权术，每每论及政事，往往是一语既出，惊艳四座。《明诗纪事》里亦有言："季迪诸体并工，天才绝特，允为明三百年诗人称首，不止冠绝一时也。"② 由此也印证了高启天资聪颖的这一特征。

生活在盛唐时代的诗仙李白，同样也是颖悟绝伦、年少有为之人。《旧唐书·文苑下》有记载："李白字太白，山东人。少有逸才，志气宏放，飘然有超世之心。"③ 少年李白，博学多才，通览群书。"八岁思即壮，开口咏凤凰""十岁通五经""十五好剑术，遍干诸侯"等皆被传为人间佳话，受到当时名士的肯定与赞赏。《新唐书·文艺中》也记载了唐代文学家苏颋见到李白之后，对其才华赞不绝口，认为李白日后定能有所作为的史实："苏颋为益州长史，见白异之，曰：'是子天才英特，少益以学，可比相如。'"④

虽然高启与李白生活在不同的时代，各自身处完全不同的政治环境，但二人从小皆受儒家教义的深刻影响，积极出仕的思想始终鞭挞着二人的内心。"志存高远"便是二人另一个极其相似的共性特征。

高启曾在《赠薛相士》一诗中，回顾自己当年壮志凌云的政治理想时说道："我少喜功名，轻事勇且狂。顾影每自奇，磊落七尺长。要将二三策，

① 焦竑撰. 玉堂丛语 [M]. 元明史料笔记丛刊. 北京：中华书局，1981：243.
② 陈田辑撰. 明诗纪事·甲签卷七·高启 [M]. 上海：上海古籍出版社，1993：163.
③ 刘昫等撰. 旧唐书·列传第一百四十下·文苑下 [M]. 北京：中华书局，1975：5053.
④ 欧阳修、宋祁撰. 新唐书·卷二百二·列传第一百二十七·文艺中 [M]. 北京：中华书局. 1975：5762.

为君致时康；公卿可俯视，岂数尚书郎？"①

　　高启诚然回顾了自己年少时期对功名的渴求，表明了自己的政治理想就是"要将二三策，为君致时康"②，直言自己渴望为君主出谋划策，致力于成为王佐之才，并想要通过尽心辅佐当权者来实现国家与人民的富足安康。这与李白在《崇明寺佛顶尊胜陀罗尼幢颂并序》中所言"致吾君于尧舜"③ 二者有同出而异名之感。由此可印证高启对李白在这一时期政治理想的认可与接受。

　　高启在《感旧酬宋军咨见寄》一诗中，也有过如下的表达：

　　　　我酒且缓倾，听君放歌行。君歌意何苦，慷慨陈平生。少为斗鸡儿，鲜裘夺春明。走马出飞弹，撇捩夸身轻。气服诸侠徒，不倚父与兄。落花锦坊南，美人理妆迎。绿云晚不度，楼上鸣瑶筝。酒酣进五木，脱帽呼输赢。及壮家已破，狂游耻无成。太白犯紫微，三辰晦光精。金镜偶沦照，干戈起纷争。中原未失鹿，东海方横鲸。遂寻鬼谷师，从之学言兵。石室得《阴符》，龙虎随权衡。业成事燕将，远戍三关营。岩谷雨雪霏，哀兽常夜鸣。抚剑起流涕，军中未知名。奇勋竟难图，回临石头城。石头何壮哉，山盘大江横。黄旗想王气，玉树闻歌声。晚登临沧观，恻怆怀古情。览时识祸机，不因忆莼羹。飘然别戎府，震泽还东征。归来访乡间，乱余掩蓬荆。旧宅人已改，荒池泉尚清。瘦妻倚寒机，正叹伊威盈。从兹谢行役，闲园事躬耕。懒求荐辟书，傲然揖公卿。衰蕙吊蟋蟀，柔桑唤鹏珝。闭门节屡变，壮魄空潜惊。昔同徒步人，十年拥麾旌。鸿毛独未顺，蹭蹬违霄程。知音竟为谁，四海嗟悖悖。齐竽不解奏，楚璞何由呈。顾余虽腐儒，当年

---

　　① 高启著. 高青丘集・赠薛相士 [M]. 金檀辑注. 徐澄宇、沈北宗校点. 上海：上海古籍出版社，1985：270.

　　② 高启著. 高青丘集・赠薛相士 [M]. 金檀辑注. 徐澄宇、沈北宗校点. 上海：上海古籍出版社，1985：270.

　　③ 李白著. 李太白全集・崇明寺佛顶尊胜陀罗尼幢颂（并序）[M]. 王琦注. 北京：中华书局，2008：1310.

亦峥嵘。小将说诸侯，捧檠定从盟。大欲千万乘，献策登蓬瀛。洪澜阻川途，浮云蔽天京。终焉困泽畔，日暮吟萧蘅。贱贫此时居，复与丧乱并。何殊九月中，严霜折枯茎。颇闻君子心，道穷贵益贞。已志不获施，安用轩裳荣。今晨喜逢君，有壶对前楹。风日初潋滟，樱桃作繁英。適意不一醉，屑屑徒悲萦。达人若相遇，大笑绝冠缨。①（高启《感旧酬宋军咨见寄》）

"顾余虽腐儒，当年亦峥嵘。小将说诸侯，捧檠定从盟。大欲千万乘，献策登蓬瀛。"② 高启表露了自己在这一阶段，报国之心依旧未改，虽然风采已不复当年，但回想起以前满怀豪情壮志的岁月，依然颇为自得，感叹那时希望得到当权者赏识与认同之心是多么强烈。

生活在盛唐时期的李白，亦是常年怀抱一颗出仕之心，达则兼济天下的政治理想始终是李白挥之不去的牵挂。在《代寿山答孟少府移文书》一文中，李白将自己欲报效国家的济世之心表露无遗：

淮南小寿山谨使东峰金衣双鹤，衔飞云锦书於维扬孟公足下曰："仆包大块之气，生洪荒之间，连翼轸之分野，控荆衡之远势。盘薄万古，邈然星河，凭天霓以结峰，倚斗极而横嶂。颇能攒吸霞雨，隐居灵仙，产隋侯之明珠，蓄卞氏之光宝，馨宇宙之美，殚造化之奇。方与昆仑抗行，阆风接境，何人间巫、庐、台、霍之足陈耶！

昨于山人李白处，见吾子移白，责仆以多奇，叱仆以特秀，而盛谈三山五岳之美，谓仆小山无名、无德而称焉。观乎斯言，何太谬之甚也！吾子岂不闻乎：无名为天地之始，有名为万物之

---

① 高启著. 高青丘集·感旧酬宋军咨见寄 [M]. 金檀辑注. 徐澄宇、沈北宗校点. 上海：上海古籍出版社，1985：142-145.
② 高启著. 高青丘集·感旧酬宋军咨见寄 [M]. 金檀辑注. 徐澄宇、沈北宗校点. 上海：上海古籍出版社，1985：145.

母。假令登封禋祀，曷足以大道讥耶？然皆损人费物，庖杀致祭，暴殄草木，镌刻金石，使载图典，亦未足为贵乎？且达人庄生，常有馀论，以为斥鷃不羡於鹏鸟，秋毫可并于泰山，由斯而谈，何小大之殊也。又怪於诸山藏国宝、隐国贤，使吾君榜道烧山披访不获，非通谈也。夫皇王登极，瑞物昭至，蒲萄翡翠以纳贡，河图洛书以应符。设天纲而掩贤，穷月窟以率职。天不秘宝，地不藏珍，风威百蛮，春养万物。王道无外，何英贤珍玉而能伏匿於岩穴耶？所谓榜道烧山，此则王者之德未广矣。昔太公大贤，傅说明德，栖渭川之水，藏虞、虢之岩，卒能形诸兆朕，感乎梦想。此则天道闇合，岂劳乎搜访哉。果投竿诣麾，舍筑作相，佐周文，赞武丁，总而论之，山亦何罪。乃知岩穴为养贤之域，林泉非秘宝之区，则仆之诸山，亦何负于国家矣。近者逸人李白自峨眉而来，尔其天为容，道为貌，不屈己，不干人，巢、由以来，一人而已。乃虬蟠龟息，遁乎此山。仆尝弄之以绿绮，卧之以碧云，漱之以琼液，饵之以金砂。既而童颜益春，真气愈茂，将欲倚剑天外，挂弓扶桑。浮四海，横八荒，出宇宙之寥廓，登云天之渺茫。俄而李公仰天长吁，谓其友人曰：吾未可去也。吾与尔，达则兼济天下，穷则独善一身，安能凔君紫霞，荫君青松，乘君鸾鹤，驾君虬龙，一朝飞腾，为方丈、蓬莱之人耳，此则未可也。乃相与卷其丹书，匣其瑶瑟，申管、晏之谈，谋帝王之术。奋其智能，愿为辅弼，使寰区大定，海县清一。事君之道成，荣亲之义毕，然后与陶朱、留侯，浮五湖，戏沧洲，不足为难矣。即仆林下之所隐容，岂不大哉。必能资其聪明，辅以正气，借之以物色，发之以文章，虽烟花中贫，没齿无恨。其有山精木魅，雄虺猛兽，以驱之四荒，磔裂原野，使影迹绝灭，不干户庭。亦遣清风扫门，明月侍坐。此乃养贤之心，实亦勤

矣。① （李白《代寿山答孟少府移文书》）

"达则兼济天下，穷则独善一身。"② 李白始终一心想要为君献策，为民进言，为国出一己之力，为民效犬马之劳。他崇尚管子、晏婴对君主的辅弼之道，希望自己也能够成为辅佐在君王左右的贤达之人，更愿倾力相助君王平定四海，安定国家。

由此观之，高启与李白都对"功名"求之若渴，都迫切希望能够建功立业，都倾心于辅佐君王，为江山社稷鞠躬尽瘁，为黎民苍生效犬马之劳。从高启对李白政治理想的认同，到高启对李白仕途追求的效仿，都可以视作为高启对李白人格接受的铁证。

高启与李白强烈的出仕之心除直接显现在二人抒发豪情壮志的诗歌之中外，也间接地反映在二人得到朝廷征召之时，所写作的以表达激动欢愉之情的诗歌之中。

《奉天殿进元史》一诗，写作于高启被征召入朝编修元史之际，表达出高启在受到朝廷启用时的欢喜之情，别有一番豁然开朗之感：

> 诏预编摩辱主知，布衣亦得拜龙墀。书成一代存殷鉴，朝列千官备汉仪。漏尽秋城催仗早，烛光晓春殿卷帘迟。时清机务应多暇，阁下从容幸一披。③ （高启《奉天殿进元史》）

此时，新朝成立不久，诗人深知面对新朝，自己本是一介布衣。正值朝廷征召用人之际，自己才有幸得以拜见天子，能够在庙堂之上一展才华。诗人面对这个千载难逢的机遇，甚为珍惜，更大赞此举为一代文明之盛事。

在告别妻儿入朝编史前，高启还写下了《召修元史将赴京师别内》一

---

① 李白著. 李太白全集·代寿山答孟少府移文书 [M]. 王琦注. 北京：中华书局，2008：1220—1225.
② 李白著. 李太白全集·代寿山答孟少府移文书 [M]. 王琦注. 北京：中华书局，2008：1225.
③ 高启著. 高青丘集·奉天殿进元史 [M]. 金檀辑注. 徐澄宇、沈北宗校点. 上海：上海古籍出版社，1985：575—576.

诗，真实地记录了自己奉诏入朝时的心情：

> 承诏趣严驾，晨当赴京师。佳征岂不荣，独念与子辞。子自归我家，贫乏久共之。闺门蔼情欢，宠德不以姿。天寒室悬罄，何忍远去兹。王明待绅文，不绸暇顾我私。匆匆愧子勤，为我烹伏雌。携幼送我泣，问我旋轸时。行路亦已遥，浮云蔽川坻。宴安圣所戒，胡为守蓬茨。我志愿裨国，有遂幸在斯。加餐待后晤，勿作悄悄思。[①]（高启《召修元史将赴京师别内》）

虽然不舍与妻儿别离，且对饱受患难的妻儿深怀愧疚，但因朝廷征召自己入朝编写元史，乃是志之所至，心之所向的重任，所以诗人必当孜孜不倦，全力以赴。

此情此景在李白收到征召入长安之时也同样出现过。朝廷下诏征李白入京，李白为官之心有多强烈，从他即将前往长安，告别妻儿所作的诗歌中亦可得见。《别内赴征三首》（其二）：

> 出门妻子强牵衣，问我西行几日归。归时倘佩黄金印，莫学苏秦不下机。[②]［李白《别内赴征三首》（其二）］

此时收到征召的李白，仿佛已经看到了一片光明的政治前景。踌躇满志的诗人认为实现自己政治理想的大好时机已经到来。于是李白充满雄心壮志地写下此诗，告诉妻子儿女，相信自己一定不负圣望，来日定能衣锦还乡，载誉归来。

在《南陵别儿童入京》一诗中，李白也将自己万丈豪情之心与志在必得之意表现得淋漓尽致：

---

① 高启著. 高青丘集·召修元史将赴京师别内 [M]. 金檀辑注. 徐澄宇、沈北宗校点. 上海：上海古籍出版社，1985：274.

② 李白著. 李太白全集·别内赴征三首（其二）[M]. 王琦注. 北京：中华书局，2008：1187.

白酒新熟山中归，黄鸡啄黍秋正肥。呼童烹鸡酌白酒，儿女嬉笑牵人衣。高歌取醉欲自慰，起舞落日争光辉。游说万乘苦不早，著鞭跨马涉远道。会稽愚妇轻买臣，余亦辞家西入秦。仰天大笑出门去，我辈岂是蓬蒿人。①（李白《南陵别儿童入京》）

作品中，李白从叙事入手。他说道，正当白酒酿好时，自己从山中归来。黄鸡在啄食着谷粒，金秋时节长得正肥美。赶紧呼唤童仆，为自己炖黄鸡、斟白酒，孩子们在身边嬉笑，牵扯自己的布衣。此时的诗人，心情愉悦，一面高歌，一面痛饮。借着酒劲，醉而起舞，舞出的闪闪剑光似乎可与落日争辉。苦于未在更早时游说万乘之君，现在只能快马加鞭，奋起直追。现实中，有很多像会稽愚妇轻买臣一样轻视自己，但就由他们轻视自己也无妨，今天诗人即将辞家西去长安。仰面朝天纵声大笑着走出门去，甚是有才的自己怎么会是长期身处草野之人呢？

李白建功立业之心，一直十分浓郁。写作这首诗歌时，他得到了唐玄宗的诏书，终于有机会入京面圣。李白感觉到自己的政治理想与抱负即将有实现的机会了，于是满怀豪情壮志，告别妻儿，踱步而出。诗歌中写的是小景、小事，但在诗人炙热的心情下，一切都被写得跌宕起伏，诗人的真挚情感肆意喷发，由此可见，报国之心在李白生命中所承担的非凡之意。

此外，李白在《塞下曲六首》（其一）中，也表达了自己想要建功立业的决心：

五月天山雪，无花只有寒。笛中闻折柳，春色未曾看。晓战随金鼓，宵眠抱玉鞍。愿将腰下剑，直为斩楼兰。②［李白《塞下曲六首》（其一）］

---

① 李白著. 李太白全集·南陵别儿童入京［M］. 王琦注. 北京：中华书局，2008：744.
② 李白著. 李太白全集·塞下曲六首（其一）［M］. 王琦注. 北京：中华书局，2008：284.

诗歌中，李白吐露自己的豪情壮志。五月的大雪弥漫天山，山上无一草一木一花，唯有无尽的寒冷。此时，听闻有人在用竹笛吹奏《折柳曲》，遥想着此时的家乡应该已是春色满园，但自己甚于此处，却见不到丝毫春天的景象。白天在鼓声阵阵中，与敌人进行殊死的搏斗，晚上也只能在马鞍上入眠。腰上佩戴着宝剑，但愿能够早日踏平楼兰，为国家消除边患。诗歌颇有边塞诗之感，李白在诗歌中，刻画了为国而战的英勇形象，同时也是内心希望为国建功立业的真实心声。

在《鞠歌行》中，李白也曾吐露自己想要为国尽忠的决心：

> 玉不自言如桃李，鱼目笑之卞和耻。楚国青蝇何太多，连城白璧遭谗毁。荆山长号泣血人，忠臣死为刖足鬼。听曲知甯戚，夷吾因小妻。秦穆五羊皮，买死百里奚。洗拂青云上，当时贱如泥。朝歌鼓刀叟，虎变磻溪中。一举钓六合，遂荒营丘东。平生渭水曲，谁识此老翁？奈何今之人，双目送飞鸿。① （李白《鞠歌行》）

李白在诗中感叹道，美玉自知自己的高洁无瑕，所以不用自言自夸如桃李一般，非要与其争个高下。但历史上的小人却不懂得谦虚、不争是一种美德，反而鱼目混珠，不分优劣，把劣质的当成好的，把和氏璧看成引以为耻的东西。为何楚国有那么多颠倒黑白的小人，就连价值连城的和氏璧也遭到了谗言和诋毁。卞和抱着和氏璧在荆山之下抢天哭地。他本是忠于国君之人，却因不得赏识，而遭遇了刖足的不幸。宁戚报国无门，在桓公门前唱小曲。管仲经过小妾的解释而最终获得了齐桓公的重用。百里奚流亡到楚国，秦穆公用五张牡黑羊皮把他赎回来，并任用他为大夫。洗涤与拂拭尘埃之后，便平步青云，可之前都低贱如泥土一般。朝歌的屠夫吕望在渭水之滨垂钓，九十岁终于得到周文王的重用。周武王取得天下以后，封吕望在齐国营

---

① 李白著. 李太白全集·鞠歌行［M］. 王琦注. 北京：中华书局，2008：231－232.

丘之地，治理齐国。吕望一生都在渭水之滨垂钓，有谁人认识他，关注他呢？如今的人，更是无人来关注像他这样的垂钓者了，目送飞鸿而去，却无意于他的报国之心。

在诗歌中，李白借助卞和、宁戚、百里奚、吕望等历史人物的故事，抒发了自己强烈的报国之心。希望自己也能如这些历史人物一样，得到统治者的赏识与重用。

此外，李白对国家的情感，除了壮志凌云地表达为国家尽忠，能够建功立业之外，还表现在李白柔情的思归之作里。例如《太原早秋》：

> 岁落众芳歇，时当大火流。霜威出塞早，云色渡河秋。梦绕边城月，心飞故国楼。思归若汾水，无日不悠悠。① （李白《太原早秋》）

李白在诗中写道，白驹过隙，光阴流走，花草树木在季节的流转中，枯萎凋零。随着大火星西移，天气逐渐转凉，天气转凉，自己的内心也渐生寒意。此时身在塞外，秋霜早早地从北方来到这里，黄河以北已经呈现出一派秋天的气息。夜夜秋梦都缠绕着边城上空的月亮，心却随着月光回到了家乡的楼上。思乡之情就像这绵绵不断的汾河水，无时无刻不在悠悠地流向家乡。诗人羁旅他乡，但思绪却与故国与家人深深相连。无论是身在现实，或者是身在梦里，自己都无法割舍对家乡的深深思念。诗人把思归之心托付于滚滚而流的汾河水，希望河水能够带着自己的思念，流到家乡。作者巧妙地借水抒情，在绵延不断的思绪中，将自己对于故乡的眷恋缓缓道出。这首作品，与李白其他豪迈表达为国效力的诗作不同，更多将诗仙内心柔弱似水的地方展现出来。在柔情缱绻中，诗仙也表达了故国就是内心挥之不去的牵挂，是灵魂可以安放之地。诗歌虽然没有豪情万丈，但却以真挚的情感、高远的格调，将自己与故国建立的深刻联系，刻画得形象深切。

---

① 李白著. 李太白全集·太原早秋 [M]. 王琦注. 北京：中华书局，2008：1013.

（二）举荐入朝，赐金放还

李白与高启同是天资聪慧之人，且有着相同的出仕之心，在追寻政治理想的道路上也经历了极其相似的境遇。高启与李白都曾由友人举荐入朝为官，但后来又都遭遇了赐金放还的政治失意。

由元入明，高启看到了国家渐入安定之势，自己也意识到了出仕的时机日趋成熟。洪武初，高启实现政治理想的第一道曙光来临。经由友人举荐，高启受征召进入翰林院编修元史。正如《明史·文苑一》所载："洪武初，被荐，偕同县谢徽召修《元史》，授翰林院国史编修官，复命教授诸王。"①

李白在天宝初年，也受好友吴筠的举荐而进入翰林院。正如《旧唐书·文苑下》所载："天宝初，客游会稽，与道士吴筠隐于剡中。既而玄宗诏筠赴京师，筠荐之于朝，遣使召之，与筠俱待诏翰林。"② 天宝初年，李白客游于会稽，于道士吴筠归隐于剡中。适逢玄宗皇帝召吴筠前往京城，吴筠趁机举荐了李白，玄宗派遣使者诏令李白与吴筠待诏翰林。

但高启与李白二人入朝为官后，仕途都并非一帆风顺。当高启与李白看到了现实环境与理想之境的差距，素来衣襟坦荡，傲骨嶙峋的二人拒不委曲求全，都毅然地选择了请辞还乡。

《明史·文苑一》有言："启自陈年少不敢当重任，徽亦固辞，乃见许。已，并赐白金放还。"③ 入朝后不久，高启便以年少不敢担当重任为由请求辞官还乡，朱元璋给予应允，赐金放还。

《新唐书·文艺中》也记录了李白仕途不顺，赐金放还的史实："帝欲官白，妃辄沮止。白自知不为亲近所容，益骜放不自修，与知章、李适之、汝阳王李琎、崔宗之、苏晋、张旭、焦遂为'酒八仙人'。恳求还山，帝赐

---

① 张廷玉等撰. 明史·卷二百八十五列传一百十七三·文苑一［M］. 北京：中华书局，1974：7328.
② 刘昫等撰. 旧唐书·卷一百九十下·列传第一百四十·文苑下［M］. 北京：中华书局，1975：5053.
③ 张廷玉等撰. 明史·卷二百八十五·列传一百十七三·文苑一［M］. 北京：中华书局. 1974：7328.

金放还。"① 自被诬陷以《清平调词》冒犯了杨玉环之后,李白也在仕途上举步维艰。向来宏达豪放的李白,怎能向奸恶势力低头,于是索性向当权者请辞放还。

高启与李白都因受举荐而供职于翰林院,但最终也都以赐金放还的结局收场。壮志难酬的愤懑,报国无门的酸楚,便成为二人心中的郁结所在。

高启曾作《行路难三首》以示内心的惆怅之情。

> 君不见,盘中鲤,暂失风涛登俎几。君不见,枝上蜩,才出粪壤凌云霄。推移变化讵可测?勿谓明日同今朝。出乘高车入大马,半是当年徒步者。范叔曾逃客溺余,卫青亦在人笞下。悠悠行路莫相欺,为雌为雄未可知。② [高启《行路难三首》(其一)]

在《行路难三首》(其一)中,高启虽正值人生低谷,但对未来尚有些许信心:盘中的鲤鱼,离开了水,被供奉在祭祀的神器之内;树枝上的蜩咎,才蹦出了粪壤,就凌风高飞。高启借鲤鱼与蝉的经历,暗喻自己,有朝一日定能平步青云。时间推移,世事变更,绝不能以今天的遭遇来推测明日的前景。现如今乘坐高大马车出入苑闹的人,其中有一半都是当年的徒步者。范雎与卫青此类名垂青史的功臣也都是历经了逆境之后,方才飞黄腾达,建功立业。

但在《行路难三首》(其二)中,高启却不再对现实的黑暗视而不见、避而不谈,而是敢于直视仕途的不易与艰辛,坦言路途遥远,险象环生的场景比比皆是:

---

① 欧阳修·宋祁撰. 新唐书·卷二百二·列传一百二十七·文艺中 [M]. 北京:中华书局,1975:5763.

② 高启著. 高青丘集·行路难三首(其一)[M]. 金檀辑注. 徐澄宇、沈北宗校点. 上海:上海古籍出版社,1985:22—23.

　　危莫若编虎须，险莫若触鲸牙。行路之难复过此，前有瞿塘后褒斜。杯酒朝欢，矛刃夕加。恩仇反覆间，楚汉生一家。钩弋死云阳，鸱夷弃江沙。所以贤达人，高飞不下避网罝。行路难，堪叹嗟![1] ［高启《行路难三首》（其二）］

　　诗人感叹道，或许世人认为这世间的危险莫过于编织老虎的胡须，莫过于触碰鲸鱼的牙齿。但他们却全然不知，在仕途前行中，会遇到的艰难险阻远胜于此。途经的道路异常险峻，好比前面有瞿塘峡阻绝，后面紧接着就有褒城斜谷拦路。或许某日早晨还与你一起举杯饮酒的同仁，转眼到日暮时分就与你兵刃相接。所以贤达之人都要高飞远走，避免被网罝捕获。诗人也不得不承认，由此看来，行路确实很艰难。

　　五百多年前，李白在遭遇政治失意之时，也曾写下《行路难三首》，以道官场的黑暗，以表现实的无奈：

　　金樽清酒斗十千，玉盘珍羞直万钱。停杯投箸不能食，拔剑四顾心茫然。欲渡黄河冰塞川，将登太行雪满山。闲来垂钓碧溪上，忽复乘舟梦日边。行路难，行路难，多歧路，今安在？长风破浪会有时，直挂云帆济沧海。[2] ［李白《行路难三首》（其一）］

　　李白也在诗中讲述了仕途的艰辛，抒发了不被重用的无奈。在诗歌中，李白感叹道，金杯中的美酒一斗价值十千钱，玉盘里的菜肴珍贵可值万钱。可是心中满怀郁闷，使自己不得不放下杯筷，没有进食的心情与欲望。此时，拔出宝剑，环顾四周，心存茫然。想要渡过黄河，却遇到了冰封江面；想要登临太行，却又遭遇雪封前路。想像姜尚垂钓溪那样，待东山再起；又

---

　　① 高启著. 高青丘集·行路难三首（其二）[M]. 金檀辑注. 徐澄宇、沈北宗校点. 上海：上海古籍出版社，1985：23.
　　② 李白著. 李太白全集·行路难三首（其一）[M]. 王琦注. 北京：中华书局，2008：189.

想像伊尹做梦那样，乘船经过日边。李白此时也不得不发出人生的感慨：人生道路多么艰难啊！歧路纷杂，我如今又身在何处呢？即便眼前之境并不乐观，但内心始终相信总会有乘风破浪的时机，到时一定要扬起征帆，横渡沧海！此刻，李白建功立业的愿望依然十分强烈，只是无奈道路如此曲折，前程复何在？

高启也曾写过词作《念奴娇·自述》：

策勋万里，笑书生、骨相有谁相许？壮志平生还自负，羞比纷纷儿女。酒发雄谈，剑增奇气，诗吐惊人语。风云无便，未容黄鹄轻举。

何事匹马尘埃，东西南北，十载犹羁旅！只恐陈登容易笑，负却故园鸡黍。笛里关山，樽前日月，回首空凝仁。吾今未老，不须清泪如雨。① （高启《念奴娇·自述》）

高启在词中写道，我期许着立功边疆，能够记功于万里之外，是谁在笑看和推许着我的骨骼相貌呢？我曾经满怀凌云壮志，渴望能够大展宏图，自己绝也不愿与胸无大志的碌碌无为之辈相比。借着酒劲，高谈阔论着自己的理想，一柄长剑舞出不平凡的气度，口中随意赋诗，也能惊艳四座。可惜，自己没有生逢好时光，无法像黄鹄一般轻快地飞翔，实现一展抱负的愿望。我骑着马儿，天南海北，漫游各地，十年了仍然客寄他乡。如果如今退隐，只关心一日三餐，可能会被陈登所耻笑。现在国家正处于生死存亡的紧要关头，而我却沉湎于田园生活之中，回首看去，凝神久立，内心极不平静。但是想想如今我的年纪，尚未老去，也不需要太多黯然神伤。

高启在这首词作中，抒发了自己的壮志凌云，也同时描写了自己匹马羁旅的现实处境。即使在壮志难酬、抱负难展的现下，诗人依然保持着慷慨疏

---

① 高启著. 高青丘集·念奴娇·自述［M］. 金檀辑注. 徐澄宇、沈北宗校点. 上海：上海古籍出版社，1985：963.

狂的气度。个性豪放的诗人，虽然暂时无法施展才华，无法报效国家，却从未放弃对自我的追求。结尾之处，还不忘宽慰与激励自己，只要自己尚未老去，那么就暂时不用以泪洗面，情落低谷。

李白与高启先后在豪情满志的仕途上，遭遇了未曾预料的艰难险阻。同样的政治抱负，相似的人生追求，高度一致的仕途经历，让两位诗人面对这些起伏遭遇时，在心态与情绪的表露中，产生了超越时空的默契。因此在两位诗人的诗歌作品中，品味到相似的情感宣泄，找寻到契合的慨叹深意，便是手到擒来之事。

（三）游历名山，寄情山水

游历名山，是古代文士钟爱之事。高启与李白都有游历名山的经历，并且都在游历的途中写下了许多流传后世的诗篇。高启漫游吴越，李白游历的足迹更是遍布大江南北。游历山川的途中，两位诗人感悟自然、思考人生。不仅从大自然神奇的创造力中感悟内心的愉悦，启发文学的创作思维，同时也在漫游途中踏访古迹，即景抒情，怀古伤今。两位诗人有着相似的人生际遇，而漫游的经历对于两位诗人而言，在心灵上所产生的触碰也一定有所契合。

至正戊戌庚子年间，高启出游东南诸郡。吴越之游，是高启短暂一生中非常重要的人生体验，正如他在《吴越纪游诗序》里所写道："至正戊戌、庚子间，余曾游东南诸郡，顾览山川，所赋甚多，久而散失。暇日理箧中，得数纸，而坏烂破阙，多非完章，因则其可存者，追赋当日之意以足成之，凡一十五首。虽未能北遡大河，西涉嵩、华，以赋其险径绝特之状，然此所以写行役之情，纪游历之迹，与夫怀贤吊古之意，亦往往而在，固不得而弃也，因录以自览焉。"[①]

漫游山水间，高启与李白都悦纳了许多日常生活中难得一见的秀美风光。在欣赏绚丽风景之时，诗人们也自然而然地释怀了生活与仕途中所积聚的沉重之感。

---

① 高启著. 高青丘集·吴越纪游诗序 [M]. 金檀辑注. 徐澄宇、沈北宗校点. 上海：上海古籍出版社，1985：1003.

高启在《过硖石》一诗中，用幽美的笔调描绘了一幅山明水秀的风景画：

> 硖石颇奇壮，长河出连山。绝壁两岸开，行舟过其间。高处谁解登，阴藤袅难攀。旁垂雨痕古，仰露天光悭。不知真宰意，随地设险艰。一夫据蜀阁，二世凭秦关。赖此非要区，争夺得少间。徘徊伫望久，日暮飞云还。①（高启《过硖石》）

硖石山的自然美景，让诗人深切体味到远离战乱喧嚣的宁静。洛塘河从两山之间缓缓而出，小舟在两岸的绝壁间穿行，由远及近，波光粼粼。诗人也不由地感叹道，好在这不是兵家必争之地，所以战乱尚未波及至此。踱步于此，抬头仰望，静观夕阳西下，白云散去，怡然自得。

李白在《牛渚矶》一诗中也描摹了一番奇美的画面，渲染了高山流水的奇美搭配：

> 绝壁临巨川，连峰势相向。乱石流洑间，回波自成浪。但惊群木秀，莫测精灵状。更听猿夜啼，忧心醉江上。②（李白《牛渚矶》）

绝壁伫立在宽广的江面上，山势绵延。乱石堆砌在水流间，风起水涌，形成一阵接一阵的波峰浪谷。树木秀美，亭亭玉立，犹如精灵。猿啼山间，醉心江上。

高启也曾在《夜抵江上候船至晓始行》一诗中，记录了自己的吴越之行。

---

① 高启著. 高青丘集·过硖石 [M]. 金檀辑注. 徐澄宇、沈北宗校点. 上海：上海古籍出版社，1985：129－130.
② 李白著. 李太白全集·姑孰十咏·牛渚矶 [M]. 王琦注. 北京：中华书局，2008：1054－1055.

夜辞西陵馆，霜谷猿叫歇。津卒未具舟，天险不可越。渔商杂候渡，寒立沙上月。苍烟隐遥汀，益觉潮涨阔。开桡散惊凫，海色曙初发。珣珣前山来，稍稍后岭没。中流闻鼓角，隔岸见城阙。客路得奇观，临风闷俱豁。①（高启《夜抵江上候船至晓始行》）

整首诗歌记录了高启夜晚到江边候船，次日天亮乘船游览的经过。夜晚时分，离开西陵馆，天气微凉，已经有霜雾出现了。守渡口的隶卒没有准备好舟船，天险难以逾越。夜晚的渡口，回潮宽阔迅急，致使渔者商贾都立于寒夜沙滩以候渡。苍茫的云雾让远处水中的陆地隐若现，更加感觉到回潮的上涨与辽阔。终于等到快开船的时候，船桨驱散了受惊的野鸭，海面上已经逐渐可以看到曙光出发。船行江上，很快经过了前山和后岭。船行到河流中段，能够远远望见岸上的城郭。一路都看到了各种奇特的景象，在船里迎着江风，一切的愁苦与郁结都豁然开朗了。

高启还曾写作过《游灵岩记》：

吴城东无山，唯西为有山，其峰联岭属，纷纷靡靡，或起或伏，而灵岩居其词，拔其挺秀，若不肯与众峰列，望之者咸知其有异也。

山仰行而上，有亭焉，居其半，盖以节行者之力，至此而得少休也。由亭而稍上，有穴窈然，曰西施之洞，有泉泓然，曰浣花之池，皆吴王夫差宴游之遗处也。又其上则有草堂，可以容栖迟，有琴台可以周眺览，有轩以直洞庭之峰，曰抱翠，有阁以瞰具区之波，曰涵空，虚明动荡，用号奇观，盖专此郡之美者山，而专此山之美者阁也。

---

① 高启著. 高青丘集·吴越纪游诗十五首夜·抵江上候船至晓始行［M］. 金檀辑注. 徐澄宇、沈北宗校点. 上海：上海古籍出版社，1985：126.

　　启吴人，游此虽甚亟，然山每匿幽闷胜，莫可搜剔，如鄙予之陋者。

　　今年春，从淮南行省参知政事临川饶公与客十人复来游。升于高则山之佳者悠然来，入于奥则石之奇者突然出。氛岚为之塞舒，杉桧为之拂舞；幽显巨细，争献厥状，披豁呈露，无有隐循。然后知于此山为始著于今而素昧于昔也。

　　夫山之异于众者，尚能待人而自见，而况人之异于众者哉！公顾瞻有得，因命客赋诗，而属启为之记。启谓天于诡奇之地不多设，人于登临之乐不常遇；有其地而非其人，有其人而非其地，皆不足以尽夫游观之乐也。今灵岩为名山，诸公为名士，盖必相须而适相值，夫岂偶然哉？宜其目领而心解，景会而理得也。若启之陋，而亦与其有得焉，顾非幸也欤！启为客最少，然敢执笔而不辞者，亦将有以私识其幸也！十人者：淮海秦约、诸暨姜渐、河南陆仁、会稽张宪、天台詹参、豫章陈增、吴郡金起、金华王顺、嘉陵杨基、吴陵刘胜也。[1]（高启《游灵岩记》）

　　这篇游记记述了高启与友人游览苏州灵岩山的过程：吴县东面没有高山，只在城的西面，能看到群山相连。重峦叠嶂，山势起伏。灵岩山就是其中的一座，山姿拔奇挺秀，仿佛就像是不甘和其他山峰一样，展现着独特的美。

　　从山下往上走，能够看见在半山腰有一座亭。将亭子修建在此处，大概是考虑到路人不必费太多体力就可以在此稍事休息。由亭往上，有一处幽深曲折的山洞，听闻是"西施洞"。山里还有常年不枯的泉水，相传是西施濯花之处，这里曾是吴王夫差宴游的遗迹。再往上走，有可以住宿的草堂。还有琴台，可以远眺四周。有名为"抱翠"的轩室，在那里可以望到对面的洞庭山。有涵虚阁，可以俯瞰太湖。虚明动荡，因此称为奇观阁。灵岩是吴郡

---

① 高启著. 高青丘集·游岩灵记 [M]. 金檀辑注. 徐澄宇、沈北宗校点. 上海：上海古籍出版社，1985：862.

最美的山，而灵岩最美的地方，便是此处了。

我是吴县人，多次来此地。但是每次灵岩似乎都将幽境胜景隐藏起来，因此很难见到山色的美，也许灵岩是存心鄙视如我一般的浅薄之人吧。

今年春天，我跟随淮南行省参知政事临川饶介公和其他十余人到此游玩。爬至高处，优美山景乍现；走进深山，奇石乍现；山间雾气舒展，杉树桧树起舞。灵岩山各种景色，都争先显现，不再隐藏。这时候，方才知道自己从今天才开始认识灵岩山。

灵岩山山今景与往昔不同，更何况观赏它的人也与众不同呢？饶公观看景色颇有心得，命同游之人一起赋诗，嘱咐我写下游记。

我说："天下诡奇的地方不多，而人也并非每次登山都能体会到登临的乐趣。山被人欣赏，而人欣赏山，两相成映。现在灵岩是名山，诸位是名士，想必真是互相不负其名。难道只是偶然吗？是因为人们看到风景而心中理解，景物被领略到而理趣得以被体会。而我是粗陋的人，也跟随其中有所体会，实属有幸。我在诸位里年纪最小，不敢推辞执笔为记的任务，这样也可以私下将这份幸运记录下来。"同行的十个人是淮海秦约、诸暨姜渐、河南陆仁、会稽张宪、天台詹参、豫章陈增、吴郡金起、金华王顺、嘉陵杨基和吴陵刘胜。

《游灵岩记》一文，文辞清丽，字句整饰，情在景中，意在言外。这篇散文，虽然名为游记，但却没有仅仅只着笔在记叙游山的历程。同时在游历山水时，也注入了诗人对于人生际遇的无限思考。高启在文中巧妙地表达了鄙夷权贵、不慕名利，洁身自好的高洁志向。

李白也有诸多游历的人生体验，在他的诗歌中也记录这一些畅快游览的心情。最有代表性的当属《早发白帝城》：

> 朝辞白帝彩云间，千里江陵一日还。两岸猿声啼不住，轻舟
> 已过万重山。[1]（李白《早发白帝城》）

---

[1]　李白著. 李太白全集·早发白帝城 [M]. 王琦注. 北京：中华书局，2008：1022.

公元 755 年，安史之乱爆发。唐玄宗携臣工美眷逃往蜀地避难。太子李亨留讨安禄山。公元 75 年，李亨在灵武既位，史称唐肃宗。玄宗曾命令儿子永王李璘督兵平叛，永王李璘在江陵，召兵万人，自树一帜，肃宗怀疑他争夺帝位，已重兵相压，李璘兵败被杀。李白曾经参加过永王李璘的幕府，被加上"附逆"罪流放夜郎，当他行至巫山时，肃宗宣布大赦，李白也被赦免，立刻从白帝城东下，返回江陵（今湖北荆州）。此诗即回舟抵江陵时所作。

《早发白帝城》一诗歌，"朝辞白帝彩云间"作为开篇，展现了白帝城的秀美之景。特别是"彩云间"一词，诗人的视角开阔很大，捕捉到天空之境与城市之景的完美融合。随后，诗人由写景而写人："千里江陵一日还。"这一句诗描摹了千里江陵的壮丽景色。接下来，诗人从视觉描写转入听觉描写，"两岸猿声啼不住"——营造了诗歌意境的生动性。最后"轻舟已过万重山"，是旅途的平顺轻快，也是诗人内心轻松愉悦。这首诗是李白诗歌中的代表作之一，被广泛传诵流传至今。

此外，李白还有诗歌《越中怀秋》：

> 越水绕碧山，周回数千里。乃是天镜中，分明画相似。爱此从冥搜，永怀临湍游。一为沧波客，十见红蕖秋。观涛壮天险，望海令人愁。路遐迫西照，岁晚悲东流。何必探禹穴，逝将归蓬丘。不然五湖上，亦可乘扁舟。[①]（李白《越中怀秋》）

这也是李白泛舟江浙时写下的一首诗歌。诗仙在诗歌中写道，江浙一带的河流弯曲环绕着青绿的山脉，四周绵延数千里。原本是在江面看到的景象，却像人在画中游一般。从此非常喜欢探寻如此胜境，未来也将长久怀念在湍急江水中游览的感觉。当一次泛舟江上的旅客，无数次见到有粉色的荷花的秋色。极大的海浪壮阔如天险，眺望大海令人生愁。在夕阳的照射下，

---

① 李白著. 李太白全集·越中怀秋 [M]. 王琦注. 北京：中华书局，2008：1089.

前路显得异常遥远。到了岁末的时候，又悲叹江水东流不复返。哪里需要去探寻禹穴，逝去将归蓬莱山。要不然在五湖之上，亦是可以乘坐扁舟。

又例如诗歌《玩月金陵城西孙楚酒楼，达曙歌吹，日晚乘醉著紫绮裘乌纱巾，与酒客数人棹歌秦淮，往石头访崔四侍御》，诗歌中，李白记录了自己乘船前往石头洲的经过：

> 昨玩西城月，青天垂玉钩。朝沽金陵酒，歌吹孙楚楼。忽忆绣衣人，乘船往石头。草裹乌纱巾，倒被紫绮裘。两岸拍手笑，疑是王子猷。酒客十数公，崩腾醉中流。谑浪掉海客，喧呼傲阳侯。半道逢吴姬，卷帘出揶揄。我忆君到此，不知狂与羞。月下一见君，三杯便回桡。舍舟共连袂，行上南渡桥。兴发歌《绿水》，秦客为之摇。鸡鸣复相招，清宴逸云霄。赠我数百字，字字凌风飙。系之衣裘上，相忆每长谣。[1]（李白《玩月金陵城西孙楚酒楼，达曙歌吹，日晚乘醉著紫绮裘乌纱巾，与酒客数人棹歌秦淮，往石头访崔四侍御》）

李白还有《渡荆门送别》一诗：

> 渡远荆门外，来从楚国游。山随平野尽，江入大荒流。月下飞天镜，云生结海楼。仍怜故乡水，万里送行舟。[2]（李白《渡荆门送别》）

李白在诗经中写道，自己乘坐着舟船来到荆门，在战国时期楚国的境内游览。山川随着广阔平坦的原野的出现，逐渐消失不见，滔滔江水在一望无际的原野中奔流。江面上的月影，就好像天上飞来的一块明镜，美丽的云霞

---

① 李白著. 李太白全集·玩月金陵城西孙楚酒楼，达曙歌吹，日晚乘醉著紫绮裘乌纱巾，与酒客数人棹歌秦淮，往石头访崔四侍御 [M]. 王琦注. 北京：中华书局，2008：894—895.
② 李白著. 李太白全集·渡荆门送别 [M]. 王琦注. 北京：中华书局，2008：739.

堆叠，幻化出了海市蜃楼。诗人感叹，自己是多么怜爱故乡之水，不远万里来送我东行的小舟。

山水间漫游，亲近大自然。山之高峻壮美，水之清莹透彻，大自然的神奇让高启与李白大开眼界，赞叹不已。两位诗人都心照不宣地沉醉于山高水阔的美景之中，找寻到一番别有洞天的舒坦。所有怡然自得之感皆真实地记录于两位诗人的诗作之中，成为隔空呼应的精神交流。

漫游之时，高启与李白除了描摹大自然的美丽景色之外，两人也在游历的途中，走访古迹，怀古伤今，将自己的现实遭遇与眼前的凋零之景关联起来，触目伤怀，尽情抒发自己对国家命运和人生得失的思考与感悟。

高启所作的《姑苏杂咏》中，有《南园》一诗。诗人看到眼前满目疮痍的南园，昔日的繁华早已不在，内心不禁升起一股悲凉，感叹时光荏苒，事过境迁：

> 君不见，平乐馆，古城何处寒云满。君不见，奉诚园，荒台无踪秋草繁。白日沉山水归海，寒暑频催陵谷改。皇天大运有推移，富贵于人岂长在。请看当年广陵王，双旌六纛何辉光！幸逢中国久多故，一家割据夸雄强。园中欢游恐迟暮，美人能歌客能赋。车马春风日日来，杨花吹满城南路。叠石为山，引泉为池，辟疆旧园何足奇。经营三十年，欲令子孙永保之。不知回首今几时，繁华扫地无复遗。门掩愁鸱啸风雨，种菜老翁来作主。空余怪石卧池边，欲问兴亡不能语。春已去，人不来。一树两树桃花开，射堂鞠圃俱青苔。何须雍门琴，但令对此便可哀。人生不饮何为哉！人生不饮何为哉！① （高启《姑苏杂咏·南园》）

广陵王曾精心开辟的南园依旧坐落在城南，可是光彩早已不再。诗人联

---

① 高启著. 高青丘集·南园 [M]. 金檀辑注. 徐澄宇、沈北宗校点. 上海：上海古籍出版社，1985：439—440.

想到汉代的平乐馆，唐时的奉诚园，现如今都已变成了凋零的废墟。天地时运，万物发展，一切都遵循着规律在改变，那富贵荣华对于个人来讲，又怎么可能经久不衰？当年的广陵王是何等荣耀显贵，每每园中宴游，必然高朋满座，觥筹交错，那又是何等的欢愉，但现如今一切都已迟暮。重峦叠嶂，俯仰生姿的园中美景，苦心经营了三十余年，本以为可以世代保住它，可回首过往，不知道方才时隔多久，就已繁华逝去，荒寂遍地。美好的光阴转瞬即逝，人生更应该对酒当歌，及时行乐。

李白也曾在游历梁园之时，触景生情，追忆昔日的繁华喧嚣，目睹现下的物是人非，复杂的心绪交错而起，作《梁园吟》一诗抒发自己怀古伤今的悲叹：

> 我浮黄河去京阙，挂席欲进波连山。天长水阔厌远涉，访古始及平台间。平台为客忧思多，对酒遂作《梁园歌》。却忆蓬池阮公咏，因吟渌水扬洪波。洪波浩荡迷旧国，路远西归安可得？人生达命岂暇愁，且饮美酒登高楼。平头奴子摇大扇，五月不热疑清秋。玉盘杨梅为君设，吴盐如花皎白雪。持盐把酒但饮之，莫学夷、齐事高洁。昔人豪贵信陵君，今人耕种信陵坟。荒城虚照碧山月，古木尽入苍梧云。梁王宫阙今安在？枚、马先归不相待。舞影歌声散绿池，空馀汴水东流海。沉吟此事泪满衣，黄金买醉未能归。连呼五白行六博，分曹赌酒酣驰辉。歌且谣，意方远，东山高卧时起来，欲济苍生未应晚。[①]（李白《梁园吟》）

李白在诗歌中写道，离开了京城，从黄河上乘船，沿江而下，船上挂起了风帆，大河中波涛汹涌，如山脉起伏。航程很长，饱尝了远游之辛苦，终于抵达宋州。这里是古梁园的遗迹。在平台作客，诗人依然愁思不断，对酒

---

① 李白著. 李太白全集·古近体诗共二十八首. 梁园吟 [M]. 王琦注. 北京：中华书局，2008：390—392.

高歌，即兴吟唱了一首《梁园歌》。感怀阮籍《咏怀》"徘徊蓬池上"之诗，念及"泽水扬洪波"之句。自己内心忽然受到了触动，遥想长安与梁园相隔甚远，想再重返京城，已经希望渺茫了。人各有命，天命难违，此心豁达，不必忧愁。此时，可以一边登高楼，一边赏风景，一边饮美酒，一边听小曲。身旁有平头奴子摇着扇子，炎热的五月就如同十月清秋一样凉爽。侍女端上盛满杨梅的玉盘，再端上花皎如雪的吴盐。沾白盐饮美酒，人生不得意也要尽欢，别学周朝的夷齐品行高洁，不食周粟，我还是想拿着皇上的金子买酒喝。以前这附近有个潇洒豪勇的主人名叫信陵君，如今他的坟地却被人耕种，一切如空。现如今的梁园，月光虚照，断壁残垣，青山暮暮，只有古木参天，飘挂流云。豪奢宫阙，不复存在，当时风流倜傥的枚乘、司马相如也不见了踪影。舞影歌声也都消失了。一切都好像付与了池中绿水，只剩下汴水日夜东流到海不复回。吟到这里，不由得泪洒衣襟，未能归得长安，只好以黄金买醉。或呼白喊黑，一掷千金；戴分曹赌酒，以遣时日。我且歌且谣，暂以为隐士，但仍寄希望于将来。就像当年谢安东山高卧一样，一旦时机已到，再起身大济苍生，也时犹未为晚。

李白遭馋离京，游历梁园时作此诗。漫游天地间，走访历史遗迹。月亮虚照着大梁的荒城，古木参天，直插入云。梁国旧时的宫殿依然尚在，但诸如枚乘、司马相如之类的座上宾客都早已不在。曾经歌舞升平的蓬池，现如今也只剩下了一片落寞，留下不逝的汴水依然滚滚东流。李白看到此情此景，也仿似有了张若虚在《春江花月夜》中那番仰天的疑问："江月年年只相似，岁岁年年人不同。不知江月待何人，但见长江送流水。"[①] 怀古伤今，感时伤事，眼泪也不由地急促而下，诗人也想问问天地，问问江海，问问山川，问问历史，问一问现实的出路何在，更问一问自己憧憬的前程何在。

无论仕途如何艰险，无论是否身居官位，高启与李白的内心都始终怀抱着对国家的责任，始终坚守着对百姓的担当。在漫游途中，凡途经历史之

---

① 全唐诗·卷一百十七·春江花月夜 [M]. 北京：中华书局，1979：1184.

地，两位诗人都不约而同地回眸历史，思考现世。以史为鉴，思兴替得失，早已成为两位诗人责无旁贷的习惯。

（四）诗酒情缘，闲云野鹤

李白一生爱酒，素有"酒仙"之称。杜甫曾作诗：

> 知章骑马似乘船，眼花落井水底眠。汝阳三斗始朝天，道逢曲车口流涎，恨不移封向酒泉。左相日兴费万钱，饮如长鲸吸百川，衔杯乐圣称避贤。宗之潇洒美少年，举觞白眼望青天，皎如玉树临风前。苏晋长斋绣佛前，醉中往往爱逃禅。李白斗酒诗百篇，长安市上酒家眠，天子呼来不上船，自称臣是酒中仙。张旭三杯草圣传，脱帽露顶王公前，挥毫落纸如云烟。焦遂五斗方卓然，高谈雄辩惊四筵。① （杜甫《饮中八仙歌》）

杜甫以"自称臣是酒中仙"② 来记录李白爱酒如命的豪放情怀。

唐代诗人崔成甫在《赠李十二白》一诗中也有言："天外常求太白老。金陵捉得酒仙人。"③ 李白豪放不羁性格的形成，雄浑飘逸诗风的铸就，其实皆与酒有着妙不可言的密切关系。余光中先生就曾精妙地评述过李白的"诗酒情缘"："酒入豪肠，七分酿成了月光，余下的三分啸成剑气，绣口一吐就半个盛唐。"④

借酒遣怀早已成为李白具有标志性意义的符号。朋友话别之时：

> 风吹柳花满店香，吴姬压酒劝客尝。金陵子弟来相送，欲行不行各尽觞。请君试问东流水，别意与之谁短长？⑤ （李白《金陵酒肆留别》）

---

① 杜甫著. 杜诗详注·饮中八仙歌 [M]. 仇兆鳌注. 北京：中华书局，1979：83.
② 杜甫著. 杜诗详注·饮中八仙歌 [M]. 仇兆鳌注. 北京：中华书局，1979：83.
③ 全唐诗·卷二百六十一·赠李十二白 [M]. 北京：中华书局，1979：2906.
④ 余光中著. 余光中集·寻李白 [M]. 天津：百花文艺出版社，2004：479—480.
⑤ 李白著. 李太白全集·金陵酒肆留别 [M]. 王琦注. 北京：中华书局，2008：728.

李白在诗歌中写道，春风吹起了柳絮，酒家满屋飘香。侍女们手捧美酒，劝我品尝。金陵年轻朋友们，都纷纷赶来送别。欲走还留之间，各自畅饮悲欢。请你问问东流的江水，离情别意与它相比，谁短谁长？李白用"金陵子弟来相送，欲行不行各尽觞"①，写明了以酒解不舍之情。

政治失意之时，"举杯邀明月，对影成三人"②以酒化解孤寂之意；怀才不遇之时，"抽刀断水水更流，举杯消愁愁更愁"③以酒解苦闷之心。

思亲怀友之时：

> 我来竟何事，高卧沙丘城。城边有古树，日夕连秋声。鲁酒不可醉，齐歌空复情。思君若汶水，浩荡寄南征。④（李白《沙丘城下寄杜甫》）

李白思念好友杜甫，借诗抒怀。道述自从好友走后，自己一直闲居在沙丘城内。沙丘城边有一棵苍老古树，在秋风的吹拂下，日夜发出瑟瑟之声。"鲁酒不可醉，齐歌空复情"⑤以酒解思念之苦。

高启十分仰慕李白狂放自适的人格魅力，在生活和创作中都曾极力效仿李白，他的许多生活方式也与李白有着惊人的相似。特别是在对酒的态度上，高启亦是有着与酒仙李白难分上下的爱慕之心。平日里，高启也十分喜好呼朋引伴地前往酒肆，一醉方休，醉生梦死之态与李白颇有几分相像。酒如友伴，在高启的生活中，酒也是随处可见之物。

送别朋友，依依不舍之时，有酒为证：

> 挟策去谁亲？侯门不礼宾。愁边长夜雨，梦里少年春。树引

① 李白著. 李太白全集·金陵酒肆留别 [M]. 王琦注. 北京：中华书局，2008：728.
② 李白著. 李太白全集·月下独酌四首（其一）[M]. 王琦注. 北京：中华书局，2008：1063.
③ 李白著. 李太白全集·宣州谢朓楼饯别校书叔云 [M]. 王琦注. 北京：中华书局，2008：861.
④ 李白著. 李太白全集·沙丘城下寄杜甫 [M]. 王琦注. 北京：中华书局，2008：656－657.
⑤ 李白著. 李太白全集·沙丘城下寄杜甫 [M]. 王琦注. 北京：中华书局，2008：657.

离乡路，花骄失意人。一杯歌短调，相送欲沾巾。① （高启《送陈则》）

兴致勃发，泛舟游湖之时，有酒助兴：

唼唼绿头鸭斗，翻翻红尾鱼跳。沙宽水狭江稳，柳短莎长路遥。人争渡处斜日，月欲圆时大潮。我比天随似否，扁舟醉卧吹箫。② ［高启《甫里即事四首》（其二）］

南京修史期间，严寒清苦之时，有酒为伴：

北风怒发浮云昏，积阴惨惨愁乾坤。龙蛇蟠泥兽入穴，怪石冻裂生皴痕。临沧观下飞雪满，横江渡口惊涛奔。空山万木尽立死，未觉阳气回深根。茅檐老父坐无褐，举首但望开晴暾。苦寒如此岂宜客，嗟我岁晚飘羁魂。寻常在舍信可乐，床头每有松醪存。山中炭贱地炉暖，儿女环坐忘卑尊。鸟飞欲断况无友，十日不敢开衡门。揭来京师每晨出，强逐车马朝天阍。归时颜色暗如土，破屋暝作饥鸢蹲。陌头酒价虽苦贵，一斗三百谁能论？急呼取醉竟高卧，布被絮薄终难温。却思健儿戍西北，千里积雪连昆仑。河冰踏碎马蹄热，夜斫坚垒收羌浑。书生只解弄口颊，无力可报朝廷恩。不如早上乞身疏，一蓑归钓江南村。③ （高启《京师苦寒》）

---

① 高启著. 高青丘集·送陈则 ［M］. 金檀辑注. 徐澄宇、沈北宗校点. 上海：上海古籍出版社，1985：477.

② 高启著. 高青丘集·甫里即事四首（其二）［M］. 金檀辑注. 徐澄宇、沈北宗校点. 上海：上海古籍出版社，1985：572.

③ 高启著. 高青丘集·京师苦寒 ［M］. 金檀辑注. 徐澄宇、沈北宗校点. 上海：上海古籍出版社，1985：413.

"酒"对于高启而言，也绝非饮用之物，而是一种精神疗愈的载体。例如他在《清明呈馆中诸公》一诗中写：

> 新烟着柳禁垣斜，杏酪分香俗共夸。白下有山皆绕郭，清明无客不思家。卞侯墓下迷芳草，卢女门前映落花。喜得故人同待诏，拟沽春酒醉京华。① （高启《清明呈馆中诸公》）

高启在诗歌中写道，清明时节，垂柳披拂着新火的轻烟，沿着宫墙徐徐而上。此时杏仁麦粥，香气四溢，家家户户互相馈送，沉浸在一片欢愉之中。南京城郭四周，有举目无尽的青山。每逢清明时节，无数游子都深深怀念起故乡。晋代卞壶的墓前，长满了春草。善歌莫愁女的故居前已铺满了落花。多亏还有修史馆中的诸公作伴，不妨打来美酒痛醉一番。清明时节，让客于他乡的诗人，倍感思亲的无奈。这样的时刻，幸而有同僚的陪伴，于是高启期许着与友人们沽酒共饮，一醉京华。

高启嗜酒如命，甚至一度因为饮酒过量，而生眼疾。眼疾严重之时，高启也不得不放下手中的酒杯。但无酒为伴的痛苦，似乎远远超过了疾病带给身体的疼痛之感。可见高启爱酒之心，亦是非同寻常。他挥笔写下《因病不饮》一诗，以示酒在自己生命中不可取代的地位：

> 我昔无所求，但愁酒杯空。引满先四座，醉豪压春风。年来病稍侵，积忧复相攻。举觞不能吞，若有物梗胸。岁晏风雨多，拥炉坐窗中。酒徒散去尽，欢呼与谁同？三杯即颓然，憔颜映灯红。后老当奈何？即今已如翁。斯味禹所恶，摄生笑无功。从此便可止，赋诗继陶公。② （高启《因病不饮》）

---

① 高启著. 高青丘集·清明呈馆中诸公［M］. 金檀辑注. 徐澄宇、沈北宗校点. 上海：上海古籍出版社，1985：578.

② 高启著. 高青丘集·因病不饮［M］. 金檀辑注. 徐澄宇、沈北宗校点. 上海：上海古籍出版社，1985：171.

高启在诗中坦言，自己的人生已别无他求，唯有忧虑酒杯空空。手持酒杯，却不能畅饮的痛楚，就像有硬物在胸中作梗一般难受。由此可见，高启对酒的依赖程度丝毫不亚于酒仙李白。

高启还曾在诗歌《题倪云林所画义兴山水图》中写道：

尝啜阳羡茗，不游阳羡山。铜官结秀色，都在画图间。樊川醉游处，水榭依沙树。云入县城来，溪流太湖去。我爱露林生，高歌无俗情。石庭梅欲发，须放酒船行。① （高启《题倪云林所画义兴山水图》）

高启在这首题画诗中，也表现了自己对有酒为伴人生的无限肯定与向往。曾经品尝过阳羡的好茶，但是没有游览过阳羡山。所有的美景，都在图画中表现得淋漓尽致。山川曾经的醉游之处，杉树掩映着水边的亭台楼阁。白云朵朵，在空中流动进入城中，小溪流水则流向太湖而去。我喜欢树立中生出的露水，喜欢高唱着没有被世俗污染的情绪。石亭前的梅花即将绽放，这个时候非常需要泛着载有美酒的船行进。

这样的意境，也曾出现在李白的笔下。李白曾在《秋浦歌十七首》（其十二）中写道：

水如一匹练，此地即平天。耐可乘明月，看花上酒船。② ［李白《秋浦歌十七首》（其十二）］

水如一匹静静的白练，此地之水即与天平。何不乘此舟直升云天去一览明月，一边看赏两岸的鲜花，一边在舱中饮酒呢？整首诗歌，写的是平天湖的夜景和诗人观赏夜景时的感受。既有写景，亦有抒情，想象丰富，韵味无穷。

---

① 高启著. 高青丘集·题倪云林所画义兴山水图［M］. 金檀辑注. 徐澄宇、沈北宗校点. 上海：上海古籍出版社，1985：156—157.

② 李白著. 李太白全集·秋浦歌十七首（其十二）［M］. 王琦注. 北京：中华书局，2008：422.

此外，高启还写过专门歌颂酒的诗歌——《饮酒乐》：

> 七弦五弦角奏，一觞两觞羽行。且乐眼中人聚，莫忧头上天倾。① （高启《饮酒乐》）

高启在诗歌中写道，听着七弦琴和五弦琴奏出的音乐，享受着美酒。只需要完全沉浸在当下与好友的相聚中，无需担心天会塌下来。高启表达了及时行乐，借酒忘忧的畅快之感。

李白的另外一首诗歌《笑歌行》，颇有异曲同工之妙：

> 笑矣乎，笑矣乎！君不见曲如钩，古人知尔封公侯。君不见直如弦，古人知尔死道边。张仪所以只掉三寸舌，苏秦所以不垦二顷田。笑矣乎，笑矣乎！君不见沧浪老人歌一曲，还道沧浪濯吾足。平生不解谋此身，虚作《离骚》遣人读。笑矣乎，笑矣乎！赵有豫让楚屈平，卖身买得千年名。巢由洗耳有何益？夷齐饿死终无成。君爱身后名，我爱眼前酒。饮酒眼前乐，虚名何处有？男儿穷通当有时，曲腰向君君不知。猛虎不看几上肉，洪炉不铸囊中锥。笑矣乎，笑矣乎！宁武子、朱买臣，叩角行歌背负薪。今日逢君君不识，岂得不似狂人！② （李白《笑歌行》）

诗仙在诗歌中以汉代童谣启篇，直言真可笑，真可笑。君未见曲如钩吗？古人知此便可以封公侯。君未见直如弦吗？古人知此可要死于道边。战国时期，张仪愿鼓三寸不烂之舌，苏秦不愿种洛阳负郭二顷田，皆是因为有这样的缘故。真可笑，真可笑。君不见沧浪江边的老人唱着："沧浪之水浊

---

① 高启著. 高青丘集·饮酒乐 [M]. 金檀辑注. 徐澄宇、沈北宗校点. 上海：上海古籍出版社，1985：412—413.

② 李白著. 李太白全集·笑歌行 [M]. 王琦注. 北京：中华书局，2008：412.

兮，可以濯吾足！"可怜的屈原，自我难保，还虚作《离骚》教人读。真可笑，真可笑。赵国豫让楚国屈原，卖身却只买得千载虚名。许由洗耳又有什么用？伯夷和叔齐饿死也至无所成。李白笑言，历史上的圣贤之人都倾心留名青史，而我更爱眼前之酒。每一次饮酒都是在享受当下的快乐，而徒有的虚名又在何处呢？男儿穷通总会有尽头，今日之不遇，并不意味着未来没有时机。如今我曲腰向君，君却不明白这个道理。猛虎向来看不上案板上的死肉，洪炉也不铸囊中锥一类的小玩意儿。真可笑，真可笑。宁武子和朱买臣，当年也是叩着牛角唱歌，背着柴薪发奋诵读诗书。这些一时遭遇困顿的贤士，若今日逢君，君却看不出来，岂不令人佯狂而傲世！李白在诗歌中也直言不讳地表露着，在自己的内心，饮酒行乐才是实实在在的惬意，人生在世就要及时行乐，切莫贪恋流连于虚名。

高启与李白除了都有将"酒"奉为至宝的爱好之外，二人还有许多相似的精神追求。高启与李白都曾寄心于功名利禄，希望能够为国效力，但二人也都从未放弃对闲云野鹤般生活的执着向往。高启与李白都倾慕于老庄哲学，希望能够从神仙世界中找寻到精神的慰藉，为内心觅寻一方净土。倘若积极出仕的儒家思想能指引年少有为之人追寻济世情怀，那么老庄哲学则更能辅助世人找寻到灵魂深处的思考与上善若水般的静谧。

高启退隐之后，写下《效乐天》一诗以表达内心对田园生活的向往，坦言知足常乐的黄老思想才更能使困顿的内心真正充盈：

> 谁言我久贱，明时已叨禄。谁言我苦贫，空仓尚余粟。辞阙是引退，还乡岂迁逐。旧宅一架书，荒园数丛菊。俗缘任妻子，家事烦僮仆。性懒宜早闲，何须暮年促。犹著朝士冠，新裁野人服。杯深午醉重，被暖朝眠熟。旁人笑寂寞，寂寞吾所欲。终老亦何求？但惧无此福。功名如美味，染指已云足。何待厌饱余，肠胃生疢毒。请看留侯退，远胜主父族。我师老子

言，知足故不辱。①（高启《效乐天》）

辞官还乡，高启的生活更趋于清简素淡。一架书、数丛菊，便能让诗人的内心真切感受到"采菊东篱下，悠然见南山"② 般的怡然自得。午后饮酒，温暖而眠，能够拥有如此舒适闲逸的生活，夫复何求？旁人不解诗人此时的生活状态，还常常以此取笑他。但诗人却感叹着，谁又能够真正了解自己所希冀的那份宁静呢？功名利禄就像饕餮大餐，品味便可，无须留恋。此时诗人更加能够深刻体悟老子思想的实践意义："名与身孰亲？身与货孰多？得与亡孰病？甚爱必大费；多藏必厚亡。故知足不辱，知止不殆，可以长久。"③ 老子意在告诫世人，追寻名利一定要掌握适度的原则，过于热衷名利就一定会付出代价。懂得知足才可以避免受到屈辱。只有学会适可而止，才不会让自己处于危险的境地，这样才可以维持平稳安定的生活。此时的高启，已经看过了国家动乱中的民不聊生，也参悟了自己政治仕途的成败得失，于是更加向往与珍惜这般现世安稳的平和生活。

在《虎丘次清远道士诗韵》一诗中，高启也表露出对神仙世界的向往之情：

> 神仙不可羁，乘螭蹑云汉。岂将避嬴刘？荒山事穷窜。何年东观海，一至此峰玩。悠悠清诗传，窅窅遗迹漫。我来继登临，长啸帻初岸。既秋烟萝疎，欲雨风竹乱。夜深空潭黑，月吐石壁半。龙惊汲僧来，鸟喜游客散。阁掩林下夕，钟鸣岩中旦。胜赏谁能穷，今古付篇翰。飞腾子何之，汨没余可叹！安得契真期，超然豁灵赞。④（高启《虎丘次清远道士诗韵》）

---

① 高启著. 高青丘集·效乐天［M］. 金檀辑注. 徐澄宇、沈北宗校点. 上海：上海古籍出版社，1985：293−294.
② 陶渊明著. 陶渊明集·饮酒二十首［M］. 逯钦立·校注. 北京：中华书局，1979：89.
③ 陈鼓应著. 老子注译及评介·四十四章［M］. 北京：中华书局，1984：239.
④ 高启著. 高青丘集·虎丘次清远道士诗韵［M］. 金檀辑注. 徐澄宇、沈北宗校点. 上海：上海古籍出版社，1985：200−201.

　　高启描摹了仙人生活的自由不羁，坦言只有在神仙世界方能拥有真正的无拘无束。此时登临虎丘山的高启，在青山绿水中畅想憧憬着仙逸的生活，暗示了自己希望挣脱尘世束缚的愿望。

　　生活在盛唐时期的李白早在入长安为官之前，就曾四处游历名山，拜会仙人，结识了不少道行高深的道友。经历了流放之后，李白也只能无奈地放下建功立业之心，再次投身于求仙问道之路。《新唐书·文艺中》有云："白晚好黄老，度牛渚矶至姑孰，悦谢家青山，欲终焉。"①

　　公元 744 年，李白受谗被迫离开长安。诗人对未来的政治仕途显然已有所洞悉，诗作《行路难三首》就是诗人当时心绪与思量的最好写照。"吾观自古贤达人，功成不退皆殒身。"② 此时李白也意识到追求功名之心若不能就此而止，那最后定然会自食苦果。"君不见吴中张翰称达生，秋风忽忆江东行，且乐生前一杯酒，何须身后千载名。"③ 李白重温了西晋才俊张翰放达不羁的生活态度，意在表明自己也要放下功名之心，开怀畅饮，及时行乐。

　　李白在离开长安之时，登临太白山，写下《登太白峰》一诗：

　　　　西上太白峰，夕阳穷登攀。太白与我语，为我开天关。愿乘泠风去，直出浮云间。举手可近月，前行若无山。一别武功去，何时复更还?④（李白《登太白峰》）

　　李白想象着仙人与自己耳语，且为自己打开天宫之门的场景。历经了政治斗争的纷繁复杂，此时的诗人只想要乘风而去，远离尘世，享受一番举手得月、畅行无阻的生活。

---

　　① 欧阳修、宋祁撰. 新唐书·卷二百二·列传一百二十七·文艺中［M］. 北京：中华书局，1975：5763.

　　② 李白著. 李太白全集·古风五十九首·行路难三首（其三）［M］. 王琦注. 北京：中华书局，2008：191.

　　③ 李白著. 李太白全集·古风五十九首·行路难三首（其三）［M］. 王琦注. 北京：中华书局，2008：192.

　　④ 李白著. 李太白全集·登太白峰［M］. 王琦注. 北京：中华书局，2008：974.

暮年李白在拜访老友吴筠时，写下《下途归石门旧居》一诗。诗仙在诗歌中道出对尘世浮华的倦怠之心，将自己对神仙世界的心驰神往娓娓道来：

> 吴山高，越水清，握手无言伤别情。将欲辞君挂帆去，离魂不散烟郊树。此心郁怅谁能论，有愧叨承国士恩。云物共倾三月酒，岁时同饯五侯门。羡君素书尝满案，含丹照白霞色烂。余尝学道穷冥筌，梦中往往游仙山。何当脱屣谢时去，壶中别有日月天。俯仰人间易凋朽，钟峰五云在轩槛。惜别愁窥玉女窗，归来笑把洪崖手。隐居寺，隐居山，陶公炼液栖其间。灵神闭气昔登攀，恬然但觉心绪闲。数人不知几甲子，昨来犹带冰霜颜。我离虽则岁物改，如今了然认所在。别君莫道不尽欢，悬知乐客遥相待。石门流水遍桃花，我亦曾到秦人家。不知何处得鸡豕，就中仍见繁桑麻。翛然远与世事间，装鸾驾鹤又复远。何必长从七贵游，劳生徒聚万金产。挹君去，长相思，云游雨散从此辞。欲知怅别心易苦，向暮春风杨柳丝。①（李白《下途归石门旧居》）

已近暮年的李白，无心再投身于尘世间的追名逐利。他回忆起曾经自己努力求仙访道，梦境中常常到仙山游玩的时光，便觉甚是美好，令人神往。虽然离开的这些日子，万物皆变，但却让诗人对未来所要追寻的道路更加了然于心。此时诗人也终于恍然大悟，唯有远离世事才能让自己过上自由的生活。李白愿意装鸾驾鹤，飞入天际去享受一番神仙般的逍遥自在。诗人终于幡然恍悟，功名利禄无需苦苦追寻，富贵荣华也都是过眼云烟。

历经生活的奔波，品味仕途的苦楚，踏寻历史的兴衰更替，揽尽借酒浇愁的世事无常，高启与李白终于明白，种种失意唯有自然山水能够抚慰，种种纷扰唯有神仙世界能够远离。所有积聚于心的烦闷苦楚，也只能寄心在无

---

① 李白著. 李太白全集·下途归石门旧居 [M]. 王琦注. 北京：中华书局，2008：1010-1012.

为而治的闲适静宜中得以缓和。随心所欲的仙游在两位诗人的笔下都充溢着羡慕不已的向往之情。

高启与李白都受到了传统文化的深刻影响，少年有才，志存高远；举荐入朝，赐金放还；漫游山川，寄情山水；诗酒情缘，闲云野鹤。这些高度切合的人生经历与心态轨迹，都为高启对李白人格的接受奠定了产生共鸣的坚实基础，也都可以视作为促成高启对李白期待视野形成的原因所在。当高启对李白的人格进行了思想接受与行为效仿之后，高启又进一步结合自身的经历与创作的追求，逐步形成了视野融合，继而创作出兼有二人之共性又具有高启个人特色的诗文作品。

第三章

高启对李白诗格的接受

高启在短暂的三十八年生命中，创作了大量的作品，现流传于世的诗词文就多达两千余首。《四库全书总目提要》也充分肯定了高启在文学创作中所取得的成就："启天才高逸，实据明一代诗人之上。其于诗，拟汉魏似汉魏，拟六朝似六朝，拟唐似唐，拟宋似宋。凡古人之所长，无不兼之。振元末纤秾缛丽之习而返之于古，启实为有力。然行世太早，殒折太速，未能镕铸变化，自为一家。故备有古人之格，而反不能名启为何格。此则天实限之，非启过也。特其模仿古调之中，自有精神意象存乎其间。譬之褚临褉帖，究非硬黄双钩者比。故终不与北地、信阳、太仓、历下同为后人诟病焉。"①

　　高启对李白的推崇仰慕之情，不仅直接体现在高启对李白人格的高度接受上，更深刻地反映在高启诗文创作的实践中。正如杨文雄教授在海峡两岸研究中国古代诗人接受史的第一部专著——《李白诗歌接受史》中所言，"《青邱诗集》中许多佳作，都如赵翼所说是模拟李白的，也可能才气近李白，自然受李白浪漫诗风的影响"。②

　　本书第三章将具体探究高启在创作实践中所表现出的对李白诗格的接受。

---

　　① 永瑢等撰. 四库全书总目·卷一百六十九·集部·别集类二十二 [M]. 北京：中华书局，1965：1471－1472.

　　② 杨文雄著. 李白诗歌接受史 [M]. 台北：五南图书出版有限公司，2000：204.

第一节　高启对李白诗歌题材和立意的借用与模拟

凭借高逸巧思的天赋、兼学众家的风格、随事模拟的创作主张，高启在明初诗坛占据了独树一帜的重要地位。高启对李白诗格的接受，表现之一即为高启对李白诗歌题材和立意的借用与模拟。

在高启所创作的众多诗歌中，有许多诗歌的题材皆能从李白笔下找寻到类似的源头。此类诗歌，高启巧借李白的创作主旨，追寻李白的诗题立意，深得太白遗风。

《将进酒》是一首乐府古题，李白曾在漫游梁宋时用此题作诗。诗仙将狂放不羁的气度，怀才不遇的痛苦，对政治黑暗的愤恨，对岁月蹉跎的无奈，都酣畅淋漓地表现在字里行间。高启也仿效李白，借此乐府古题创作了咏酒诗《将进酒》。诗歌承袭李白《将进酒》之立意，全诗紧扣"酒"意象展开，情绪起伏跌宕，结构开合有度。诗人在诗歌中，借酒抒情，与李白"人生无常，及时行乐"的情感主张遥相呼应。

　　　君不见黄河之水天上来，奔流到海不复回。君不见高堂明镜悲白发，朝如青丝暮成雪。人生得意须尽欢，莫使金樽空对月。天生我材必有用，千金散尽还复来。烹羊宰牛且为乐，会须一饮三百杯。岑夫子，丹丘生，进酒君莫停。与君歌一曲，请君为我倾耳听。钟鼓馔玉不足贵，但愿长醉不用醒。古来圣贤皆寂寞，惟有饮者留其名。陈王昔时宴平乐，斗酒十千恣欢谑。主人何为言少钱，径须沽取对君酌。五花马，千金裘，呼儿将出换美酒，与尔同销万古愁。（李白《将进酒》）①

————————————

① 李白著. 李太白全集·卷之三·乐府三十首·将进酒 [M]. 王琦注. 北京：中华书局，2008：179-180.

　　君不见，陈孟公，一生爱酒称豪雄。君不见，扬子云，三世执戟徒工文。得失如今两何有？劝君相逢且相寿。试看六印尽垂腰，何似一卮长在手。莫惜黄金醉青春，几人不饮身亦贫！酒中有趣世不识，但好富贵亡其真。便须吐车茵，莫畏丞相嗔。桃花满溪口，笑杀醒游人。丝绳玉缸酿初熟，摇荡春光若波绿。前无御史可尽欢，倒著锦袍舞鸲鹆。爱妾已去曲池平，此时欲饮焉能倾？地下应无酒炉处，何苦寂寞孤平生！一杯一曲，我歌君续。明月自来，不须秉烛。五岳既远，三山亦空。欲求神仙，在杯酒中。（高启《将进酒》）①

　　高启同样采用了错落句式进行创作，以七言为主，中间又掺杂五言和四言，富于变化，节奏紧凑。此法与李白在《将进酒》中所采用长短参差的句式极其相似，同样营造出跌宕起伏的不凡气象。高启的诗歌从怀古入题，从陈遵写到扬雄，亦在表露自己不在乎成败得失的豁达心态，以及人生应该及时行乐的开拓胸襟。"试看六印尽垂腰，何似一卮长在手。"② 诗人巧妙地设下反问：六印垂挂腰间，又怎能比得上手握酒杯的欢愉自得呢？一问一答之中，心意早已彰显。诗人坦言不应过度沉迷于功名利禄，唯有把酒盈樽才是人生真正的快乐。这与李白在《将进酒》中所吐露的酒后真言"钟鼓馔玉不足贵，但愿长醉不用醒"③ 完全是异曲同工。"莫惜黄金醉青春"④ 一句也与李白"莫使金樽空对月"⑤ 的呼喊如出一辙。

　　高启与李白隔空呼应，达成了高度的共识：现实无力，酌酒悲叹，唯有酒中方得真趣。纵酒而歌，倾诉衷肠。一杯酒，一首曲，遥看明月来相照，

---

　　① 高启著. 高青丘集·将进酒 [M]. 金檀辑注. 徐澄宇、沈北宗校点. 上海：上海古籍出版社，1985：14−16.
　　② 高启著. 高青丘集·将进酒 [M]. 金檀辑注. 徐澄宇、沈北宗校点. 上海：上海古籍出版社，1985：15.
　　③ 李白著. 李太白全集·卷之三·乐府三十首·将进酒 [M]. 王琦注. 北京：中华书局，2008：180.
　　④ 高启著. 高青丘集·将进酒 [M]. 金檀辑注. 徐澄宇、沈北宗校点. 上海：上海古籍出版社，1985：15.
　　⑤ 李白著. 李太白全集·卷之三·乐府三十首·将进酒 [M]. 王琦注. 北京：中华书局，2008：179.

无须秉烛。此时的诗人也清晰地知道五岳遥远，仙山飘渺，高启也只能自叹道，若欲求仙，一切还是在酒杯之中。诗人将豪迈洒脱的性格寄寓诗中，笔法变幻莫测，音韵流畅，将自己承袭诗仙的人生态度与诗歌风格演绎得淋漓尽致。

此外，高启与李白还都曾借用过乐府古题《乌夜啼》进行思妇诗的创作。《乌夜啼》乃属乐府旧题，诗歌以描写男女离别的相思之苦为主要内容。高启与李白所作之诗，皆用平淡如水的言语，描摹独守孤阁的思妇对远方丈夫的刻骨之思。两位诗人在创作立意方面的相似之处，比对之中，一目了然：

> 黄云城边乌欲栖，归飞哑哑枝上啼。机中织锦秦川女，碧纱如烟隔窗语。停梭怅然忆远人，独宿孤房泪如雨。（李白《乌夜啼》）①

> 啼乌惊多栖未久，半起疏桐上高柳。灯下佳人颦浅眉，机中少妇停纤手。月入空闺夜欲深，数声犹似听君琴。（高启《乌夜啼》）②

高启与李白皆从写景起笔，极富感染力地烘托了诗歌悲切的基调。李白巧妙地寄情于景，窗外悲鸣的乌鸦，阁内孤寂的织女，落寞之感在听觉与视觉立体交错的画面中溢于言表。《古唐诗合解》在评述此首诗歌时曾道："此为妇忆夫之词。"③ 高启在创作之时，也同样采取了以周边景色为起笔的方式：刚刚栖息不久的乌鸦又开始鸣叫，转眼间便从梧桐树飞到了高柳之上。烛火映照中的佳人，微微蹙眉；少妇停下了正在织锦的柔细双手。"佳人"

---

① 李白著. 李太白全集·卷之三·乐府三十首·乌夜啼 [M]. 王琦注. 北京：中华书局，2008：175-176.

② 高启著. 高青丘集·乌夜啼 [M]. 金檀辑注. 徐澄宇、沈北宗校点. 上海：上海古籍出版社，1985年：21-22.

③ 王尧衢笺注. 古唐诗合解·卷七·七言古风 [M]. 长沙：岳麓书社，1989：177.

与"少妇","浅眉"与"纤手",皆言女子姣好。诗人将温婉贤淑的女子置身于孤寂冷清的闺阁,形成了鲜明的对比,营造了强烈的艺术感染力。夜已深沉,月入孤阁。少妇对远方丈夫的朝思暮想,虽通篇只字未提,却强烈地彰显于外。诗人用平实的言语描述了思妇独守空房的画面,却未将思念之意悲情地宣泄出来,而是寄寓在具体的场景中,让人感同身受,言语之外的思念苦楚也越发地惹人怜悯。高启效仿李白的创作,从"动态"到"静态"的过渡,皆通过一个"停"字来巧妙地实现状态转换,思妇放下手中正在织锦的工具,忙碌悄然而止,寂寞随即而来,顷刻之间,对远方丈夫的思念如泉涌一般袭来。

《关山月》也是传统的乐府诗题之一,文人创作大多借以此题抒发戍边离别之情。高启与李白也都曾用《关山月》一题写诗,两人的妙笔之下,皆呈现出一幅由关山明月、沙场哀怨与戍客思归巧妙编织而成的边塞图。

　　　　明月出天山,苍茫云海间。长风几万里,吹度玉门关。汉下白登道,胡窥青海湾。由来征战地,不见有人还。戍客望边邑,思归多苦颜。高楼当此夜,叹息未应闲。(李白《关山月》)①

　　　　月出辽海东,朔云卷胡风。才升榆塞远,复照柳城空。影满雕弧外,光沉金柝中。思家举头望,今夜一军同。(高启《关山月》)②

在《关山月》一诗中,李白在诗歌中营造了这样的意境:有一轮明媚的月亮从祁连山升起,月亮在苍茫云海之间穿行。此刻,感受到浩荡的长风掠过了万里关山,一直吹拂到了将士们驻守的边关。当年汉高祖刘邦带兵征讨

---

① 李白著. 李太白全集·卷之四·乐府三十七首·关山月 [M]. 王琦注. 北京:中华书局,2008:219—220.
② 高启著. 高青丘集·关山月 [M]. 金檀辑注. 徐澄宇、沈北宗校点. 上海:上海古籍出版社,1985:19.

匈奴，曾被匈奴在白登山道围困了七天。吐蕃一直觊觎着青海的大片河山。这些地方是历朝历代的征战之地，那些出征的将士们很少能够生还而归。戍守的将士们眼望着边关，大多数人都盼望着归家，他们的面容是多么凄苦悲哀！此时，戍边将士们家中高楼上的亲人们，大概也都没有停下哀愁的叹息声吧。

李白用一贯的笔法寓情于景，铺排想象。用雄浑苍凉之笔写沙场边塞之景，用苍凉急切之笔写戍客思归之心，用深切真挚之笔写思妇之叹息，正如胡应麟所言："浑雄之中，多少闲雅！"① 高启承袭李白的创作立意，诗歌以"月"意象为线索，由"月"意象的视角转移牵引出诗歌内容的变化。高启也采取了与李白相似的谋篇布局，首先用"明月""辽海""云卷""胡风"等意象构建出边塞辽阔苍凉的景象。月亮从边关升起，映照柳城。沙场之上，月亮投射出雕弓的影子，刁斗之中也盛满了月光。"昔人论诗词，有景语、情语之别。不知一切景语，皆情语也。"② ——所有月光之下冰冷的场景，皆是为最后一句点明主旨而铺垫：举头望月，戍客对家乡亲人的思念，魂牵梦萦，对结束战争后早日回家的期盼，望眼欲穿。

此外，李白与高启都写作过《长相思》。李白在《长相思》中写道：

> 长相思，在长安。络纬秋啼金井阑，微霜凄凄簟色寒。孤灯不明思欲绝，卷帷望月空长叹。美人如花隔云端，上有青冥之长天，下有渌水之波澜。天长路远魂飞苦，梦魂不到关山难。长相思，摧心肝。③（李白《长相思》）

李白在诗歌中写道，自己日夜思念远在长安的心上人，辗转反侧。秋夜里，听到纺织娘在井栏啼鸣，微霜浸透了竹席，极其清寒。想见的人不得见，只有一盏孤灯陪伴我。日思夜想，魂魄欲断。试着卷起窗帘，面对明

① 胡应麟撰. 诗薮·内编卷六·近体下·绝句 [M]. 上海：上海古籍出版社，1979：120.
② 王国维. 人间词话 [M]. 彭玉平编著. 北京：中华书局，2009：129.
③ 李白著. 李太白全集·长相思 [M]. 王琦注. 北京：中华书局，2008：193-194.

月，空长叹。如花美人，相隔云端。向上望天空一片渺茫，向下看绿水波澜
万丈。日夜跋涉很艰苦，梦魂难以飞越重重关山。日日夜夜的思念，相思之
情痛断肝肠。

高启在题目同为《长相思》的乐府诗中写道：

> 长相思，思何长！愁如天丝远悠扬，摇风曳日不可量。未能
> 绊去足，唯解结离肠。关山碧云看欲暮，空帏坐掩荃兰香。长相
> 思，思何长！①（高启《长相思》）

高启在诗歌中也表达了对心上人的思念。他感叹道，思念的心绪是多么
绵长啊！不能见的愁苦，就如管弦一样悠悠不断，终日的长风也不知道何时
才是尽头。暂时被牵绊了双脚，唯有结束分开的情状才能得以解脱。关山碧
云中，天色渐渐暗淡。空空荡荡的帷帐里，掩映着各种香草的味道。寄予心
上人的思念，是多么绵长啊！

这两首《长相思》也有很多异曲同工之妙。首先在诗歌主题的立意上，
李白和高启在各自的《长相思》中，都抒发了内心思而不得的愁苦。在写作
手法上，高李二人都提到了"关山""云"等意象。高启对李白的诗歌接
受，在创作情感与创作思路上都是有迹可循的。

李白和高启也都用过《君马黄》一题进行创作。

> 君马黄，我马白，马色虽不同，人心本无隔。共作游冶盘，
> 双行洛阳陌。长剑既照曜，高冠何赩赫。各有千金裘，俱为五侯
> 客。猛虎落陷阱，壮夫时屈厄。相知在急难，独好亦何益。②
> （李白《君马黄》）

---

① 高启著. 高青丘集·长相思［M］. 金檀辑注. 徐澄宇、沈北宗校点. 上海：上海古籍出版社，
1985：37.

② 李白著. 李太白全集·君马黄［M］. 王琦注. 北京：中华书局，2008：336－337.

李白在诗歌中写道，你的马儿是黄色的，我的马儿是白色的。马儿的颜色虽然不同，但人心本没有什么是相隔的。我们一起来游乐玩耍，一起驰骋在洛阳的大街小巷。你和我的腰间都挂着闪亮锋利的宝剑，我们都头戴着鲜丽的华冠。我们都各自拥有千金裘，都是五侯的门客。即使是猛虎，偶尔也会有不小心落入陷阱的时候；即使是壮士，也有陷于危急危难的时刻。患难见真情，朋友之间的情谊就是在出现危机时才能体现相知的深情，如果只是自己一个人又有什么好处呢？

高启在《君马黄》中写道：

> 君马黄，我马玄，君马金灜匝，我马锦连乾。两马喜遇皆嘶鸣，何异主人相见情。长安大道可并辔，莫夸得意争先行。摇鞭共踏落花去，燕姬酒炉在何处？[①]（高启《君马黄》）

高启在诗歌中写道，你的马儿是黄色的，我的马儿是黑色的。你的马儿带着金制的马络头，我的马锦带着有花纹的丝织品。两匹马儿相遇时，都发出鸣叫之声，和马儿的主人相遇时的情感又有何差异呢？在长安的康庄大道上，可以将马儿的缰绳相连，不需要争赶着前行。我们一起摇曳着马鞭，踏行在铺满落花的地方，美女酒炉在什么地方呢？

按照明人胡震亨的解释，汉乐府中的《君马黄》原本是一首隐言写交友不终，各奔东西的诗歌。但李白在此之上，加以发明之，借以歌颂朋友相知相救的生死友谊。高启在写作《君马黄》时，也模仿李白，赋予了诗歌以正面的主题意义，写出了与朋友一起御马并行、赏景饮酒的美好场面。由此可见，高启对李白的接受，体现在他对李白在写作诗歌时的标新立异的创意发挥，也是高度认可的，并随之进行模仿。

此外，李白写作过《结客少年场行》，其诗的意境在高启的诗歌《结客少年场行》中，有着高度的还原。

---

① 高启著. 高青丘集·君马黄［M］. 金檀辑注. 徐澄宇、沈北宗校点. 上海：上海古籍出版社，1985：37.

　　紫燕黄金瞳，啾啾摇绿鬉。平明相驰逐，结客洛门东。少年学剑术，凌轹白猿公。珠袍曳锦带，匕首插吴鸿。由来万夫勇，挟此生雄风。托交从剧孟，买醉入新丰。笑尽一杯酒，杀人都市中。羞道易水寒，从令日贯虹。燕丹事不立，虚没秦帝官。舞阳死灰人，安可与成功。[①]（李白《结客少年场行》）

　　在这首诗歌中，李白写道，紫燕这匹骏马，有着黄金色的眼珠，发出嘶鸣时，颈部的绿色鬉毛会要动起来。它飞快驰骋，刚刚破晓时分，就到了长安洛门前。年少时学习剑术，就连白猿公也败在了少年的手下。少年穿着襄有珠宝的锦袍，腰间插着匕首和宝剑。自小以来，他就有以一敌万的英勇，如今腰间插有宝剑就更显雄风了。与豪侠剧孟结为好友，二人一见如故，一同到新丰畅饮美酒。少年志气豪猛，哪怕在都市中，杯酒之间，似乎就可以结束一个人的性命。不要说易水寒冷如冰，看看今日白虹贯日，十分晴朗。只可惜荆轲刺杀秦王没有成功，徒然死在秦官之中。像秦武阳那样的人如同死灰一样，跟他这样的人结交朋友，事情怎么会取得成功呢？

　　李白在诗歌中塑造了一个剑术高超、闯荡江湖的少年侠客形象，借少年侠客的形象，表达了自己对建功立业的渴望，以及怀才不遇的愤懑不平，也彰显了李白的游侠气质。

　　同样，高启也写作过《结客少年场行》：

　　结客须结游侠儿，借身报仇心不疑。千金买得利匕首，摩挲誓许酬相知。白马缦胡缨，行行人尽止。朝游洛北门，暮醉秦东市。感君在一言，不惜为君死。朱家曾脱季将军，田光终酬燕太子。君不见，魏其盛时客满门，自言一一俱衔恩。魏其既罢谁复见，养士堂中尘网遍。始知结客难，徒言意气倾南山。食君之禄

① 李白著. 李太白全集·结客少年场行 [M]. 王琦注. 北京：中华书局，2008：254.

有弗报，何况区区杯酒间。结客不必皆荐绅，缓急叩门谁可亲。
屠沽往往有奇士，慎勿相轻闾里人。①（高启《结客少年场行》）

高启在诗歌一开篇就似乎回应了对李白主张的极度认同，他认为结交朋友就应该结交拥有游侠气质的人，即使舍身替人报仇也没有疑惑。花了千金买得锋利的匕首，"摩挲誓许酬相知"。骑着白色的骏马，头带着侠士的武缨。而这样的侠客形象在李白笔下也曾出现过。李白曾在《侠客行》中写道："赵客缦胡缨，吴钩霜雪明。银鞍照白马，飒沓如流星。"②燕赵的侠士，头上系着侠士的武缨，腰间佩戴着吴越闪亮的弯刀。骑着银鞍白马，在大街上驰骋，就仿佛天上流星一般迅疾。高启笔下的侠客，早晨骑游洛北门，晚上就到了秦东市买醉。听到一句感人肺腑之言，不惜付出自己的生命。随后高启又讲到了历史上的一些著名的侠客，例如西汉时的著名游侠朱家，曾帮季布脱身，田光最终以命谢燕太子丹。你也许未曾看见，魏国兴盛时，门客盈门的景象，都是为了来报恩。魏国没落了谁又来拜见呢？养士堂中，布满了灰尘。一开始就知道结识侠客很不容易，只是畅言意气倾向南山。凡是曾接受过君之俸禄的人，都鲜有回报，更何况只是区区几杯酒呢？结识侠客不必都是做过官的人，着急敲门谁会亲切呢？即使是从事宰牲和卖酒的职业地位低微的人中，也难免会有奇侠之士，千万别轻视了乡里的人。

李白曾写作过以《古有所思》：

我思仙人乃在碧海之东隅。海寒多天风，白波连山倒蓬壶。鲸喷涌不可涉，抚心茫茫泪如珠。西来青鸟东飞去，愿寄一书谢麻姑。③（李白《古有所思》）

---

① 高启著. 高青丘集·结客少年场行 [M]. 金檀辑注. 徐澄宇、沈北宗校点. 上海：上海古籍出版社，1985：35.
② 李白著. 李太白全集·侠客行 [M]. 王琦注. 北京：中华书局，2008：216.
③ 李白著. 李太白全集·古有所思 [M]. 王琦注. 北京：中华书局，2008：240-241.

李白在诗歌中写道，我所思的仙人，在碧海的东边。那里海水冰冷刺骨，时常狂风四起，掀起层层巨浪，仿佛可以冲倒传说中的蓬莱仙山和方壶。长鲸喷涌出的清泉，就像白茫茫的泪珠。由于长鲸的阻隔，只身无法越过。只能寄希望于传说中西王母的青鸟，拜托它寄一封书信，捎给碧海之东的仙女麻姑。

高启也曾写《有所思》：

> 有所思，今安在？烟霞迢迢隔南海。昔年遗我翡翠裘，箧中久闭销光彩。宛如神仙在瀛洲，乘涛欲至风引舟。同心之人乃离阻，嗟我处此将何求？①（高启《有所思》）

高启在诗歌中写道，我的思念，应该寄托在哪里呢？海上升起的云雾，让自己与南海遥远相隔。当年送我翡翠裘衣，放在箱子中已经失去了它的光泽。就像神仙居住在瀛洲，希望能够乘风破浪行船而至。两个心心相印的人，却被分隔两地，哀叹着将我置于如此境地，又能有什么希求呢？

《有所思》是出自汉乐府的一个古题。原本记述的是男子与女子的爱情故事。诗歌刻画了一位深情的女子，在遇到情感波折时，内心复杂情绪的变化。从女子倾心思慕男子、男子背离爱情再到女子抒发自己欲断不能的彷徨，诗歌完整复刻了"热恋、失恋、眷恋"的心路历程，诗歌中既有叙事也有抒情，可谓叙事与抒情完美融合。

后世许多诗人也多用此题进行创作。例如唐代卢仝曾写《有所思》，南北朝萧衍、沈约也都曾创作过名为《有所思》的诗歌。但如《汉乐府》母题一样，大多数用此题进行创作的诗人，都将诗歌的主题定义为"男女离思"。

但李白在创作时，却另辟蹊径，引入了游仙，将其所思对象改为仙人，并赋予整首诗以深刻的寓意。这时用古题写出了新意，展现了诗仙李白极大的文学创作力。而高启也紧随李白的步伐，在诗歌中引入了游仙的意味。由

---

① 高启著. 高青丘集·有所思［M］. 金檀辑注. 徐澄宇、沈北宗校点. 上海：上海古籍出版社，1985：73—74.

此可见，高启对李白的接受，既体现了二者在选择诗歌主题时的一致，又表现在了创作诗歌的构思，也有着高度的相同。

此外，高启和李白也都还写过《相逢行》。

> 相逢红尘内，高揖黄金鞭。万户垂杨里，君家阿那边。①
> （李白《相逢行》）

李白在诗歌中写道，与君现更在喧闹市井之中，挽着极其华贵的马鞭相互作揖问好。请问老兄，在那一片高楼垂杨之中，哪一户是君家所在地呢？

高启也曾写作过《相逢行》：

> 沽酒渭桥边，平陵侠少年。相逢各有赠，宝剑与金鞍。②
> （高启《相逢行》）

高启在诗歌中有写道，在渭水桥边买酒，遇见了来自平陵的少年。两人相逢时，各有所赠，相互赠予了宝剑与华贵的马鞍。

《相逢行》写出了诗人李白式的精神面貌，是诗仙李白狂放不羁的人格外化。而高启诗歌中，也将相逢时的慷慨，表现得淋漓尽致。

李白和高启也都写作过《妾薄命》。

> 汉帝重阿娇，贮之黄金屋。咳唾落九天，随风生珠玉。宠极爱还歇，妒深情却疏。长门一步地，不肯暂回车。雨落不上天，水覆难再收。君情与妾意，各自东西流。昔日芙蓉花，今成断根草。以色事他人，能得几时好？③（李白《妾薄命》）

---

① 李白著. 李太白全集·相逢行 [M]. 王琦注. 北京：中华书局，2008：240.
② 高启著. 高青丘集·相逢行 [M]. 金檀辑注. 徐澄宇、沈北宗校点. 上海：上海古籍出版社，1985：33.
③ 李白著. 李太白全集·妾薄命 [M]. 王琦注. 北京：中华书局，2008：267－268.

　　李白在诗歌中借汉武帝刘彻与陈阿娇的故事，写出了对爱情的思考。西汉时期，汉武帝十分宠爱陈阿娇，打造了华美的宫殿供阿娇居住。爱屋及乌，即使是陈阿娇口吐的唾液，汉武帝也视为珍宝。但是，天地万物，都遵循物极必反的规律。待汉武帝对陈阿娇的宠幸到了极致，情谊恩爱也就戛然而止了。阿娇被贬长门后，即使与武帝的寝宫相距很近，汉武帝也不肯回龙驭，不愿在阿娇那里做任何停留。雨水落到地面后，无法再回到天空，覆水难收。两人的情意，也只能各奔东西。往日美颜娇柔的芙蓉花，如今也变成了凄凉的断根之草。倘若凭借美好的姿色侍奉、取悦他人，这样的恩爱与快乐，又能有多久呢?

　　李白的五言古诗——《妾薄命》，记述了陈阿娇从的得宠到失宠的经历，揭示了如果以色事他人，即使是陈阿娇这样的美女，也逃脱不了色衰爱弛的悲惨命运。在记述历史的过程中，李白传达了悲悯之心，更于悲悯之中蕴藉了给予后人的深刻启示。

　　高启也写作过《妾薄命》:

　　　　寂寞复寂寞，秋风吹罗幕。玉阶有微霜，桂树花已落。昔为卷衣女，承欢在瑶阁。弃鱼感泪多，当熊惭力弱。宁知色易老，难求黄金药。宫深去天远，忧思将何托? 君恩非不深，妾命自轻薄。微躯愿有报，和亲死沙漠。①（高启《妾薄命》）

　　高启在诗歌中写道，一直笼罩在寂寞中，微冷的秋风吹着丝织的帐幕。玉砌的台阶上，铺上了微霜，桂树上的花已经凋落了。以前作为收拾衣物的侍女，承欢在瑶阁。"弃鱼感泪多，当熊惭力弱"，心中清晰地知道外表的美貌非常容易衰老，根本买不到道教炼丹所得的黄金仙药。深宫幽闭渺远，可以将忧思寄托在何处呢? 不是君的恩情不深厚，而是臣妾的命运很轻薄。希望用这微小的身体，也能够报效国家，哪怕是在和亲途中，命丧大漠。

---

　　① 高启著. 高青丘集·妾薄命 [M]. 金檀辑注. 徐澄宇、沈北宗校点. 上海:上海古籍出版社，1985:33-34.

此外，高启和李白还同写作过以"九日"为主题的诗歌：

李白曾写作诗歌《九日》：

> 今日云景好，水绿秋山明。携壶酌流霞，搴菊泛寒荣。地远
> 松石古，风扬弦管清。窥觞照欢颜，独笑还自倾。落帽醉山月，
> 空歌怀友生。[①]（李白《九日》）

李白在诗歌中写道，今日惠风和畅、白云澄澈，景色格外别致。江水碧
绿，树木葱茏，山水辉映如画。我手提着一壶流霞酒，摘取在寒冷天气中绽放
的菊花，认真欣赏。这里山高地远，怪石嶙峋，松树古远。一阵微风吹来，松
涛声有如弦管齐鸣奏出的悦耳乐声。我从酒杯的倒影中，看到了自己欢乐的容
颜，一个人自斟自酌，甚是欢愉。我带着微醺的醉意，望着山月独自起舞高
歌。任凭冠帽被舞风吹落，对空怀念着我的朋友，不知道他们身在何方。

这首诗歌记述了诗仙李白在重阳节独自登高时的场景。通过对自己所见
和所感的描写，表达了自己在政治上遭挫折多年、怀才不遇的感慨，最后高
歌独酌，抒发怡情自然的旷达的襟怀。

高启也曾写作《九日无酒步至西汀闲眺》：

> 高天无游氛，秋气自激肃。离居时节变，霜降未授服。萧条野
> 田间，晨步聊远瞩。悠悠寒川驶，靡靡晴峦矗。菊丛有清香，木叶
> 无故绿。亲朋去我远，登高且连躅。孤怀谁知音？惆怅临水曲。名
> 酒不可寻，归来掩茅屋。[②]（高启《九日无酒步至西汀闲眺》）

秋高气爽的日子里，离开时遇到了时节的变化，霜降时节还没有缝补御
寒的衣物。田野间景色萧条，早晨起来时在田间散步。远远眺望，只见山峦

---

① 李白著. 李太白全集·九日 [M]. 王琦注. 北京：中华书局，2008：963.
② 高启著. 高青丘集·九日无酒步至西汀闲眺 [M]. 金檀辑注. 徐澄宇、沈北宗校点. 上海：上海古籍出版
社，1985：156.

起伏。菊花丛中散发出阵阵清香，树木的叶子不知为何在此时变绿了。亲朋好友都在距离我很遥远的地方，所以独自登高时，脚步徘徊不前。我内心的孤独有谁知晓呢？在临水边惆怅不已。上好的名酒也无法得到，只能失落归来后关上自己的茅屋，黯然神伤。

高启同李白一样，也是写了自己独自登高时的感慨。高启和李白的两首诗歌，不仅诗歌主题相同，而且在诗歌中也用到了相同的意象，例如"秋天""菊花""酒""亲友"。两首诗歌都表达了登高时，独自一人的惆怅，向远方挂念之人传达了无尽的思念。

除了以上所例举分析的诗歌之外，高启还有许多与李白诗歌题目相同或相似的诗歌。现将不完全统计的结果列于下表，以示说明。

表 1　李白、高启同题目诗歌作品统计

李白		高启	
诗题	体裁	诗题	体裁
《妾薄命》	乐府	《妾薄命》	乐府
《行路难》	乐府	《行路难》	乐府
《相逢行》	乐府	《相逢行》	乐府
《短歌行》	乐府	《短歌行》	乐府
《望夫石》	五言律诗	《思夫山》	七言古诗
《独酌》	五言古诗	《独酌》	五言古诗
《九日》	五言古诗	《九日》	五言古诗

从上表可知，高启创作过许多与李白命意相同或相近的诗歌，可见高启的诗歌创作源泉与李白有着密不可分的关系。高启仰慕李白在诗坛所取得的独到成就，他除了熟谙李白大量的诗文作品之外，更巧妙地选取了其中可以为己所用的题材加以发挥和创作。

第二节　高启对李白诗歌风格的接受

（一）雄浑豪放的诗歌风格

盛唐是唐代诗歌的全盛时期，李白以其独步一时的卓绝成就屹立于盛唐诗歌的璀璨巅峰。李白在诗歌创作中用变幻莫测的想象、喷涌而出的情感、气魄宏大的意象，铸就了雄奇豪放、飘逸浪漫的诗歌风格。而高启——"启，天才高逸，实据明一代诗人之上"[①] 则在诗文创作的过程中，大力效仿模拟李白雄浑豪迈的诗歌风格，创作了许多雄浑秀逸之作。诗评家林昌彝曾在《海天琴思录》一书中，评价高启其人其诗时有言："唐以后学太白，神似者惟高季迪一人。"[②] 由此可见，高启模拟效仿李白诗歌风格的精妙与逼真之功力所在。

司空图在《诗品》中，对"雄浑"这一风格的特点有如下定义："大用外腓，真体内充。反虚入浑，积健为雄。"[③] 意在讲明，凡雄浑之诗，无不有飘渺远大之意境，无不有虚实相生之构思，无不有充盈之真气与恢弘之音韵。

高启的此类诗歌，正是深得太白创作之神韵。赵翼就曾在《瓯北诗话》中给予高启极高的肯定："七古内如《将进酒》《将军行》《赠金华隐者》《题天池石壁图》《登阳山绝顶》《春初来》《忆昨行》等作，置之青莲集中，虽明眼者亦难别择。"[④] 林昌彝在《海天琴思录》中亦有言："明人七言古诗，以高青丘为最，盖其诗发于天籁，神似太白，非模拟也。"[⑤] 通览高启的此类诗歌作品，或眼界辽远、意境雄阔；或气象万千、蔚为大观；或情真意切、浑厚浓郁。

---

① 永瑢等撰. 四库全书总目·卷一百六十九·集部·别集类二十二［M］. 北京：中华书局，1965：1471.

② 林昌彝著. 海天琴思录·海天琴思续录［M］. 王镇远、林虞生标点. 上海：上海古籍出版社，1988：70.

③ 司空图著. 诗品集解［M］. 郭绍虞集解. 北京：人民文学出版社，1981：3.

④ 赵翼著. 瓯北诗话·高青邱诗［M］. 霍松林、胡主佑校点. 北京：人民文学出版社，1981：125.

⑤ 林昌彝著. 海天琴思录·海天琴思续录［M］. 王镇远、林虞生标点. 上海：上海古籍出版社，1988：202.

　　刘勰在《文心雕龙·神思》中对创作构思有过精妙的阐释："古人云：形在江海之上，心存魏阙之下。神思之谓也。文之思也，其神远矣，故寂然凝虑，思接千载；悄焉动容，视通万里；吟咏之间，吐纳珠玉之声；眉睫之前，卷舒风云之色。"① 刘勰强调文学创作中，想象与构思皆为自由之物，完全不受制于时空的局限，皆能在创作者的笔下飘飞翱翔，流淌千古，远游天地。

　　作为雄浑飘逸诗歌风格的代表，李白深刻地实践了"神与物游"，极尽个人主观想象之能事，思接千载，视通万里。特别是其所创作的登临之作——登高而览，眼界辽远，皆造光怪陆离之象。

　　在《自巴东舟行经瞿塘峡，登巫山最高峰，晚还题壁》中，李白刻画了"飞步凌绝顶，极目无纤烟"② 的辽远眼界：

　　　　江行几千里，海月十五圆。始经瞿塘峡，遂步巫山巅。巫山高不穷，巴国尽所历。日边攀垂萝，霞外倚穹石。飞步凌绝顶，极目无纤烟。却顾失丹壑，仰观临青天。青天若可扪，银汉去安在。望云知苍梧，记水辨瀛海。周游孤光晚，历览幽意多。积雪照空谷，悲风鸣森柯。（李白《自巴东舟行经瞿塘峡，登巫山最高峰，晚还题壁》）

　　在《古风五十九首·其十九》里，李白又营造了"素手把芙蓉，虚步蹑太清"③ 的仙逸飘渺的意境：

　　　　西上莲花山，迢迢见明星。素手把芙蓉，虚步蹑太清。霓裳曳广带，飘拂升天行。邀我登云台，高揖卫叔卿。恍恍与之去，

----

　　① 刘勰著. 文心雕龙·神思第二十六 [M]. 范文澜注. 北京：人民文学出版社，2008：493.
　　② 李白著. 李太白全集·自巴东舟行经瞿塘峡，登巫山最高峰，晚还题壁 [M]. 王琦注. 北京：中华书局，1977：1021.
　　③ 李白著. 李太白全集·古风五十九首·其十九 [M]. 王琦注. 北京：中华书局，1977：113.

驾鸿凌紫冥。俯视洛阳川，茫茫走胡兵。流血涂野草，豺狼尽冠缨。（李白《古风五十九·其十九》）

在《游泰山六首·其三》里，李白又描写了"平明登日观，举手开云关"① 的矍铄精神：

平明登日观，举手开云关。精神四飞扬，如出天地间。黄河从西来，窈窕入远山。凭崖览八极，目尽长空闲。偶然值青童，绿发双云鬟。笑我晚学仙，蹉跎凋朱颜。踌躇忽不见，浩荡难追攀。（李白《游泰山六首·其三》）

在《登太白峰》中，李白又吐露了"举手可近月，前行若无山"② 的豪迈胸怀：

西上太白峰，夕阳穷登攀。太白与我语，为我开天关。愿乘泠风去，直出浮云间。举手可近月，前行若无山。一别武功去，何时复见还？③（李白《登太白峰》）

在《登锦城散花楼》一诗中，诗仙又畅想了"今来一登望，如上九天游"④ 的怡然自得：

日照锦城头，朝光散花楼。金窗夹绣户，珠箔悬银钩。飞梯绿云中，极目散我忧。暮雨向三峡，春江绕双流。今来一登望，如上九天游。⑤（李白《登锦城散花楼》）

---

① 李白著. 李太白全集·游泰山六首. 其三 [M]. 王琦注. 北京：中华书局，1977：923－924.
② 李白著. 李太白全集·古近体诗共三十六首. 登太白峰 [M]. 王琦注. 北京：中华书局，1977：974.
③ 李白著. 李太白全集·登太白峰 [M]. 王琦注. 北京：中华书局，1977：974.
④ 李白著. 李太白全集·登锦城散花楼 [M]. 王琦注. 北京：中华书局，1977：967.
⑤ 李白著. 李太白全集·登锦城散花楼 [M]. 王琦注. 北京：中华书局，1977：967.

在《登峨眉山》一诗中，李白又再现了"青冥倚天开，彩错疑画出"①的人间仙境：

> 蜀国多仙山，峨眉邈难匹。周流试登览，绝怪安可悉。青冥倚天开，彩错疑画出。泠然紫霞赏，果得锦囊术。云间吟琼箫，石上弄宝瑟。平生有微尚，欢笑自此毕。烟容如在颜，尘累忽相失。倘逢骑羊子，携手凌白日。②（李白《登峨眉山》）

在《登梅冈望金陵，赠族侄高座寺僧中孚》中，李白又道述了望远古楚越大地"江水九道来，云端遥明没"③的揽胜之感：

> 钟山抱金陵，霸气昔腾发。天开帝王居，海色照宫阙。群峰如逐鹿，奔走相驰突。江水九道来，云端遥明没。时迁大运去，龙虎势休歇。我来属天清，登览穷楚越。吾宗挺禅伯，特秀鸾凤骨。众星罗青天，明者独有月。冥居顺生理，草木不剪伐。烟窗引蔷薇，石壁老野蕨。吴风谢安屐，白足傲履袜。几宿一下山，萧然忘干谒。谈经演金偈，降鹤舞海雪。时闻天香来，了与世事绝。佳游不可得，春风惜远别。赋诗留岩屏，千载庶不灭。④
> （李白《登梅冈望金陵，赠族侄高座寺僧中孚》）

高启极其推崇李白雄浑奔放的诗歌风格。在其诗文创作中，也将大量的登高揽胜题材拟为创作对象。高启笔下的登临之作，所营造出的雄伟浑厚之意境，所采用的雄健有力之语言，皆与李白的创作有着异曲同工之妙。登临

---

① 李白著. 李太白全集·登峨眉山［M］. 王琦注. 北京：中华书局，1977：968.
② 李白著. 李太白全集·登峨眉山［M］. 王琦注. 北京：中华书局，1977：968.
③ 李白著. 李太白全集·登梅冈望金陵，赠族侄高座寺僧中孚［M］. 王琦注. 北京：中华书局，1977：984.
④ 李白著. 李太白全集·登梅冈望金陵，赠族侄高座寺僧中孚［M］. 王琦注. 北京：中华书局，1977：984.

之时，诗人将浓郁的个人情感倾注于审美意象之中，天马行空地构建想象画面，同样深刻地实践了刘勰在《文心雕龙·神思》中在"神思"阶段的另一主张"登山则情满于山，观海则意溢于海"。①

洪武二年（1369），高启登临金陵雨花台。登高而望，俯览金陵。浩荡长江奔流而来，滚滚而去，如同历史长河奔流不息，瞬息万变。高启用雄健的笔调，营造了气势磅礴的意境：放眼天地之间，宇宙皆空茫，看千古之辨析，叹历史之演绎，以倒峡泻河般的文思写下了《登金陵雨花台望大江》一诗：

> 大江来从万山中，山势尽与江流东。钟山如龙独西上，欲破巨浪乘长风。江山相雄不相让，形胜争夸天下壮。秦皇空此瘗黄金，佳气葱葱至今王。我怀郁塞何由开，酒酣走上城南台。坐觉苍茫万古意，远自荒烟落日之中来。石头城下涛声怒，武骑千群谁敢渡。黄旗入洛竟何祥，铁锁横江未为固。前三国，后六朝，草生宫阙何萧萧！英雄乘时务割据，几度战血流寒潮。我生幸逢圣人起南国，祸乱初平事休息，从今四海永为家，不用长江限南北。②（高启《登金陵雨花台望大江》）

诗歌开篇，诗人用雄浑刚健的笔锋刻画了惊涛拍岸、山势蜿蜒的壮阔景致，颇有荡气回肠之势。滚滚长江从千山万壑之中奔流而来，江岸的群山随着长江的走势绵延向东。高启笔下的钟山，气势巍峨、高峻挺拔，且有滚滚长江积聚着长风破浪之势呼啸而来。诗人不做丝毫的留白，情节紧凑，澎湃汹涌，深得太白雄浑之精髓。气势豪迈，洒脱飘逸，将金陵"虎踞龙盘"的壮丽景象描绘得栩栩如生。诗人把酒而歌，登临雨花台。静坐之时，忽然感

---

① 刘勰著. 文心雕龙·卷六·神思第二十六 [M]. 范文澜注. 北京：人民文学出版社，2008：493-494.

② 高启著. 高青丘集·登金陵雨花台望大江 [M]. 金檀辑注. 徐澄宇、沈北宗校点. 上海：上海古籍出版社，1985：451.

觉到万千江河的苍茫之意远远地从荒烟落日中而来。听见金陵城下涛声怒吼，诗人想象着即使有千乘骑兵也不敢横渡。诗人用慷慨苍凉的笔调怀古，从秦始皇到前三国后六朝，再写到现下明主朱元璋，诗人的情绪也经历了大开大合的复杂变化，炽烈的感情喷涌而出。整首诗歌，诗人从登临雨花台眺望的壮阔景色起笔，回望历史，最后落笔于对国家统一的喜悦之情。全诗笔势健宕，一气呵成。诗人将充盈的感情深刻地寄寓于景物之中，情景交融，感人肺腑。

　　这首诗与李白在《登金陵冶城西北谢安墩》一诗中的切入角度如出一辙。

　　　　晋室昔横溃，永嘉遂南奔。沙尘何茫茫，龙虎斗朝昏。胡马风汉草，天骄蹴中原。哲匠感颓运，云鹏忽飞翻。组练照楚国，旌旗连海门。西秦百万众，戈甲如云屯。投鞭可填江，一扫不足论。皇运有返正，丑虏无遗魂。谈笑遏横流，苍生望斯存。冶城访古迹，犹有谢安墩。凭览周地险，高标绝人喧。想像东山姿，缅怀右军言。梧桐识嘉树，蕙草留芳根。白鹭映春洲，青龙见朝暾。地古云物在，台倾禾黍繁。我来酌清波，于此树名园。功成拂衣去，归入武陵源。[①]（李白《登金陵冶城西北谢安墩》）

　　高启带着微醺的酒意，走上金陵雨花台，于高处眺望长江，借景抒情，抚今追昔。同样，李白也极力描绘出了一幅乱世纷争的画面。两人皆怀揣着人生失意的感慨，借酒消愁。高启此时"我怀郁塞何由开"，心中有很多郁结，无法实现报国理想。而李白同样通过追忆谢安、诸葛亮等英雄人物的历史，来表达自己在现实中无法建功立业的不如意。

　　《登金陵雨花台望大江》与《登金陵冶城西北谢安墩》，两首诗歌从意境上来看，都凸显出了"苍茫之意"。李诗言"沙尘何茫茫，龙虎斗朝

---

　　① 李白著. 李太白全集·登金陵冶城西北谢安墩［M］. 王琦注. 北京：中华书局，2008：978－979.

昏"，高诗言："坐觉苍茫万古意，远自荒烟落日之中来"在苍茫的意境中，两位诗人的思维跨越古今，怀古伤今。李白是从缅怀西晋名士谢安到追忆三国贤相诸葛亮，而高启则是从秦写到三国、六朝，最后落笔到现实。李、高二人皆表现出了跨越时间维度的宏大历史观，这也是高启对李白开展人格与诗格接受的又一重要体现。

洪武三年（1370），高启辞官还家之后，居青丘，写作《姑苏杂咏》组诗。其中《登阳山绝顶》一诗便是高启具有代表性的登临之作。诗歌用雄壮豪迈的笔势刻画了姑苏城西北阳山的高峻险奇，抒发了登临山巅，"一览众山小"①的气度：

> 我登此山巅，不知此山高。但觉群山总在下，坐抚其顶同儿曹。又见太湖动我前，汹涌三十万顷烟波涛。长风吹人度层嶂，不用仙翁赤城杖。峰回秋碛海鹘飞，日出夜听天鸡唱。中有一泉长不枯，乃是蜿蜒神物之所都。老藤阴森洞府黑，树上不敢留栖乌。常年祷雨车，来此投金符。灵旗风转白日晦，马鬣一滴沾三吴。岩峦苍苍境多异，樵子寻常不曾至。探幽历险未得归，忽听钟来涧西寺。此时望青冥，脱略尘世情。白云冉冉足下起，如欲载我升天行。古来名贤总何有，只有此山长不朽。欲呼明月海上来，照把长生一瓢酒。浮丘醉枕肱，洪崖笑开口，天风吹落浩歌声，地上行人尽回首。②（高启《登阳山绝顶》）

阳山高峻挺拔，横峰侧岭，即便徒步此山，亦不能知晓山高几许。群山都低于眼下，诗人巧妙地以小儿喻群山，意气风发之时，感觉坐着便能抚摸群山之顶，仿佛如同抚摸小孩一般唾手可得。巧妙的比喻，大胆的设想，阳山的高大威武瞬间铺陈眼前。继而诗人的视角从上而下，顺势转换，由山入

---

① 杜甫著. 杜诗详注·望岳 [M]. 仇兆鳌注. 北京：中华书局，1979：4.
② 高启著. 高青丘集·登阳山绝顶 [M]. 金檀辑注. 徐澄宇、沈北宗校点. 上海：上海古籍出版社，1985：435－436.

水：太湖在眼前流动，波涛汹涌，烟波浩渺。诗人展开瑰丽的想象，幻想着长风与波涛所激起的烟雾快要把游人吹起，轻盈地飘过重山，完全无需借用赤城仙人所使用的苍藤杖。这一新奇飘逸的想象与李白变化莫测的创作风格全然是同出而异名。秋日山峰，海鸥高飞，天鸡破晓，一静一动，视听皆愉，诗中画面立刻变得真实可感，这与李白在众多诗歌作品中营造的立体意境也颇为神似。之后十二句，诗人铺排了"泉水""老藤""洞府""乌鸦""金符""灵旗""岩峦""钟声"等意象，借以描写山中灵异之事，无限遐想。"白云冉冉足下起，如欲载我升天行"①，诗人目睹着白云从脚边冉冉升起，仿似将要载着自己飞上青天。诗人将身心感悟与所见之景巧妙地融为一体，也颇得太白创作之要旨。"古来名贤总何有，只有此山长不朽"②，古来有名的贤士现在究竟身在何处？唯有苍茫青山得以长存，这自然又关联起李白曾高呼"古来圣贤皆寂寞，惟有饮者留其名"③的无奈。"欲呼明月海上来，照把长生一瓢酒"④，诗人想要呼唤明月从海上飘来，照着自己取一壶长生不老之酒。面对无奈的现实，唯有借酒释怀，这与李白所向往的及时享乐，仙逸放达的人生境界颇为相像。全诗想象奇特，文笔随情思涌动而变化，彰显飘逸之气。

除上述所列举，高启还有众多雄奇奔放的诗歌作品。

在《登蓬莱阁望云门秦望诸山》中，"流晖互荡激，下有湖壑绕"⑤一句，诗人用雄浑的笔调描摹了玉门与秦望两山之间，日光浮动，湖壑环绕的壮阔美景。

　　　　旅思旷然释，置身苍林杪。群山为谁来？历历散清晓。奇姿

---

① 高启著. 高青丘集·登阳山绝顶 [M]. 金檀辑注. 徐澄宇、沈北宗校点. 上海：上海古籍出版社，1985：435－436.

② 高启著. 高青丘集·登阳山绝顶 [M]. 金檀辑注. 徐澄宇、沈北宗校点. 上海：上海古籍出版社，1985：435.

③ 李白著. 李太白全集·乐府三十首·将进酒 [M]. 王琦注. 北京：中华书局，1977：180.

④ 高启著. 高青丘集·登阳山绝顶 [M]. 金檀辑注. 徐澄宇、沈北宗校点. 上海：上海古籍出版社，1985：436.

⑤ 高启著. 高青丘集·登蓬莱阁望云门秦望诸山 [M]. 金檀辑注. 徐澄宇、沈北宗校点. 上海：上海古籍出版社，1985：125.

脱露雨，奋首争欲矫。气通海烟长，色带州郭小。曲疑藏啼猿，横恐截归鸟。流晖互荡激，下有湖壑绕。佳处未遍经，一览心颇了。秦皇遗迹泯，晋士风流杳。愿探金匮篇，振袂翔尘表。①（高启《登蓬莱阁望云门秦望诸山》）

在《天平山》一诗中

入山旭光迎，出山月明送。十里松杉风，吹醒尘土梦。兹山凡几到，题字遍岩洞。阳崖树冬荣，阴谷泉下冻。怪石立谁扶，灵草生岂种。白云翁然来，诸峰欲浮动。高鹘有危栖，幽禽无俗哢。凌藓知履滑，披岚觉裘重。尝登最上巅，远见湖影空。渔樵渡溪孤，鸟雀归村众。还寻老僧居，隔竹听清诵。慰我跻攀劳，为设茶筍供。几年历忧欢，造物若揶弄。迷途远山林，迟暮堪自讼。难追谢公游，空发阮生恸。身今解组绶，明时愧无用。闲持九节筇，寻访事狂纵。石屋秋可眠，山猿许分共。②（高启《天平山》）

高启用"白云翁然来，诸峰欲浮动"③一句，也造就了雄浑飘逸的景象：白云如同草木茂盛般浮动而来，高耸的山峰仿佛浮在白云之上随意流动。

在《登西城门》一诗中，高启用"登城望神州，风尘暗淮楚。江山带睥睨，烽火接楼橹"④，描述了战乱后的苍茫阔大之景。

① 高启著. 高青丘集·登蓬莱阁望云门秦望诸山［M］. 金檀辑注. 徐澄宇、沈北宗校点. 上海：上海古籍出版社，1985：125.

② 高启著. 高青丘集·天平山［M］. 金檀辑注. 徐澄宇、沈北宗校点. 上海：上海古籍出版社，1985：201－202.

③ 高启著. 高青丘集·天平山［M］. 金檀辑注. 徐澄宇、沈北宗校点. 上海：上海古籍出版社，1985：202.

④ 高启著. 高青丘集·登西城门［M］. 金檀辑注. 徐澄宇、沈北宗校点. 上海：上海古籍出版社，1985：233－234.

登城望神州，风尘暗淮楚。江山带晖眼，烽火接楼橹。并吞何时休？百骨易寸土。向来禾黍地，雨露长榛莽。不见征战场，那知边人苦。马惊西风笳，鸟散落日鼓。呜呜城下水，流恨自今古。① （高启《登西城门》）

在高启所作《晚登南冈望都邑官阙》（二首）与《与刘将军杜文学晚登西城》两首诗则是描写了登高而望的城阙之景，亦是将所见之境描摹得阔大雄奇。

落日登高望帝畿，龙蟠山下见龙飞。云霄双阙开黄道，烟树三宫接翠微。沙苑马闲秋猎罢，天街车斗晚朝归。明朝欲献升平颂，还逐仙班入琐闱。② ［高启《晚登南冈望都邑官阙》（二首）其一］

秦金不厌气佳哉，紫盖黄旗此日开。残雪已销缭鹊观，浮云不隐凤凰台。山如洛下层层出，江自巴中渺渺来。六代衣冠总尘土，幸逢昌运莫兴哀。③ ［高启《晚登南冈望都邑官阙》（二首）其二］

木落悲南国，城高见北辰。飘零犹有客，经济岂无人？
鸟过风生翼，龙归雨在鳞。相期俱努力，天地正烽尘。（高启《与刘将军杜文学晚登西城》）④

①　高启著. 高青丘集·登西城门 [M]. 金檀辑注. 徐澄宇、沈北宗校点. 上海：上海古籍出版社，1985：233—234.
②　高启著. 高青丘集·晚登南冈望都邑官阙（二首）［M］. 金檀辑注. 徐澄宇、沈北宗校点. 上海：上海古籍出版社，1985：574—575.
③　高启著. 高青丘集·晚登南冈望都邑官阙（二首）［M］. 金檀辑注. 徐澄宇、沈北宗校点. 上海：上海古籍出版社，1985：575.
④　高启著. 高青丘集·与刘将军杜文学晚登西城 [M]. 金檀辑注. 徐澄宇、沈北宗校点. 上海：上海古籍出版社，1985：468.

通观此类作品，高启或借用神话传说，构建虚无缥缈之意境；或大胆设想，发想无端；或情感炙烈，喷涌而出，皆深得太白创作之精髓。

在上一章，提到了高启的自传诗《青丘子歌》，这首诗歌作品无论是从洋洋洒洒的气势到句型句式的运用再到音韵和谐的雕琢，都似乎和李白的代表作《梦游天姥吟留别》如出一辙。我们可将其与李白的《梦游天姥吟留别》一诗相对比：

> 海客谈瀛洲，烟涛微茫信难求。越人语天姥，云霞明灭或可睹。天姥连天向天横，势拔五岳掩赤城。天台四万八千丈，对此欲倒东南倾。我欲因之梦吴越，一夜飞度镜湖月。湖月照我影，送我至剡溪。谢公宿处今尚在，渌水荡漾清猿啼。脚著谢公屐，身登青云梯。半壁见海日，空中闻天鸡。千岩万转路不定，迷花倚石忽已暝。熊咆龙吟殷岩泉，栗深林兮惊层巅。云青青兮欲雨，水澹澹兮生烟。列缺霹雳，丘峦崩摧。洞天石扉，訇然中开。青冥浩荡不见底，日月照耀金银台。霓为衣兮风为马，云之君兮纷纷而来下。虎鼓瑟兮鸾回车，仙之人兮列如麻。忽魂悸以魄动，恍惊起而长嗟。惟觉时之枕席，失向来之烟霞。世间行乐亦如此，古来万事东流水。别君去兮何时还？且放白鹿青崖间。须行即骑访名山。安能摧眉折腰事权贵，使我不得开心颜。①
> （李白《梦游天姥吟留别》）

首先，从气势上来看，《青丘子歌》与《梦游天姥吟留别》一样，采取了"吟咏"式的抒情方法。吟咏，作为诗歌创作的一种表达式，极具诗意和艺术性。诗人通过吟咏，以表达自己对生命、情感、理念等内心体验的理解。高启在吟咏之中，思路随意漫游，让内心真实的向往与追求得到了最为充分的释放。《梦游天姥吟留别》作为李白的一首游仙诗，行云流水般地抒

---

① 李白著. 李太白全集·梦游天姥吟留别［M］. 王琦注. 北京：中华书局，1977：705－708.

发笔意，不受任何的约束，字随情至，情随心至。两篇诗歌在行文气势上，有着高度的异曲同工之妙。

再者，从句型上来看，两首诗歌均主要采用了七言的手法。在中国古代诗歌创作中，七言句式是一种非常古老而优美的文学形式。唐代可视作为七言诗创作的高峰，成为文学史上的一段辉煌。诗仙李白也非常喜好且擅长使用七言句式来表达自己对自然、人生、理想等方面的思考和感悟，留下了许多经典之作，比如《黄鹤楼送孟浩然之广陵》《峨眉山月歌》《将进酒》《闻王昌龄左迁龙标遥有此寄》《登凤凰金陵台》，等等。其中，李白最为擅长的是七言歌行与七言绝句，这两种诗歌体裁在形式上是最自由的，在气势上是恢弘的，所以与李白豪放不羁的性格特征高度适配。《青丘子歌》同样也运用了很多七言句式，中间杂以五言，气势跌宕、文笔飞扬，深得太白遗风。

诗歌韵脚是中国古代文诗歌创作的重要组成部分之一，是指诗歌中相同或类似的音韵组合形式。诗歌韵脚有多种形式，如平仄、押韵、对仗等，它们都可以让诗歌更加优美和动人。李白与高启都十分擅长对诗歌韵脚进行巧妙运用，二人在文学作品中，常常借由韵脚的变化，立体、直观地表达出情感和思想的变化，同时也使得诗歌更加优美动人。试从韵脚的角度来解读《青丘子歌》与《梦游天姥吟留别》，两首诗歌也有许多相似、相近之处。

表2　《青丘子歌》与《梦游天姥吟留别》韵脚对照表

韵脚	李白《梦游天姥吟留别》	高启《青丘子歌》
八庚	倾	清、卿、名、轻、鸣、平、营、迎、盈、璎、倾、行、精、情、鲸、英、晴、惊、京
四寘/八荠/四纸	底、此	意、起、笛、气、米
四支/八齐	鸡、梯、啼、溪	饥、披

从诗歌风格的对比中能找到高启对李白接受的实证。高启对李白的接

受，不仅是单纯的"形似"，也呈现出了诸多的"神似"。这些皆反映出高启对李白的人生际遇有着高度的理解，同样也彰显着高启对李白的文学创作有着极高的审美认同。

（二）神奇瑰丽的艺术想象

高启与李白都曾游历名山，所到之处，凡壮丽之景、宏伟之物，往往能够引发灵感乍现。两位诗人皆在雄浑豪放的风格之上，通过神奇瑰丽的想象，辅之以异乎寻常的衔接，以充满跳跃性的方式，将所见之景物描摹得蔚为大观。此类诗歌，往往跨度较大，纵横变幻，给人以极具艺术感染力的想象冲击。

李白在游览庐山时，曾折服于庐山瀑布的气势磅礴。诗人挥笔泼墨，仅用二十八字，便将庐山瀑布的奇绝壮美完全浓缩于笔墨之中："日照香炉生紫烟，遥看瀑布挂前川。飞流直下三千尺，疑是银河落九天。"（《望庐山瀑布二首》其二）[①] 整首诗歌一气呵成，壮美瑰丽，想象夸张，变幻莫测，全方位地演绎了赵翼对李白诗歌的评价："自有天马行空，不可羁勒之势。"[②]

李白的诗歌，往往有着大开大合的变幻莫测，完全出自情感的自由流动，任意转换意象，高妙衔接意境，在无拘无束的创作氛围中延展思绪。

在诗歌风格上极力效仿李白的高启，同样以神奇瑰丽的艺术想象将咏物诗拿捏得心应手，出神入化。高启的诗歌作品同样有着让人难以预料的"情、景、理"转换。高启也曾在诗作中将"瀑布"作为描摹的对象。《题瀑布泉》一诗，高启效仿李白，用凝练的语言，极具气势地刻画了浪花飞溅的瀑布形象，将瀑布一泻千里之势，刻画得入木三分，宛如在人耳目：

> 千山云顶一泉飞，仰面时惊雨泾衣。仿佛香炉峰下看，满溪红叶访僧归。[③]（高启《题瀑布泉》）

---

① 李白著. 李太白全集·望庐山瀑布二首（其二）[M]. 王琦注. 北京：中华书局，1977：989.

② 赵翼著. 瓯北诗话·卷一·李青莲诗 [M]. 霍松林、胡主佑校点. 北京：人民文学出版社，1981：3.

③ 高启著. 高青丘集·题瀑布泉 [M]. 金檀辑注. 徐澄宇、沈北宗校点. 上海：上海古籍出版社，1985：782.

通观全诗，幽深奇特，逸气飘飞。首先，高启同样选取了七言绝句的诗歌体裁进行创作，全诗也仅用二十八字，精练传神地再现了瀑布的瑰丽之景。其次，在诗歌中，诗人张开想象之翼，飘逸传神地选用了充满灵动之感的"飞"字作为诗眼，全诗紧扣"飞"字描摹千山云顶峰瀑布的壮观秀美。"泉水飞溅"——纯白色的画面感立刻扑面而来，诗人通过飘逸的想象，赋予诗歌以引人入胜的色彩感，宛如图画一般，秀美可人。抬头仰望，瀑布仿佛是从天而降的飞雨打湿了衣衫。诗人联想到李白曾在香炉峰所见瀑布的壮美景象，"仿佛香炉峰下看"便是巧妙地关联了李白《望庐山瀑布二首》（其二）一诗的意境。特别是高启诗歌的最后一句"仿佛香炉峰下看"，是对李白诗歌"日照香炉生紫烟"的直接化用，迅速将读者的视角带到了李白所描写的香炉峰瀑布前。

高启曾在出游洞庭山时，见一巨石屹立水中。巨石因常年受到波涛冲刷，渐有洞穴，玲珑剔透，为世人所贵。诗人创作了《太湖石》一诗，诗歌用奇绝的手笔开拓了瑰丽的意境，将奇石刻画得栩栩如生：

> 没人采石山根渊，投身下试饥蛟涎。冯夷不解护潜宝，几片捧出如青莲。寒姿本是湖水骨，波涛漱击应千年。初疑鬼怪离洞府，珊瑚铁网相钩连。嵌空突兀多异态，云吐夏浦芝生田。龙鳞含雨晚犹润，豹质隐雾朝常鲜。清音叩罢磬韵远，微靥洗出珠窝圆。坐移各岫置庭砌，日照仿佛生紫烟。三峰削成太华掌，一穴透入仇池天。醉中时到倚苍藓，秋风冷逼吟诗肩。洛阳园墅汴宫苑，当时骈列夸奇妍。黄罗封盖素毡裹，万里贡献劳车船。奢游事歇家园废，尽仆荆棘荒池边。人生嗜此亦可笑，有身岂得如石坚？百年零落竟谁在，空品甲乙烦题镌。又嗟此石何献巧！自召凿取亏天全。不如顽矿世所弃，满山长作牛羊眠。①（高启《太湖石》）

---

① 高启著. 高青丘集·太湖石［M］. 金檀辑注. 徐澄宇、沈北宗校点. 上海：上海古籍出版社，1985：352—354.

　　全诗充溢着奇特瑰丽的想象，虚实相生，意境高远。诗人开篇先引古代的传说"饥蛟"与"冯夷"作为意象入诗，巧妙秀逸地增加了诗歌的神秘感。石立水中，波涛撞击，形成了寒峻的容姿。湖石独特的外貌更引发诗人的奇思妙想，诗人用水边升起的云朵和神仙田中生长的灵芝来比喻石块的奇异形状，新颖独特，即刻赋予了奇石以具体的形象美，耐人回味。而后十四句，诗人展开光怪陆离的想象，飘逸高远，与李白的创作风格极为相像。诗人大胆地选取了奇幻神秘的喻体来刻画奇石的非凡姿态，用"龙鳞"形容因湖水常年冲击石头而形成的窝痕，用"豹皮"比喻奇石外表的色泽纹理。丰富的想象赋予了奇石无尽的神秘感，给人以独特的想象空间。继而轻叩奇石，声音如同磬石一般清越，余音悠远。视觉与听觉的双重刺激，更加突显了立体瑰丽的诗歌意境。"日照仿佛生紫烟"[①] 更是直接化用了李白"日照香炉生紫烟"[②] 的奇美诗境。诗歌虽写太湖之石，但诗人的眼界却并未局限于此，而是通过漫游神思，展开想象，将太湖之石与华山西峰、仇池山等高大巍峨的意象一同置于画中，关联成形象的对比。诗人继而写道，奇石就像西岳华山的三座山峰，仿佛是由刀斧削成一般峻峭；石山上还有一个小洞，就如同仇池山顶的仙洞一般，仿佛可直通九天。诗人在逼真写实的同时，也加入了虚构的艺术想象，赋予了诗歌仙逸之气。除使用比喻之外，诗人还巧妙地将夸张、拟人等艺术手法置于创作之中，极大地增添了诗歌的艺术感染力。全诗写景咏物，但也并未束缚于景象与物象之中，在诗歌的后半部分诗人又将湖石的兴废与个人际遇联系在一起，实现了物我交融。

　　高启以奇特瑰丽的想象塑造物象的咏物诗不胜枚举。《偃松行》一诗，诗人着力描写了天平山狮子岩下的一棵古松。诗人描写了古松苍劲挺拔的遒姿，赞颂了古松桀骜不驯的品格，亦是咏物诗的佳作：

　　　　龙门西冈魏公祠，祠前有松多古枝。长身蜿蜒横数亩，巨石

---

① 高启著. 高青丘集·卷九·太湖石 [M]. 金檀辑注. 徐澄宇、沈北宗校点. 上海：上海古籍出版社，1985：353.

② 李白著. 李太白全集·望庐山瀑布二首（其二）[M]. 王琦注. 北京：中华书局，1977：989.

作枕相撑持。春泥半封朽死骨，冻藓尽裂皴生皮。无心昂耸上霄汉，偃仰独向荒山垂。蛰雷振岳撼不动，千载一梦醒何迟。政如卧龙未起日，深意有待风云期。太湖月出照夜魄，天峰雪积埋寒姿。涛声时吼若鼾息，野老惊起山僧疑。左伸右屈多异态，天自出巧非人为。画师安能把笔写，稚子岂敢操斤窥。杜陵枯柟已憔悴，蜀相老柏非瑰奇，何如此树怪且寿，呵卫定想烦灵祇。不知已阅几人代，游客过尽今存谁。明堂屡兴不见取，得全正爱同支离。我尝来观忽遽反，醉坐其上高吟诗。葛陂笻竹亦腾化，神物终去可久羁。何当一叱使飞起，载我万里游天池。他年还访旧城郭，正是白鹤归来时。① （高启《偃松行》）

通观全诗，用语骨力挺健，想象丰富，颇有李白之风。诗人笔下的古松，身如龙蛇，蜿蜒盘绕，横占数亩土地。诗人开篇即用形象的比喻再现了古松盘曲高大的身姿。诗人巧用夸张的手法烘托气氛，引起联想与共鸣：惊雷能够震动山体，却无法撼动古松。诗人又发挥奇绝联想，将素有"卧龙"之称的诸葛孔明引入诗作，比喻眼前这棵沉睡的古松，就如同当年久未出山的诸葛孔明，一心等待风云的际会，形象地刻画了古松偃卧之状。继而诗歌又引用"太湖月"与"天峰雪"两个冰清玉洁的意象来衬托古松刚健的身姿与高洁美好的品格。太湖之月映照着古松的灵魂，天平山之雪埋藏着古松的寒姿。诗人又选用"打鼾"这一拟人化的动作来比拟松涛怒吼时的情境，赋予了古松以人格化的力量，使古松的形象更加活灵活现，生动再现了古松枝干盘旋，千姿百态的形貌。如此神树面前，诗人思接千载的想象之翼再次展开，感叹杜甫笔下的枯柟已枯竭而死，诸葛亮庙前的老柏树也不足为奇，一切都无法比拟此树的怪异与长寿。若问原因何在，想必一定是此树得到了神灵的庇佑。诗人行至此处，醉酒于树下，放浪形骸，高声吟咏。诗人幻想着

---

① 高启著. 高青丘集·偃松行［M］. 金檀辑注. 徐澄宇、沈北宗校点. 上海：上海古籍出版社，1985：384－385.

能够吆喝一声，让古松腾空而起，搭载着自己游历万里之外的天池。最后这一荒诞的想象，更是充满游仙之气，颇具诗仙李白的风范。松树经过长时间的漫长岁月，逐渐适应了这种恶劣的环境，逐渐适应了多变的气候和生存条件。它的根深扎地，能够抵御风吹雨打，经受住各种自然灾害的考验。松树的品格是坚毅，不畏寒暑，经得起风吹雨打，内心深处有着不屈的精神。

李白也曾以"松树"为描摹对象，创作诗歌——《南轩松》：

> 南轩有孤松，柯叶自绵幂。清风无闲时，潇洒终日夕。阴生古苔绿，色染秋烟碧。何当凌云霄，直上数千尺。[1] （李白《南轩松》）

李白在诗歌中描写道，南边的小室外，有棵孤傲的青松。枝叶繁茂，郁郁葱葱。清风时时吹拂摇曳着松树的枝干，松树在风中展示出终日惬意的潇洒。没有太阳直射的阴凉处，长满了深绿的青苔，它的青色似乎晕染了秋日的云霞。松树何时才能生长到云霄外面，直上千尺巍然挺正。李白在诗歌中，铺排了多种意象："孤松""清风""游云""苔绿""秋烟"等等，并使用"生""染""直上"等动词，增加了诗歌的感染力，同时也借"何当凌云霄，直上数千尺"一句，表达了诗人刚正不阿的高尚品格，道明诗人的崇高理想和远大抱负。

此外，李白还在多首诗歌中塑造和刻画松的形象。例如在《蜀道难》中：

> 噫吁嚱，危乎高哉！蜀道之难，难于上青天。蚕丛及鱼凫，开国何茫然。尔来四万八千岁，不与秦塞通人烟。西当太白有鸟道，可以横绝峨眉巅。地崩山摧壮士死，然后天梯石栈相钩连。上有六龙回日之高标，下有冲波逆折之回川。黄鹤之飞尚不得

---

[1] 李白著. 李太白全集·南轩松 [M]. 王琦注. 北京：中华书局，1977：1130—1131.

过，猿猱欲度愁攀援。青泥何盘盘，百步九折萦岩峦。扪参历井仰胁息，以手抚膺坐长叹。

问君西游何时还，畏途巉岩不可攀。但见悲鸟号古木，雄飞雌从绕林间。又闻子规啼夜月，愁空山。蜀道之难，难于上青天，使人听此凋朱颜。连峰去天不盈尺，枯松倒挂倚绝壁。飞湍瀑流争喧豗，砯崖转石万壑雷。其险也如此，嗟尔远道之人胡为乎来哉！

剑阁峥嵘而崔嵬，一夫当关，万夫莫开。所守或匪亲，化为狼与豺。朝避猛虎，夕避长蛇，磨牙吮血，杀人如麻。锦城虽云乐，不如早还家。蜀道之难，难于上青天，侧身西望长咨嗟。①
（李白《蜀道难》）

李白写道"枯松倒挂倚绝壁"②，直言在入蜀之路上，看到枯萎的松树倒挂倚贴在绝壁之间，气势非常雄伟。

在《赠嵩山焦炼师》（并序）一诗中，李白描摹：

嵩山有神人焦炼师者，不知何许妇人也。又云：生于齐、梁时，其年貌可称五六十。常胎息绝谷，居少室庐，游行若飞，倏忽万里。世或传其入东海，登蓬莱，竟莫能测其往也。

余访道少室，尽登三十六峰，闻风有寄，洒翰遥赠。

二室凌青天，三花含紫烟。中有蓬海客，宛疑麻姑仙。道在喧莫染，迹高想已绵。时餐金鹅蕊，屡读青苔篇。八极恣游憩，九垓长周旋。下瓢酌颍水，舞鹤来伊川。还归空山上，独拂秋霞眠。萝月挂朝镜，松风鸣夜弦。潜光隐嵩岳，炼魄栖云幄。霓裳何飘飖，凤吹转绵邈。愿同西王母，下顾东方朔。紫书傥可传，

---

① 李白著. 李太白全集·蜀道难 [M]. 王琦注. 北京：中华书局，1977：162-165.
② 李白著. 李太白全集·蜀道难 [M]. 王琦注. 北京：中华书局，1977：165.

铭骨誓相学。①［李白《赠嵩山焦炼师》（并序）］

李白从听觉的角度描写了松声"松风鸣夜弦"②，李白形容夜晚的松树，在风的吹拂下，发出飒飒之声，像鸣琴弦一样，动人心魄。

在《与从侄杭州刺史良游天竺寺》一诗中，李白与友人同游蓬丘岛，观钱塘潮，游天竺寺，一路耳听着松风"吟唱"秋天的歌：

> 挂席凌蓬丘，观涛憩樟楼。三山动逸兴，五马同遨游。天竺 . 森在眼，松风飒惊秋。览云测变化，弄水穷清幽。叠嶂隔遥海，当轩写归流。诗成傲云月，佳趣满吴洲。③（李白《与从侄杭州刺史良游天竺寺》）

李白也同样刻画了松树发出的声音——"松风飒惊秋"④。李白描述道，松树在风中发出的声响，犹如惊醒了秋天一般，振聋发聩。

除了在视觉和听觉上，李白用独特的想象刻画出了"松"的独特形象外，李白还用极高的评价赞颂过松的品质与气节。例如在《于五松山赠南陵常赞府》诗歌中，李白写道：

> 为草当作兰，为木当作松。兰幽香风远，松寒不改容。松兰相因依，萧艾徒丰茸。鸡与鸡并食，鸾与鸾同枝。拣珠去沙砾，但有珠相随。远客投名贤，真堪写怀抱。若惜方寸心，待谁可倾倒？虞卿弃赵相，便与魏齐行。海上五百人，同日死田横。当时

---

① 李白著. 李太白全集·赠嵩山焦炼师（并序）[M]. 王琦注. 北京：中华书局，1977：508－509.

② 李白著. 李太白全集·赠嵩山焦炼师（并序）[M]. 王琦注. 北京：中华书局，1977：508.

③ 李白著. 李太白全集·与从侄杭州刺史良游天竺寺 [M]. 王琦注. 北京：中华书局，1977：927－928.

④ 李白著. 李太白全集·与从侄杭州刺史良游天竺寺 [M]. 王琦注. 北京：中华书局，1977：928.

不好贤，岂传千古名！愿君同心人，于我少留情。寂寂还寂寂，出门迷所适。长铗归来乎，秋风思归客。① （李白《于五松山赠南陵常赞府》）

李白写道"松寒不改容"②，李白高度称赞松树，即使遭遇严寒，也不会轻易改变容姿。李白在这里使用了托物言志的手法，以松树明志，极度赞美松树高洁傲岸的节操，也表明了自己洁身自好的心性追求。

李白在《古风五十九首》（其十二）一诗中，也曾说道：

松柏本孤直。难为桃李颜。昭昭严子陵，垂钓沧波间。身将客星隐，心与浮云闲。长揖万乘君，还归富春山。清风洒六合，邈然不可攀。使我长叹息，冥栖岩石间。③ ［李白《古风五十九首》（其十二）］

"松柏本孤直，难为桃李颜。"④ 在李白心中，松树与柏树都是生性正直的植物，绝不会像桃李花一样，讨好与取悦他人。

同样在《古风五十九首》（其四十七）中，李白也写道：

桃花开东园，含笑夸白日。偶蒙东风荣，生此艳阳质。岂无佳人色？但恐花不实。宛转龙火飞，零落早相失。讵知南山松，独立自萧瑟。⑤ ［李白《古风五十九首》（其四十七）］

李白写道，"讵知南山松，独立自萧瑟"⑥ 表明自己要做"南山松"，

① 李白著. 李太白全集·于五松山赠南陵常赞府 [M]. 王琦注. 北京：中华书局，1977：916.
② 李白著. 李太白全集·于五松山赠南陵常赞府 [M]. 王琦注. 北京：中华书局，1977：916.
③ 李白著. 李太白全集·古风五十九首（其十二）[M]. 王琦注. 北京：中华书局，1977：103.
④ 李白著. 李太白全集·古风五十九首（其十二）[M]. 王琦注. 北京：中华书局，1977：103.
⑤ 李白著. 李太白全集·古风五十九首（其四十七）[M]. 王琦注. 北京：中华书局，1977：145.
⑥ 李白著. 李太白全集·古风五十九首（其四十七）[M]. 王琦注. 北京：中华书局，1977：145.

效仿松树傲然不屈，不失孤直自持的品质，不失高尚志节的本性。

（三）清新俊逸的语言特色

李白的诗文创作，体式多样，百花齐放。对于语言风格的塑造，李白始终坚持以清新俊逸为高格。

李白曾在《经乱离后，天恩流夜郎，忆旧游书怀赠江夏韦太守良宰》一诗中写道：

> 天上白玉京，十二楼五城。仙人抚我顶，结发受长生。误逐世间乐，颇穷理乱情。九十六圣君，浮云挂空名。天地赌一掷，未能忘战争。试涉霸王略，将期轩冕荣。时命乃大谬，弃之海上行。学剑翻自哂，为文竟何成。剑非万人敌，文窃四海声。儿戏不足道，五噫出西京。临当欲去时，慷慨泪沾缨。叹君倜傥才，标举冠群英。开筵引祖帐，慰此远徂征。鞍马若浮云，送余骠骑亭。歌钟不尽意，白日落昆明。十月到幽州，戈鋋若罗星。君王弃北海，扫地借长鲸。呼吸走百川，燕然可摧倾。心知不得语，却欲栖蓬瀛。弯弧惧天狼，挟矢不敢张。揽涕黄金台，呼天哭昭王。无人贵骏骨，绿耳空腾骧。乐毅傥再生，于今亦奔亡。蹉跎不得意，驱马过贵乡。逢君听弦歌，肃穆坐华堂。百里独太古，陶然卧羲皇。征乐昌乐馆，开筵列壶觞。贤豪间青娥，对烛俨成行。醉舞纷绮席，清歌绕飞梁。欢娱未终朝，秩满归咸阳。祖道拥万人，供帐遥相望。一别隔千里，荣枯异炎凉。炎凉几度改，九土中横溃。汉甲连胡兵，沙尘暗云海。草木摇杀气，星辰无光彩。白骨成丘山，苍生竟何罪？函关壮帝居，国命悬哥舒。长戟三十万，开门纳凶渠。公卿如犬羊，忠谠醢与菹。二圣出游豫，两京遂丘墟。帝子许专征，秉旄控强楚。节制非桓文，军师拥熊虎。人心失去就，贼势腾风雨。惟君固房陵，诚节冠终古。仆卧香炉顶，餐霞漱瑶泉。门开九江转，枕下五湖连。半夜水军来，

寻阳满旌旆。空名适自误，迫胁上楼船。徒赐五百金，弃之若浮烟。辞官不受赏，翻谪夜郎天。夜郎万里道，西上令人老。扫荡六合清，仍为负霜草。日月无偏照，何由诉苍昊。良牧称神明，深仁恤交道。一忝青云客，三登黄鹤楼。顾惭祢处士，虚对鹦鹉洲。樊山霸气尽，寥落天地秋。江带峨眉雪，川横三峡流。万舸此中来，连帆过扬州。送此万里目，旷然散我愁。纱窗倚天开，水树绿如发。窥日畏衔山，促酒喜得月。吴娃与越艳，窈窕夸铅红。呼来上云梯，含笑出帘栊。对客小垂手，罗衣舞春风。宾跪请休息，主人情未极。览君荆山作，江鲍堪动色。清水出芙蓉，天然去雕饰。逸兴横素襟，无时不招寻。朱门拥虎士，列戟何森森。剪凿竹石开，萦流涨清深。登楼坐水阁，吐论多英音。片辞贵白璧，一诺轻黄金。谓我不愧君，青鸟明丹心。五色云间鹊，飞鸣天上来。传闻赦书至，却放夜郎回。暖气变寒谷，炎烟生死灰。君登凤池去，忽弃贾生才。桀犬尚吠尧，匈奴笑千秋。中夜四五叹，常为大国忧。旌旆夹两山，黄河当中流。连鸡不得进，饮马空夷犹。安得羿善射，一箭落旄头。① （李白《经乱离后，天恩流夜郎，忆旧游书怀赠江夏韦太守良宰》）

用"清水出芙蓉，天然去雕饰"②来宣扬自己对清新俊逸这一创作主旨的追求。

在李白的众多诗歌之中，我们皆能品味到清新俊逸的语言美。摒弃了华丽刻意的雕琢，旨在抒发真实可感的自然之情。李白清新俊逸的语言风格，也得到了举世公认。孟棨所著的《本事诗》与乾隆御定的《唐宋诗醇》皆将李白列于"高逸"之内。北宋诗评家胡仔在《苕溪渔隐丛话》卷十四中亦有

---

① 李白著. 李太白全集·卷之十一·经乱离后，天恩流夜郎，忆旧游书怀赠江夏韦太守良宰 [M]. 王琦注. 北京：中华书局，1977：567－576.
② 李白著. 李太白全集·卷之十一·经乱离后，天恩流夜郎，忆旧游书怀赠江夏韦太守良宰 [M]. 王琦注. 北京：中华书局，1977：574.

言："李白虽无深意，大体俊逸，无疏谬处。"① 后世众多诗评家也将李白的这一语言风格作为其独具一格的特色与其他诗人进行对比，借以突显李白卓尔不群的语言功力。南宋严羽在《沧浪诗话》中，对比李白与杜甫二人的语言风格时，就将李诗清新自然与和谐飘逸的特点娓娓道来："李杜二公，正不当优劣。太白有一二妙处，子美不能道；子美有一二妙处，太白不能作……子美不能为太白之飘逸，太白不能为子美之沉郁。太白梦游天姥吟、远别离等，子美不能道。"② 胡应麟也在《诗薮》中直言："李才高气逸而调雄，杜体大思精而格浑。超出唐人而不离唐人者，李也；不尽唐调而兼得唐调者，杜也。"③ 杜甫也在《春日忆李白》一诗中，坦言自己的诗作全然不及李诗的清新俊逸，更将李白的清新俊逸之纯熟技艺相比于庾信和鲍照："白也诗无敌，飘然思不群。清新庾开府，俊逸鲍参军。渭北春天树，江东日暮云。何时一樽酒，重与细论文？"④

李白有数量尤多的清新俊逸的诗歌。例如，李白有诗《别储邕之剡中》：

> 借问剡中道，东南指越乡。舟从广陵去，水入会稽长。竹色
> 溪下绿，荷花镜里香。辞君向天姥，拂石卧秋霜。⑤（李白《别
> 储邕之剡中》）

李白在诗歌中写道，向旁人打听去剡中的道路，旁人指向了遥远的东南边的越地。乘坐的小舟从扬州起航，长长的流水一直通向会稽。诗仙李白在乘舟漫行的过程中，看到清澈的溪水中，掩映着绿色的竹子；看到明净的水面上，倒映着美丽的荷花，并闻到了阵阵芳香。告别朋友，向天姥山进发，试想着抖尽石尘，沐浴于秋日的霜露之中。

---

① 胡仔著. 苕溪鱼隐丛话前集·卷第十四·杜少陵九 [M]. 北京：人民文学出版社，1981：93.
② 严羽著. 沧浪诗话校释 [M]. 郭绍虞校释. 北京：人民文学出版社，1983：166－168.
③ 胡应麟撰. 诗薮·内编卷四·近体五言 [M]. 上海：上海古籍出版社，1979：70.
④ 杜甫著. 杜诗详注·卷之一·春日忆李白 [M]. 仇兆鳌注. 北京：中华书局，1979：52.
⑤ 李白著. 李太白全集·别储邕之剡中 [M]. 王琦注. 北京：中华书局，1977：725.

《别储邕之剡中》一诗，刻画了诗仙李白初入越东前的美好期盼。特别在描写沿途所见之景时，描摹出了清丽畅然的自然风光。溪水中倒影的"绿竹"，水面倒影的"荷花"，真实与虚影相互辉映，树木与花草搭配有致，整个画面显现得生动自然，充满了无限生机。诗仙在这样的风景中，畅然徐行，多么惬意。

在诗歌《黄氏延绿轩》中，高启用清新自然的笔触写道：

> 葱葱溪树暗，靡靡江芜湿。雨过晓开帘，一时放春入。① （高启《黄氏延绿轩》）

诗歌中，高启描摹了一番清秀的景象。诗歌从溪边起笔，溪水边有葱茏茂盛的树林，水边丛生的青草在微风的吹拂下，随风起舞。前面两句主要写景，后面在清丽的景色中，引入了人。下雨之后，慢慢掀开帘子，只见满目的春色扑面而来。

另外，在诗歌《西施》中，诗仙李白也将清新俊逸的诗风，表现得淋漓尽致：

> 西施越溪女，出自苎萝山。秀色掩今古，荷花羞玉颜。浣纱弄碧水，自与清波闲。皓齿信难开，沉吟碧云间。勾践徵绝艳，扬蛾入吴关。提携馆娃宫，杳渺讵可攀。一破夫差国，千秋竟不还。② （李白《西施》）

李白在诗歌中写道，古代的美女西施是越国溪边的一个女子，来自苎萝山。从古至今，西施的美貌穿越时空，一直到现在依然为人们所传扬，就连美丽的荷花见到她的样子，也会害羞起来。西施在溪浣洗纺纱，碧绿的水波

---

① 高启著. 高青丘集·黄氏延绿轩 [M]. 金檀辑注. 徐澄宇、沈北宗校点. 上海：上海古籍出版社，1985：685.
② 李白著. 李太白全集·西施 [M]. 王琦注. 北京：中华书局，1977：1027.

随之荡漾，她自在的样子就像清波一样悠闲。正如传说中一样，很难看到她微笑着，露出洁白牙齿的样子，一直在碧云间沉吟。当时越王勾践正在面向全国征集绝色佳人，西施就画上弯曲而细长的蛾眉到吴国去了。

西施深受吴王宠爱，被安置在馆娃宫里，渺茫不可覤见。等到吴国被打败之后，竟然千年也没有回来。

在诗歌《西施》里，李白用笔墨带领大家穿越两千年的时空，来到远古的春秋战国时期。李白用清丽的语言，描摹了西施的美丽，让人看到了千年前，让越王勾践为之倾心的女子。

李白在诗歌《陪族叔刑部侍郎晔及中书贾舍人至游洞庭五首》组诗中，用清丽独特的文字描摹了洞庭湖的美景。

《陪族叔刑部侍郎晔及中书贾舍人至游洞庭五首》（其一）：

> 洞庭西望楚江分，水尽南天不见云。日落长沙秋色远，不知何处吊湘君。[1] ［李白《陪族叔刑部侍郎晔及中书贾舍人至游洞庭五首》（其一）］

在这首诗歌里面，李白写道，楚江水流至洞庭湖的西面就分流了，水波浩渺，蓝天无云。秋日的橘红色，落向西面远方的长沙，不知道在湘江什么地方可以凭吊湘君呢？

《陪族叔刑部侍郎晔及中书贾舍人至游洞庭五首》（其二）：

> 南湖秋水夜无烟，耐可乘流直上天。且就洞庭赊月色，将船买酒白云边。[2] ［李白《陪族叔刑部侍郎晔及中书贾舍人至游洞庭五首》（其二）］

---

[1] 李白著. 李太白全集·陪族叔刑部侍郎晔及中书贾舍人至游洞庭五首（其一）［M］. 王琦注. 北京：中华书局，1977：953—954.

[2] 李白著. 李太白全集·陪族叔刑部侍郎晔及中书贾舍人至游洞庭五首（其二）［M］. 王琦注. 北京：中华书局，1977：954.

其二是五首作品中，历代公认写得最佳的一首。诗歌中，诗仙李白为我们描摹了水天一色的清丽画面。首句写景，点名了诗人是在冬季泛舟于洞庭湖。因洞庭的地理位置在岳州西南，所以人们也称洞庭湖为"南湖"。秋天南湖的湖面上，没有任何水雾的笼罩。然后诗人的思绪广溢，形容自己飘逸的感觉，似乎可以乘着南湖的水波直通天上的银河。李白还浪漫地说道，那我们就把洞庭湖的美丽赊卖给月宫的嫦娥，然后再驾一艘船飞到白云边去买酒。整首诗歌，无论是写景还是叙事，都极具李白式的浪漫与飘逸。在实写与虚写中，都让读者感觉到极致的超然世外。"南湖秋水夜无烟"一句，虽然看似只是写实的描摹，没有任何刻意的雕琢，却是在天然去雕饰般的恬淡语境中，引发观者无限的联想。诗人夜晚临湖，其实似乎很难察觉是否有"烟雾"之气。但李白却非常肯定地写出"无烟"，则说明湖上月光极亮。这正是李白的巧妙之处，笔下未写月，但月早就在诗境里。清秋时节，月洒南湖，澄澈如画，闭目可感，令人心旷神怡。这种具有形象暗示作用的诗语，淡而有味，相比于具体描写，留下更多的想象与思考空间。

《陪族叔刑部侍郎晔及中书贾舍人至游洞庭五首》（其三）：

> 洛阳才子谪湘川，元礼同舟月下仙。记得长安还欲笑，不知何处是西天。①［李白《陪族叔刑部侍郎晔及中书贾舍人至游洞庭五首》（其三）］

李白在诗歌中，对话贾至，问道："汉朝著名的洛阳才子贾谊是不是你的本家呢？都是因为被贬来到湘江。"然后又对话李晔，说道："李晔，你是我的本家，后汉的李膺也是贬到湖南，喜欢月下泛舟。"李白在问答中，提到："他们也都还挂牵着长安吧？还能有笑意么？是不是大概连西天在哪里都不知道吧？"其三主要是以叙事为主，但李白在简洁的叙事中，又巧妙地加入了对话式的行文，增加了诗歌的灵动性与代入感。

①　李白著. 李太白全集·陪族叔刑部侍郎晔及中书贾舍人至游洞庭五首（其三）［M］. 王琦注. 北京：中华书局，1977：954－955.

《陪族叔刑部侍郎晔及中书贾舍人至游洞庭五首》（其四）：

> 洞庭湖西秋月辉，潇湘江北早鸿飞。醉客满船歌白苎，不知
> 霜露入秋衣。① ［李白《陪族叔刑部侍郎晔及中书贾舍人至游洞
> 庭五首》（其四）］

在这首诗歌中，李白的视角首先从天空切入。他写道，此时皎洁明亮的
秋月，高挂在洞庭湖西面，此时可以看到，湘江北面已早有北归的大雁。船
里满载着微醉的游客，大家载歌载舞演绎着《白苎》曲，可能连自己的衣服
上落满了秋霜都不知道。

《陪族叔刑部侍郎晔及中书贾舍人至游洞庭五首》（其五）：

> 帝子潇湘去不还，空馀秋草洞庭间。淡扫明湖开玉镜，丹青
> 画出是君山。② ［李白《陪族叔刑部侍郎晔及中书贾舍人至游洞
> 庭五首》（其五）］

在这首诗歌中，李白写道，传说中舜帝的妻子来到潇湘后就回不去了，
玉人滞留在洞庭湖边的荒草间。她对着明镜般的洞庭湖梳妆打扮，那远处的
君山就仿佛是她们用丹青画出的娥眉。

李白在《陪族叔刑部侍郎晔及中书贾舍人至游洞庭五首》组诗里，用巧
妙的构思和清丽的文笔，展现了洞庭湖别致的美景与悠悠不尽的情韵。

唐代诗人都喜咏洞庭，佳句频出，美不胜收。例如孟浩然在《望洞庭湖
赠张丞相》一诗中写道：

---

① 李白著. 李太白全集·陪族叔刑部侍郎晔及中书贾舍人至游洞庭五首（其四）［M］. 王琦注. 北京：
中华书局，1977：955.
② 李白著. 李太白全集·陪族叔刑部侍郎晔及中书贾舍人至游洞庭五首（其五）［M］. 王琦注. 北京：
中华书局，1977：955.

八月湖水平，涵虚混太清。气蒸云梦泽，波撼岳阳城。欲济无舟楫，端居耻圣明。坐观垂钓者，徒有羡鱼情。[1]（孟浩然《望洞庭湖赠张丞相》）

孟浩然在诗歌中描摹，八月洞庭湖的湖水几乎涨到了与岸齐平的高度，此时看到水天一色：浑然一体，云梦大泽水气蒸腾白白茫茫，波涛汹涌似乎把岳阳城撼动。

刘禹锡也曾以洞庭湖为描摹对象，他在《望洞庭》中写道：

湖光秋月两相和，潭面无风镜未磨。遥望洞庭山水翠，白银盘里一青螺。[2]（刘禹锡《望洞庭》）

刘禹锡笔下的洞庭湖，湖光和月光相辉映，洞庭湖的水面风平浪静，就像未打磨的铜镜。远远地打量洞庭湖，能看到清脆的君山与清澈的洞庭水，浑然一体，就仿佛是在一只雕镂剔透的银盘里，放了一颗小巧玲珑的青螺。

杜甫也在《登岳阳楼》一诗中，写过笔下曾望见的洞庭湖：

昔闻洞庭水，今上岳阳楼。吴楚东南坼，乾坤日夜浮。亲朋无一字，老病有孤舟。戎马关山北，凭轩涕泗流。[3]（杜甫《登岳阳楼》）

杜甫说自己早年就听闻洞庭湖的波澜壮阔，可惜一直未能目睹。如今终得一机会，能够登上岳阳楼。浩瀚的湖水把吴楚两地分隔开来，整个天地仿

---

① 刘宁著. 王维孟浩然诗选评 [M]. 上海：上海古籍出版社，2019：389.
② 彭万隆、肖瑞峰撰. 刘禹锡白居易诗评选 [M]. 上海：上海古籍出版社，2017：111.
③ 杜甫著. 杜诗详注·登岳阳楼 [M]. 仇兆鳌注. 北京：中华书局，2015：3824.

佛在湖中日夜浮动。波浪滔天、浩渺无际的洞庭湖在杜甫的笔下，显得无比壮阔，令人遐想。

而作为明代诗坛率先扭转元末以来纤秾缛丽诗风的高启，也曾在《独庵集序》一文中，宣扬自己的诗歌理论："故必兼师众长，随事摹拟，待其时至心融，浑然自成，始可以名大方而免夫偏执之弊矣。"① 这种随事模拟、浑然天成的创作风格与李白的语言风格颇有几分相似之处。细究高启之作，我们不难发现，高启对清新俊逸这一语言风格也极为推崇。《高青丘集》之"哀诔"一部中，收录同邑张适为高启所作的一篇《哀辞》（有序），其中亦有言："诗人之优柔、骚人之凄清、汉、魏之古雄、晋、唐之和醇新逸，类而选成一集，名曰《效古》，日咀咏之。"②

清新即为清澈自然，不落俗套，不假雕饰。正如苏辙在《次韵任遵圣见寄》一诗中有言："诗句清新非世俗。"③ 说明创作应讲求诗句浑然天成，情感自然流露。

俊逸即为飘逸洒脱，意境悠远。正如司空图在《诗品·飘逸》中有言："落落欲往，矫矫不群。缑山之鹤，华顶之云。高人画中，令色绸缪，御风蓬叶，泛彼无垠。"④

高启对李白清新俊逸的语言特色的接受，首先表现在其笔下刻画的风景如画的山水诗中。高启效仿李白，喜好用清丽的笔调描写娴静宜人的风景，人行画中，自然可人，意境幽远。朴素的语言，清丽的画面，寻常可见的物象，随意流转的视角，于简洁之中配搭出空灵悠远之景，于自然之中觅寻静怡淡泊之心。人行画中，情景交融，皆是自然天成之景，全无矫揉造作之迹。在此类诗作中，两位诗人往往用清新俊逸的语言描摹朴素的画面，用真实可感的自然之境，营造幽远飘渺的意境，往往读过之后便可教人身世两忘，万念俱寂。

---

① 高启著. 高青丘集·独庵集序 [M]. 金檀辑注. 徐澄宇、沈北宗校点. 上海：上海古籍出版社，1985：885.

② 张适. 哀辞//高启著. 高青丘集 [M]. 上海：上海古籍出版社，1985：1013.

③ 苏辙著. 苏辙集·次韵任遵圣见寄 [M]. 陈宏天、高秀芳校点. 北京：中华书局，1990：50.

④ 司空图著. 诗品集解 [M]. 郭绍虞集解. 北京：人民文学出版社，1981：39.

李白有《独坐敬亭山》一诗，诗题一个"独"字，便神奇地将诗人孤独无伴的身影凸显在空旷的画面之中。诗人完全顺应情感的变化来展开文思，写景亦是抒情，全无雕饰。诗歌虽然简短，却意味深长。诗人置身山中，喧闹皆此散去，唯有空旷之景：

　　众鸟高飞尽，孤云独去闲。相看两不厌，只有敬亭山。[1]
（李白《独坐敬亭山》）

对李白诗歌颇为赞赏的高启，也多次在诗歌创作中，用极简的笔调，刻画悠远的意境。譬如《林下》一诗，就颇具李白的风范。亦是短短二十字，在清新朗逸的字词中，刻画山林静谧，传达出诗人内心对恬淡闲适的无限向往：

　　树凉山意秋，云淡川光夕。林下不逢人，幽芳共谁摘？[2]
（高启《林下》）

已到秋天，天气渐凉。云色渐淡，水光波色都笼罩在一片黄昏之中。诗歌前两句写景，描写深秋山间的孤寂，"树木""山色""白云""日光""水波"，五种事物皆是眼前所见之景，平凡素淡，但诗人将其自然晓畅地搭配在同一画面里，将秋天山中之景，描绘得如此清幽闲远。后两句，诗人即景抒情，巧妙设问，将此时内心的孤独之感不着痕迹地抒发出来。全诗并未在字词上大费笔墨，但简短凝练之中却甚是含蓄隽永，令人回味无穷。旷达悠远的意境更是折射了诗人内心的追求，留下了广阔的想象空间。

高启赐金放还之后，在归家途中，路过白鹤溪，写下《过白鹤溪》一诗。诗歌情景交融，虚实相生，透明纯净，亦是非常清新自然：

---

　　① 李白著. 李太白全集·独坐敬亭山 [M]. 王琦注. 北京：中华书局，1977：1078－1079.

　　② 高启著. 高青丘集·林下 [M]. 金檀辑注. 徐澄宇、沈北宗校点. 上海：上海古籍出版社，1985：690.

昨发白鹭洲，今过白鹤溪。溪流几回转，只在晋陵西。月出
女犹浣，云深猿自啼。茅峰虽咫尺，无计蹑丹梯。① （高启《过
白鹤溪》）

全诗用语平易，纯用白描，虽无奇情壮采，但写景抒情，清逸自然。诗
人在开头两句，用直白的叙事笔法交待了漫游的足迹：昨天从白鹭洲出发，
今日路过白鹤溪。溪水清澈见底，回旋流转，仿佛倒映出诗人内心的空明澄
澈。意境飘逸，情景真切。诗人紧接着描写了动态之景：月亮高升，浣衣女
出门浣衣，云深之处，传来猿猴啼鸣。动静皆宜，衔接自然，画面清丽，形
象鲜明，深得李白创作的真谛。正如《明诗评选》中对此诗的评价："声情
俱备，遂欲左挹玄晖，右拍太白。"②

其次，高启对李白清新俊逸语言的模仿还表现在，高启也十分擅长使用
平易亲切的笔调描摹生活小景，让人感受到平凡之中多自然，朴素之中多恬
淡的喜悦之感。用自然率真的语言聚焦生活小景，在平凡可见的景象中，充
分展现生活场景清丽活泼的一面。

李白曾在《下终南山过斛斯山人宿置酒》《自遣》《山中问答》《山中与
幽人对酌》等众多诗歌中，用清新质朴的语言描摹生活的欢愉之境。正如王
夫之在《唐诗评选》中对李白此类诗歌的评价："清旷中无英气，不可效
陶。以此作视孟浩然，真山人诗尔。"③

高启所创作的诗歌之中，亦有许多以清丽的笔调描摹生活小景的作品。
在《西园晓霁》一诗中，高启便用明净简洁的语言，刻画了雨后西园的清幽
之景，动静相宜，清新可人：

---

① 高启著. 高青丘集·过白鹤溪 [M]. 金檀辑注. 徐澄宇、沈北宗校点. 上海：上海古籍出版社，
1985：291.
② 王夫之. 明诗评选 [M]. 李金善点校. 保定：河北大学出版社，2008：121.
③ 王夫之. 唐诗评选 [M]. 任慧点校. 保定：河北大学出版社，2008：67.

积雨淹夏半，始晴园景饶。高林上初日，远水泛回飙。余情萱际蝶，新响树间蜩。讵必劳觞咏？烦忧坐已销。[①]（高启《西园晓霁》）

通观全诗，语言浅近，文笔晓畅。烟雨绵延，笼罩了半个夏季，雨后初晴的西园，风景格外宜人。诗人烦闷的心情也暂且释怀，特定的物象在诗人笔下清新俊逸地融为一体。三、四句拉远镜头，刻画远景：初生的太阳高挂云端，照耀树林；远方长流不息的水波卷起回旋的风儿阵阵袭来。前四句写景，文笔朴质，色调清丽，由景及人，恰如其分，转换得自然圆融。五、六句又将镜头拉近，描写眼前之景：诗人此时一心爱慕萱草，寄情蝴蝶，聆听新蜩开始蝉鸣高柳。一切场景都显得活泼动人，给人以心旷神怡之感。最后两句诗人将自己的心理变化细致入微地嵌于其中：眼前如花似锦的大自然，片刻小坐，即已抒怀，哪里还需要烦劳诗酒唱和来解忧消愁呢？整首诗歌毫无华丽溢美之词，全是常见的生活之景，诗人却在不着痕迹之中赋予了其清新脱俗之趣味，足见诗人真切的文学情怀。无论写景还是抒情，皆用随口即来之词，朴实平易之中乃见功力之深厚。

此外，高启类似风格的作品，还有田园诗《春暮西园》：

绿池芳草满晴波，春色都从雨里过。知是人家花落尽，菜畦今日蝶来多。[②]（高启《春暮西园》）

高启在诗歌中写道，在阳光铺满碧绿的水面，倒映着萋萋芳草，春日里的美好景象，仿佛都经历了春雨的洗礼。大概知道是到了农人家的落花时节，今天看到菜地里飞来了许多的蝴蝶。在这首清丽的田园诗中，高启分别

---

① 高启著. 高青丘集·西园晓霁 [M]. 金檀辑注. 徐澄宇、沈北宗校点. 上海：上海古籍出版社，1985：246.

② 高启著. 高青丘集·春暮西园 [M]. 金檀辑注. 徐澄宇、沈北宗校点. 上海：上海古籍出版社，1985：771.

用视觉、嗅觉写出了晚春时节的美好景象。通观全诗，语言清新自然，音韵和谐通畅，诗人所捕捉到的意象"绿池""芳草""雨滴""菜畦""蝴蝶"，营造出了一幅非常唯美的画面，动静皆宜，虚实相生，形象地传达了诗人对美好的田园生活的喜爱之情。

高启曾在幻住寺小住，多次寻访寺中高僧未遇。写下《游幻住精舍》一诗，诗歌也用极简的笔调，淡淡几笔，便勾勒了山中寻访的经过，绘制了幽静清远的意境：

> 寒扉斜向竹间推，此日重来是几回。行遍空林僧不见，慰人怜有一枝梅。[①]（高启《游幻住精舍》）

诗歌情景真切，浅显生动。推开小柴门，一天内已来过数次。可诗人寻遍了山林，也未见高僧。只看到一株迎寒独自开的梅花，聊以慰藉。全诗叙事、写景、抒情一气呵成，文笔流畅。

高启在隐居青丘时，青丘之南有一个名为甫里的地方。四面环水，风景秀美。《甫里即事四首》便是高启创作的描摹甫里之地生活状态的组诗。也可称其为高启清新俊逸的代表之作，且体式为六言律诗，亦是难得。《甫里即事四首》（其一）：

> 长桥短桥杨柳，前浦后浦荷花。人看旗出酒市，鸥送船归钓家。风波欲起不起，烟日将斜未斜。绝胜苕中苕曲，金齑玉鲙堪夸！[②]［高启《甫里即事四首》（其一）］

诗人随事模拟，刻画了栩栩如生的生活场景。远处长桥旁，短桥边，都

---

① 高启著. 高青丘集·游幻住精舍［M］. 金檀辑注. 徐澄宇、沈北宗校点. 上海：上海古籍出版社，1985：796.
② 高启著. 高青丘集·甫里即事四首（其一）［M］. 金檀辑注. 徐澄宇、沈北宗校点. 上海：上海古籍出版社，1985：572.

掩映着杨柳；前浦后浦，都布满了荷花。岸边之树、水中之花，清新自然，相得益彰。眼前岸边的酒家挂出了迎风招展的酒旗，沙鸥仿似护送着小舟回到渔家，生活恬淡的乐趣恰逢其时地融入画面之中。微风拂过水面，水波将起不起。烟雾之中，斜阳下而未下。眼前此番愉悦温馨且充满着生活气息的场景，完全胜过了苕溪与剡溪的山光水色。让人置身在如此恬淡的生活里，忘却尘世纷争。

在《初夏江村》一诗中，高启也以生动细腻、清新秀丽的笔调，描摹了一幅江南水乡的宜人风光：

> 轻衣软履步江沙，树暗前村定几家。水满乳凫翻藕叶，风疏飞燕拂桐花。渡头正见横渔艇，林外时闻响纬车。最是黄梅时节近，雨余归路有鸣蛙。[①]（高启《初夏江村》）

诗人身着轻便的装束，脚踏软鞋，徐行漫步在江沙边。垂柳掩映着几户人家，若隐若现。看到一些野鸭，在江水上戏水，微风拂过，莲叶随风微微摇曳。天空里，燕子拂过桐花飞翔。渡口处，横卧着一艘打渔船。树林外，时常听到缫丝和纺纱的劳作之声。此时正是梅子黄熟的季节，一场梅雨下过之后，归来的路上聆听处处都有清脆的蛙鸣。

整首诗歌饱含着田园生活的惬意。诗人流连在江南水乡，在视觉、听觉的双重观感刺激下，沉浸式地感受梅雨季节的江南。在这幅让人心旷神怡的图画中，我们看到了人与景，鸟与花，舟与车，听到了"风声""雨声""蛙声"，声声入耳，由此可见高启灵活多变的创作思维，真切感受到了诗人对美好自然的无限向往与热爱。诗歌从身着便装漫步开始，在听着蛙鸣声的雨中结束，收尾连贯，结构严谨。

在《牧牛词》中，高启仿照乐府诗的格式，描摹了两个天真活泼的牧童在放牧时，互相追逐、嬉戏的喜悦：

---

① 高启著. 高青丘集·初夏江村 [M]. 金檀辑注. 徐澄宇、沈北宗校点. 上海：上海古籍出版社，1985：626.

尔牛角弯环，我牛尾秃速。共拈短笛与长鞭，南陇东冈去相
逐。日斜草远牛行迟，牛劳牛饥唯我知。牛上唱歌牛下坐，夜归
还向牛边卧。长年牧牛百不忧，但恐输租卖我牛。① （高启《牧
牛词》）

在诗歌中，高启写道，你的牛犄角弯曲成环，我的牛尾巴纤细毛又疏。都
拿着短笛和长鞭，在南陇东冈赶着牛儿找草吃。太阳西下草远牛行迟，牛疲
劳还是饥饿只有我知道。我骑在牛身上唱歌，坐在牛身边玩耍，晚上回家还要靠
在牛身旁躺一躺。整年放牛什么也不忧虑，只害怕卖掉这牛去交纳租子。

全诗以牧童的口吻展开，充满了童趣。这首仿乐府诗，写了两个天真活
泼的牧童在共同放牧、追逐嬉戏中的喜悦和与牛相依相傍的关系，以及由此
形成的对牛的感情，同时在结尾也表现出作者对于苛税的不满之情。这首诗
写景物细致入微，新颖逼真，崇尚写实，抒情含蓄蕴藉，韵味深长。

而在《雨中闲卧二首》（其一）一诗中，高启写道：

床隐屏风竹几斜，卧看新燕到贫家。闲居心上浑无事，听雨
唯忧损杏花。② [高启《雨中闲卧二首》（其一）]

高启描摹了闲暇时刻，卧于床榻之上，悠闲观景听雨的场景。画面中，
床被屏风遮挡住了，还以几株倾斜的竹子，看着新生的燕子飞到了自己的家
中。此时正值没有太多烦心事挂碍的时候，能够静下心来，听一听雨打杏花
的声音。这样一首闲适之作，也是高启清新诗风的代表。

除此之外，高启另有《赠金华隐者》一诗，也是清新俊逸之诗的代表。

---

① 高启著. 高青丘集·牧牛词 [M]. 金檀辑注. 徐澄宇、沈北宗校点. 上海：上海古籍出版社，
1985：82.

② 高启著. 高青丘集·雨中闲卧二首（其一）[M]. 金檀辑注. 徐澄宇、沈北宗校点. 上海：上海古
籍出版社，1985：771.

特别是其中"松花酒熟何处游？瑶草自绿春岩幽"^① 一句，松花酒已经酝酿纯熟，但却不知去往何处游览。时已及春，神奇的仙草已经翠绿，坚硬的岩石也已经分外深幽。沈德潜在《明诗别裁集》曾评价此联："'松花''瑶草'一联，太白佳境。"^② 赞许此联像极了李白诗歌所营造的美好意境。而《寻胡隐君》一诗，高启则是用简明的笔调叙述了诗人前往好友家中拜会的场景："渡水复渡水，看花还看花。春风江上路，不觉到君家。"^③ 诗歌看似浅显，却不失生动，清简地表露出诗人洒脱爽朗的性格。《西寺晚归》一诗中，诗人又用"犬吠竹林间，斜阳见人影"^④ 将人与景自然地融为一体。《江村乐四首》同样是用自然清丽的笔调刻画生活场景，楚楚动人，生活气息扑面而来。其一中的："荷浦张弓射鸭，柳塘持烛叉鱼。"^⑤ 其二中的"一犬行随饷槛，群蛾飞绕缫车。"^⑥ 其三："罾挂渔郎舍外，船维酒姥桥边。"^⑦ 其四："日斜深坞牛卧，潮落平沙蟹行。"^⑧ 皆是用清新真切的笔调描摹生活小景的佳句。

同样在咏物诗中，高启也承袭了李白清新俊逸的笔锋，通过体物入微的观察，运用明朗的色彩搭配，将所咏之物描摹得清丽可人，引人遐想。

李白与高启都曾游历多地，所到之处，若见超凡脱俗之物，必因物赋形，缘情作诗。李白与高启所作的此类诗歌，大多用清新俊逸的笔调描摹可人的物象，营造出怡然悠哉的观赏心境，茅塞顿开之心溢于言表。

---

① 高启著. 高青丘集·赠金华隐者 [M]. 金檀辑注. 徐澄宇、沈北宗校点. 上海：上海古籍出版社，1985：445.

② 沈德潜. 明诗别裁集 [M]. 周准编. 上海：上海古籍出版社，1979：17.

③ 高启著. 高青丘集·寻胡隐君 [M]. 金檀辑注. 徐澄宇、沈北宗校点. 上海：上海古籍出版社，1985：676.

④ 高启著. 高青丘集·西寺晚归 [M]. 金檀辑注. 徐澄宇、沈北宗校点. 上海：上海古籍出版社，1985：676.

⑤ 高启著. 高青丘集·江村乐四首其一 [M]. 金檀辑注. 徐澄宇、沈北宗校点. 上海：上海古籍出版社，1985：714.

⑥ 高启著. 高青丘集·江村乐四首其二 [M]. 金檀辑注. 徐澄宇、沈北宗校点. 上海：上海古籍出版社，1985：714.

⑦ 高启著. 高青丘集·江村乐四首其三 [M]. 金檀辑注. 徐澄宇、沈北宗校点. 上海：上海古籍出版社，1985：715.

⑧ 高启著. 高青丘集·江村乐四首其四 [M]. 金檀辑注. 徐澄宇、沈北宗校点. 上海：上海古籍出版社，1985：715.

《元和郡县志》有记录丹阳湖一地，湖中的"莲叶""游龟""芦花"等物象，皆是极具韵致的清幽之物。李白曾游览到此，作《丹阳湖》一诗。诗歌延续了清新俊逸的笔调，描写了悠扬清丽的物象："湖与元气连，风波浩难止。天外贾客归，云间片帆起。龟游莲叶上，鸟宿芦花里。少女棹轻舟，歌声逐流水。"①

高启作为元末明初率先摒弃纤秾绮丽诗风的诗人，在诗歌创作之中，亦是身体力行，提出将"格""意""趣"作为诗歌创作的宗旨，并在诗歌创作时全力实践这一主旨追求。明人谢徽有言："季迪之诗，缘情随事，因物赋形，横纵百出，开合变化。其体制雅醇，则冠裳委蛇，佩玉而长裾也。其思致清远，则秋空素鹤，迴翔欲下，而轻云霁月之连娟也。其文采绮丽，如春花翘英，蜀锦新濯。其才气俊逸，如泰华秋隼之孤骞，昆仑八骏追风蹑电而驰也。"② 因物赋形，咏物言志。提笔而写，用不加修饰的语言，将所见所闻疾书纸上，力求明净，诱人遐想。不仅描摹清远可心的景物，发挥想象之处又彰显了诗人独有的俊逸之思。

高启有《泛舟西湖观荷》一诗，诗人全部采用朴素浅显的语言，纯用白描之笔再现了荷花的玲珑，看到眼前灵巧可人的荷花，立即能够忘却所有忧愁，令人心旷神怡：

> 雨晴南浦锦云稠，晚待波平荡桨游。狂客兴多惟载酒，小娃歌远不惊鸥。半湖月色偏宜夜，十里荷香已欲秋。为爱前沙好凉景，满身风露未回舟。③（高启《泛舟西湖观荷》）

高启同样从湖面起笔，夏雨初晴，西湖南边的荷叶如同锦云一般稠密，待傍晚时分，湖波平定之时，划桨而出。疏狂的游客们在舟中置了美酒，采

---

① 李白著. 李太白全集·丹阳湖 [M]. 王琦注. 北京：中华书局，2008：1051.
② 钱谦益著. 列朝诗集小传 [M]. 上海：上海古籍出版社，1983：75.
③ 高启著. 高青丘集·泛舟西湖观荷 [M]. 金檀辑注. 徐澄宇、沈北宗校点. 上海：上海古籍出版社，1985：640.

莲姑娘的歌声远远传去。人声，歌声，在此定格，一切都显得和谐自然。朦胧的月光洒满了半个湖面，映照着玲珑的荷花，更加惹人怜爱。荷花现如今已十里飘香，预示着秋天的来临。诗人围绕水中的荷花进行描写，同时又巧妙地引游人、采莲姑娘、沙鸥入画，这些极富生命力的实物为静谧的荷花池注入了更多的生机，月光照映下的荷花，怡然自得地"躺"在水中，散发出宜人的香味，让游客静观其美。一静一动的画面中，动静相宜，我们仿佛亲眼观赏到了栩栩如生的荷花，韵致何等清逸。

《白云泉》一诗，高启也是用素雅的笔调咏颂了天平山幽深的乳泉，画面之清莹，言语之清丽，令人遐想：

> 白云不为雨，散在清泉流。泉气复成云，山中同一秋。岩前石窦幽寒处，云自长浮泉自注。潜龙未起出深泓，渴鸟时来下高树。云应无心飞上天，泉逸不肯随奔川。老僧爱此不复下山去，卧云饮泉终岁年。[①]（高启《白云泉》）

这首长短句首先描写了白云化作泉气，泉气复作白云的循环缭绕。仿似教人真能够从烟霞的隐约之中看到灵动的泉水，所用字词皆如泉水一般清冽澄澈。在山岩之前那一泓石潭的幽静寒冷之处，白云常年飘浮，泉水自由奔流。白云飘在空中，泉水流过地面，此二子者，相依相宜，妙趣横生。潜伏的蛟龙还没有浮出深潭，唯见口渴的小鸟偶尔飞下高树，取水泉边。白云也无心再飘飞上天，泉水也不愿跟着川河奔流。最后一句引人入画，描写了一位常住山间的老僧，因为爱慕这里幽美和谐的风景，而不愿意下山去。诗人也将自己内心的向往寄托于此，希望摆脱尘世的束缚与名利的追逐，愿在这清纯的山间终老。诗人寄情于物，既是描写乳泉幽静清亮之貌，亦是在描摹诗人内心所憧憬向往的美好静谧。高启的此类诗歌，皆淋漓尽致地诠释了《列朝诗集小传》

---

① 高启著. 高青丘集·白云泉［M］. 金檀辑注. 徐澄宇、沈北宗校点. 上海：上海古籍出版社，1985：437.

中对其诗的评价："王子充曰：季迪之诗，隽逸而清丽。"①

此外，高启还作有《独游白莲寺池上看雨》一诗，诗歌也是用清丽的语言描写了自己在白莲寺赏玩时所见的极具生命力的物象："荷披鱼跃起，树静禽鸣罢。"② 游鱼之动，荷花之静，动静相宜。树木静谧，虫鸟鸣唱，相映成趣。诗歌结尾之处，诗人更是难掩愉悦之心情，抒发不虚此行之感慨："赏淡自忘还，非因与僧话。"③ 直言但凭这恬淡美景，便足以教人乐而忘返。此外，《早过南湖》一诗中，诗人也在开篇用清新自然的笔调描写了夜晚南湖之静怡与兼葭凄凄的和谐配搭："湖黑月未出，兼葭露凄凄。"④

高启的咏物诗里，不得不提到其对"梅花"的歌咏。他曾专题为梅花写作过一首组诗——《梅花九首》。

《梅花九首》（其一）：

> 琼姿只合在瑶台，谁向江南处处栽？雪满山中高士卧，月明
> 林下美人来。寒依疏影萧萧竹，春掩残香漠漠苔。自去何郎无好
> 咏，东风愁寂几回开？⑤ ［高启《梅花九首》（其一）］

诗人用一个问句开篇，试问梅花的瑰丽姿容，应该是属于天上仙境中的植物吧，不知道是谁将它移植到了江南，而且还让它处处可见。在大雪满山的寒冬，梅花就仿佛是一位隐逸的高人卧于其中；而在月光满照的夜晚，梅花又仿佛是在月夜林中翩翩起舞的美人。诗人笔下的梅花，每一个季节都有不同的美。寒冬时节，梅花依傍着萧瑟的竹子，展露出稀疏的影子；初春时

---

① 钱谦益著. 列朝诗集小传 [M]. 上海：上海古籍出版社，1983：75.

② 高启著. 高青丘集·独游白莲寺池上看雨 [M]. 金檀辑注. 徐澄宇、沈北宗校点. 上海：上海古籍出版社，1985：269.

③ 高启著. 高青丘集·独游白莲寺池上看雨 [M]. 金檀辑注. 徐澄宇、沈北宗校点. 上海：上海古籍出版社，1985：269-270.

④ 高启著. 高青丘集·早过南湖 [M]. 金檀辑注. 徐澄宇、沈北宗校点. 上海：上海古籍出版社，1985：224.

⑤ 高启著. 高青丘集·梅花九首（其一）[M]. 金檀辑注. 徐澄宇、沈北宗校点. 上海：上海古籍出版社，1985：651.

节，又掩盖住了一片又一片密集苔藓的芳草之香。自从南朝诗人何逊创作了咏梅的佳作后，就无人能再写出超越他的作品了。这些年，独守寂寞的梅花又开了几回呢？诗人以独特的视角，将梅花比作下凡仙物，在它的身上，诗人感受到了秀雅而不艳丽的绝美形象。

《梅花九首》（其二）：

> 缟袂相逢半是仙，平生水竹有深缘。将疏尚密微经雨，似暗
> 还明远在烟。薄暝山家松树下，嫩寒江店杏花前。秦人若解当时
> 种，不引渔郎入洞天。①［高启《梅花九首》（其二）］

在其二中，诗人将自己引入画面，写到自己与雪白的梅花相遇，感受到梅花如仙人一般，与碧水、修竹十分有缘，不与世俗同流合污。梅花开得正浓郁时，天空中下起了雨，远远望去，如一片烟雾亦明亦暗。日暮时分，看到梅花绽放在山中人家的松树下；轻寒之中，又看到梅花开放在江边小酒店的杏花开放之前。这时诗人的文思联通时空，想象着倘若生活在桃花源中的秦时旧民，懂得正当时令的植物，应该会种植梅花，就不会引渔郎进入桃花源的洞天。

《梅花九首》（其三）：

> 翠羽惊飞别树头，冷香狼藉倩谁收。骑驴客醉风吹帽，放鹤
> 人归雪满舟。淡月微云皆似梦，空山流水独成愁。几看孤影低徊
> 处，只道花神夜出游。②［高启《梅花九首》（其三）］

诗人此时看到翠鸟受惊后，飞到了别的树枝头。梅花的冷香造的狼藉请

---

① 高启著. 高青丘集·梅花九首（其二）［M］. 金檀辑注. 徐澄宇、沈北宗校点. 上海：上海古籍出版社，1985：651.

② 高启著. 高青丘集·梅花九首（其三）［M］. 金檀辑注. 徐澄宇、沈北宗校点. 上海：上海古籍出版社，1985：651.

谁来收拾呢？别有一番兴致的游人，骑驴踏雪，寻梅揽胜，带着几分微醺的酒意，竟然不知道帽子被风吹落了。放鹤人赏梅归来大雪落满小舟。淡月微云的笼罩之下，一切就如在梦境中一般，我却只能面对着空山静听着流水，独自忧愁。多少次观赏梅花的孤影徘徊的地方，恍惚中还错以为是遇到了夜晚出游的花神。

《梅花九首》（其四）：

> 淡淡霜华湿粉痕，谁施绡帐护香温？诗随十里寻春路，愁在三更挂月村。飞去只忧云作伴，销来肯信玉为魂。一尊欲访罗浮客，落叶空山正掩门。①［高启《梅花九首》（其四）］

这首诗歌中，诗人又进一步具象描摹了梅花。梅花的粉痕里沾染着淡淡的霜花，又是谁设置了青纱帐保护梅花的香温呢？十里的寻春路里，都有我的诗歌作伴，半夜三更时分，还在有月亮照映的村头抒发着忧愁。梅花被风吹到了半空中，飘到空中的梅花担忧与白云作伴，谁肯相信这宝玉竟是梅花的精魂呢？这时，就想喝下一樽酒，探访梅花这个罗浮客，空旷的山中飘落的树叶正如掩上了门。

《梅花九首》（其五）：

> 云雾为屏雪作宫，尘埃无路可能通。春风未动枝先觉，夜月初来树欲空。翠袖佳人依竹下，白衣宰相在山中。寂寥此地君休怨，回首名园尽棘丛。②［高启《梅花九首》（其五）］

诗人继续写道，梅花把云雾当作了屏风，又把白雪当作了宫殿，在梅花

---

① 高启著. 高青丘集·梅花九首（其四）[M]. 金檀辑注. 徐澄宇、沈北宗校点. 上海：上海古籍出版社，1985：651.

② 高启著. 高青丘集·梅花九首（其五）[M]. 金檀辑注. 徐澄宇、沈北宗校点. 上海：上海古籍出版社，1985：652.

绽放的领地里，世俗的尘埃没有可以进来的道路。春风还未刮起时，梅枝就已经先觉知道了春天即将来临，于是催开了朵朵梅花。月亮初生的夜晚，月光和梅花交融在一起，梅树上似乎一切成空。梅树和竹子交相辉映，梅花就如杜甫笔下的白衣宰相盛开在山中，遗世独立，美不胜收。只盼望梅花在严寒寂寥的山野里，千万不要心生怨气，你回望那些生长在名声显赫的花园里的植物，其实身边都布满了荆棘。

《梅花九首》（其六）：

> 梦断扬州阁掩尘，幽期犹自属诗人。立残孤影长过夜，看到余芳不是春。云暖空山裁玉遍，月寒深浦泣珠频。掀篷图里当时见，错爱横斜却未真。[1]［高启《梅花九首》（其六）］

诗人在其六中感叹道，扬州梦已经初醒了，阁楼中掩埋着灰尘，与梅花的幽会的情景还是要诗人来描绘。独立于残夜，形只影单，再看到梅花时，已只能闻到淡淡余香，季节也不是春天了。深山中，暖云浮动，梅花凋谢就像白玉裁落，又像寒月下深浦中鲛人泣珠。当时在掀篷图中见到梅花，一见倾心，原来爱上的梅花不是真的。

《梅花九首》（其七）：

> 独开无那只依依，肯为愁多减玉辉？帘外钟来初月上，灯前角断忽霜飞。行人水驿春全早，啼鸟山塘晚半稀。愧我素衣今已化，相逢远自洛阳归。[2]［高启《梅花九首》（其七）］

在其七中，高启写道，梅花无奈地独自开放，随风摇曳，怎么肯为多愁

---

① 高启著. 高青丘集·梅花九首（其六）[M]. 金檀辑注. 徐澄宇、沈北宗校点. 上海：上海古籍出版社，1985：652.

② 高启著. 高青丘集·梅花九首（其七）[M]. 金檀辑注. 徐澄宇、沈北宗校点. 上海：上海古籍出版社，1985：652.

而减弱如美玉般的光辉呢？帘子之外，传来了钟声，看到弯弯的月亮已经高挂，灯前角声忽然中断，寒霜在空中飞起。行人发现了水驿边上盛开的梅花，还有众鸟在山塘边啼鸣，晚来渐渐稀少。当我从遥远的洛阳归来，再次与梅花相逢，惭愧洁白的衣服已沾染了尘埃。其七中的最后一句，又与其二中"缟袂相逢半是仙，平生水竹有深缘"一句前后呼应。

《梅花九首》（其八）：

> 最爱寒多最得阳，仙游长在白云乡。春愁寂寞天应老，夜色朦胧月亦香。楚客不吟江路寂，吴王已醉苑台荒。枝头谁见花惊处？袅袅微风簌簌霜。①［高启《梅花九首》（其八）］

在其八中，诗人写道，梅花最喜欢在多寒的气候里照射着阳光，时常在白云之乡如仙人般游览。寂寞的人生，泛起春愁，这样天也会变老。梅花在朦胧的夜色中开放，发出阵阵香气，越发沁人心脾。楚人屈原不能再吟咏江行之路的寂寞，吴王曾经酒醉的苑台也已经荒凉。有谁看见梅树枝头，花儿受惊的样子？此时只让人感觉到，袅袅微风袭来，寒霜纷纷落下。

《梅花九首》（其九）：

> 断魂只有月明知，无限春愁在一枝。不共人言唯独笑，忽疑君到正相思。歌残别院烧灯夜，妆罢深宫览镜时。旧梦已随流水远，山窗聊复伴题诗。②［高启《梅花九首》（其九）］

诗人不禁感叹道，梅花的孤独，大概只有明月知道，无限春愁都绽放在一枝上。梅花从来都是独自绽放，而不与百花争艳，当想到爱梅的朋友可能正

---

① 高启著. 高青丘集·梅花九首（其八）［M］. 金檀辑注. 徐澄宇、沈北宗校点. 上海：上海古籍出版社，1985：652.
② 高启著. 高青丘集·梅花九首（其九）［M］. 金檀辑注. 徐澄宇、沈北宗校点. 上海：上海古籍出版社，1985：652.

在远方思念着自己的时候，心中便有了些许安慰。诗人在此处，放入了拟人的描写，赋予了梅花人的感情，更加具有感染力。此时，别院中灯火通明的夜晚的歌声已接近尾声，深宫中的佳人们已经装扮结束，正在照镜子。往日的旧梦，已经随着流水远去了，对着山窗姑且与梅花作伴，题写下这些诗篇。

除此之外，高启对李白清新俊逸之语言特色的效仿还深刻地反映在其借用民歌进行创作的诗歌之中。李白喜好从民歌之中汲取养分，高启也多次在创作时选取民歌题材作诗，诗歌皆用清新俊逸之笔调，刻画天真淳朴之画面。

民歌是中国古代文学创作中很多文学体裁的重要来源。民歌文学在中国文化中扮演着非常重要的角色，它是民间文化的瑰宝之一，是中国文化的重要组成部分。民歌是通过口头传承的方式流传下来的，它不同于正式的文学作品，更多的是表达人民的情感和对生活的感悟。这些民歌不仅反映了当地人民的生活和文化，还记录了历史的变迁。

从第一部诗歌总集《诗经》到楚辞到汉乐府到南北朝民歌，再到之后的杂言诗，民歌经历了历朝历代的选择与接受。民歌，其自身一个显著的语言特点便是通俗易懂，在看似平淡如水的语言之中却真实寄寓了古代劳动人民最真挚、纯朴的情感。

作为中国古代文学第一篇诗歌专论，《毛诗序》开篇即阐释了"诗歌语言"与"内在情感"的关系，其有言："诗者，志之所之也，在心为志，发言为诗，情动于中而形于言，言之不足，故嗟叹之，嗟叹之不足，故咏歌之，咏歌之不足，不知手之舞之足之蹈之也。"①

李白的许多诗作都颇有民歌风范，采用平铺直叙的白描手法，不用丝毫渲染与雕琢，旨在简洁明快地行文，例如《南陵五松山别荀七》《荆州歌》《长干行二首》《横江词六首》《春思》《赠汪伦》《秋浦歌十七首》《越女词五首》；等等。李白在南陵五松山与荀七话别时作《南陵五松山别荀七》一诗，诗歌最末，李白清晰地表明心迹："俄成万里别，立德贵清真。"② 诗人坦言自己认为"清真"乃立德之宗旨。纵观诗仙的一生，不仅以此为修身

---

① 陈奂著. 读毛氏传疏［M］. 北京：中国书店，1984.
② 李白著. 李太白全集・南陵五松山别荀七［M］. 王琦注. 北京：中华书局，2008：1396.

之道，更将其融入诗歌创作之中。这一创作主张反映在诗歌中的表象之一即为朴实自然，情真意切。王世贞在《艺苑卮言》中用"以气为主，以自然为宗，以俊逸高畅为贵"① 来评价李白诗歌的特点。不难发现，李白所提倡追求的"清"与"真"与古代民歌的特点极为契合，因此民歌自然也成为李白学习借鉴的创作来源。《子夜吴歌》便是李白依据旧题乐府而作的一组颇具民歌风范的诗作。《子夜吴歌四首》（其三）：

> 长安一片月，万户捣衣声。秋风吹不尽，总是玉关情。何日平胡虏，良人罢远征。② ［李白《子夜吴歌四首》（其三）］

长安城被笼罩在一片玲珑的月色之中，征夫的妻子正在为夫君捶洗衣物。秋风一直刮不停歇，仿似捣衣女子对玉门关外戍边丈夫的思念之情，绵延不断。捣衣女不知边塞何时得以平定，更不知丈夫何时得以归家。王夫之在《唐诗评选》中评价此诗道："前四句是天壤间生成好句，被太白拾得。"③ 一切皆语出自然，毫无雕琢之迹。

高启对李白诗格的接受也同样反映在高启借鉴民歌进行创作的诗文作品中。《子夜四时歌》便是高启效仿李白《子夜吴歌四首》而作的民歌组诗。四首诗歌从春至夏，首首浅显自然，朗朗上口，明白如话。选材精当，摄取了四季最为典型的画面入诗。

《子夜四时歌》（其一）乃用白描之笔描写春天的美景：

> 白白复朱朱，芳条胃绣襦。摘来随女伴，赛斗不曾输。④
> ［高启《子夜四时歌》（其一）］

---

① 王世贞著. 艺苑卮言校注 ［M］. 罗仲鼎校注. 济南：齐鲁书社，1992：166.
② 李白著. 李太白全集·卷之六·子夜吴歌四首（其三）［M］. 王琦注. 北京：中华书局，2008：352—353.
③ 王夫之. 唐诗评选 ［M］. 任慧点校. 保定：河北大学出版社，2008：65.
④ 高启著. 高青丘集·子夜四时歌（其一）［M］. 金檀辑注. 徐澄宇、沈北宗校点. 上海：上海古籍出版社，1985：72.

"白白""朱朱"——纯白色、正红色,诗人开头仅用两个颜色词就将春天姹紫嫣红的景象描绘得栩栩如生。芳条生长得极为茂盛,偶尔会挂着刺绣的裙襦。大自然与人此刻的关系十分融洽,突出了春天俏皮活泼的特点。随手摘下开得正好的花儿给陪伴的女子,容貌姣好的女子此时也全不会输给风和日丽、柳绿花红的春天。此情此景自然让人联想起高启在《与客饮西园花下》一诗中所言"不爱枝上花,爱此花下人"① 那般惬意。

《子夜四时歌》(其二)则是描写了夏日荷花悠扬之景:

　　红妆何草草? 晚出南湖道。不忍便回舟,荷花似郎好。②
　　[高启《子夜四时歌》(其二)]

一切都是直白自然的描写,毫无炼字,如清水出芙蓉一般平实易懂。明白如话,情趣动人。

《子夜四时歌》(其三)则是用浅显的语言描摹了秋天的生活场景:

　　堂上织流黄,堂前看月光。羞见天孙度,低头入洞房。③
　　[高启《子夜四时歌》(其三)]

妇人在堂前纺织着流黄,一轮明月照在堂前。少妇娇羞地看见织女星经过,低头入了洞房。诗歌语言纯用白描,真实贴切。

《子夜四时歌》(其四)则是用通俗易懂的语言描写了寒冷的冬天里,人们围炉取暖的场景:

---

①　高启著. 高青丘集·与客饮西园花下 [M]. 金檀辑注. 徐澄宇、沈北宗校点. 上海:上海古籍出版社,1985:436.

②　高启著. 高青丘集·子夜四时歌(其二)[M]. 金檀辑注. 徐澄宇、沈北宗校点. 上海:上海古籍出版社,1985:72.

③　高启著. 高青丘集·子夜四时歌(其三)[M]. 金檀辑注. 徐澄宇、沈北宗校点. 上海:上海古籍出版社,1985:72.

空帏拥炉坐，夜冷微红灭。郎意似残灰，无因得重热。①

[高启《子夜四时歌》（其四）]

空空的帐帏，一家人簇拥着炉火而坐。夜晚愈冷，红色的火星也渐渐熄灭。丈夫的心意就如这残灭的炉灰，渐渐冷去。

高启此组民歌，皆无用典，词句通畅。寥寥几句，描摹生活常见之景，浅显易懂，毫无矫揉之迹。贴近生活，亲切动人。

第三节　高启对李白艺术构思的模仿

高启除了在取材立意与诗歌风格两方面与李白相似之外，他的诗歌在艺术构思上也显露出了师承李白的痕迹。对此赵翼在《瓯北诗话》中有言："青莲乐府及五古，多主叙事，不著议论，盖用古人意在言外之法。此古诗正体也。青邱乐府及《拟古》十二首、《寓感》二十首、《秋怀》十首、《咏隐逸》十六首，亦只叙题面，不复于题面内推究意义，发挥议论。"②

在李白的诗文创作中，叙事诗占有独特的地位，特别是乐府诗与五言古诗取得了很高的成就。李白的叙事诗大多采用敷陈其事的叙述方式，完整地还原客观叙述的主体对象，既不堆砌渲染烘托之词，亦不附加一己之见于其中。诗人往往巧妙地将借古讽今之意不着痕迹地隐喻在诗歌之中，给人以深刻、辛辣之感。

李白曾途经乌苏台，写下讽刺诗《乌栖曲》：

姑苏台上乌栖时，吴王宫里醉西施。吴歌楚舞欢未毕，青山

---

① 高启著. 高青丘集·子夜四时歌（其四）[M]. 金檀辑注. 徐澄宇、沈北宗校点. 上海：上海古籍出版社，1985：72.

② 赵翼著. 瓯北诗话·卷八·高青邱诗 [M]. 霍松林、胡主佑校点. 北京：人民文学出版社，1981：124－125.

欲衔半边日。银箭金壶漏水多，起看秋月坠江波，东方渐高奈乐何！①（李白《乌栖曲》）

诗人意在通过还原吴王夫差日夜寻欢作乐的场景来讽刺荒淫无度的统治者，欲达借古讽今之效。全诗皆用客观的语言写景叙事，未着一字讽刺之语，却神奇般地让统治阶层的昏庸无道与荒淫误国事态跃然纸上。

高启在此类诗作中，同样仿效李白的创作构思，通篇围绕写景叙事巧妙布局，深刻地将讽刺之意不着痕迹地植入言词之下。《楚妃叹》便是其中的代表作之一：

章华台前楚江水，月色堕烟乌欲起。六宫不敢解罗衣，猎火照山君未归。②（高启《楚妃叹》）

诗人开篇即用"月色堕烟"与"乌鹊欲起"来暗示时间已是早晨。这一构思与李白在《乌栖曲》中借景象之变化来刻画时间之迁移的方式高度相似。章华台前，江水流动，残月即将落入茫茫晨雾，乌鸦也即将飞离巢穴。继而诗人由写景转入记叙人物事件：妃子佳丽都不敢解衣而睡，因为君王狩猎未回，虽然已是早晨，但君王狩猎照明的火把，还将远山映照得通明透亮。最后两句看似只诉说了后宫佳丽清晨未睡的客观事实，也并未就君王打猎的场景进行渲染描写，却在娓娓道来的平凡场景之中，深刻揭露了君王的淫威，耐人回味。

除乐府诗之外，高启还创作过许多模仿李白艺术构思的五言古诗。高启有《咏隐逸》十六首，赵翼在《瓯北诗话》中对此类诗作评价道："如咏向长，则但说长之毕婚嫁、游名山。咏周党，则但说党之辞征聘、乐田里。而

---

① 李白著. 李太白全集·乐府诗三十首·乌栖曲 [M]. 王琦注. 北京：中华书局，2008：176—177.

② 高启著. 高青丘集·楚妃叹 [M]. 金檀辑注. 徐澄宇、沈北宗校点. 上海：上海古籍出版社，1985：49.

一种迈往高逸之致，自见于楮墨之外。此正是学青莲处。"① 《咏隐逸十六首·向长》：

> 子平谢累辟，雅志在隐居。家贫或有馈，取足反其余。读易深自悟，谓贱贵不如。敕言嫁娶毕，家事无关余。同好有禽生，肆意相与娱。茫茫五岳去，孰得回其车？② （高启《咏隐逸十六首·向长》）

高启用简洁平实的语言描写了向长隐逸山间的平素志愿。全诗采用客观的叙事笔法：向长家贫，偶得馈赠，但只取够用的部分，多则退还，平日喜好阅读《易经》，领悟要义。嫁娶之事结束，就不再过问家事。有禽姓好友，与自己志同道合，便乐意与其交往。茫茫五岳，随意而往。诗歌完全只着笔于生活的琐事与游历的兴趣，所有场景实为素淡清简，但却将向长高雅脱俗的人生追求与俊逸豁达的精神气度显现无遗。

后汉隐士梁鸿也是高启吟咏的对象之一，"举案齐眉"的佳话在高启的笔下实为平易近人，却感人至深。《咏隐逸十六首·梁鸿》：

> 伯鸾古贤人，乃在杵臼间。夫妇共守志，逃名入深山。凄凉五噫歌，东出过帝关。齐鲁复荆吴，长往遂不还。为佣岂无劳？愿已少外患。终葬烈士旁，高风邈难攀。③ （高启《咏隐逸十六首·梁鸿》）

梁鸿乃贤达之人，不慕荣利，与妻子孟光为远离名利纷争，隐逸深山之

---

① 赵翼著. 瓯北诗话·高青邱诗［M］. 霍松林、胡主佑校点. 北京：人民文学出版社，1981：125.
② 高启著. 高青丘集·咏隐逸十六首·向长［M］. 金檀辑注. 徐澄宇、沈北宗校点. 上海：上海古籍出版社，1985：114.
③ 高启著. 高青丘集·咏隐逸十六首·梁鸿［M］. 金檀辑注. 徐澄宇、沈北宗校点. 上海：上海古籍出版社，1985：115－116.

中。梁鸿曾在洛阳目睹统治者的奢靡无度，遂写作《五噫歌》以叹民生之多艰。汉章帝见后，下令将其捉拿。于是梁鸿只能隐名改姓，与妻子隐居吴地。梁鸿去世之后，被安葬在要离冢的北面。相识之人皆言，像梁鸿这样的清高之士应该埋葬在要离墓附近。《后汉书·逸民传》有载："要离烈士，而伯鸾清高，可令相近。"① 高启用平实的言语记述了梁鸿与孟光同心同德，举案齐眉的一生。全诗未用一字赞扬其品性清廉高洁，却通过记录真实的生活经历，将梁鸿怀瑾握瑜、仁义自适的一生完整生动地展现出来。

高启曾写过《岳王墓》：

> 大树无枝向北风，千年遗恨泣英雄。班师诏已来三殿，射虏书犹说两宫。每忆上方谁请剑？空嗟高庙自藏弓！栖霞岭上今回首，不见诸陵白露中。②（高启《岳王墓》）

高启在凭吊岳飞的诗歌中写道，岳飞墓前，大树感念岳飞的冤屈，任由树枝随风摇曳，愤然指向南方。多少年来，历史中令人心痛的往事，让人深感愤慨。朝廷已经给岳飞下达了班师回朝的命令，而韩世忠仍然投书斥军，表达其恢复之决心。此时想到历史名士朱云请尚方宝剑铲除佞臣，想到汉高祖忘恩负义诬陷谋杀忠良之臣，内心就更加对岳飞被迫害一事义愤填膺，抒发对历史上的忠臣含冤而死的哀叹。诗人站在栖霞岭岳飞墓前，回首北望，只看到茫茫白露一片，丝毫未见远方宋代诸帝王的陵墓。

一联是全诗的诗眼，强烈地表达了诗人对于岳飞的怀念之情和对南宋王朝杀害岳飞的痛恨。诗人伫立于岳飞墓前，眼前是茫茫白露，这凄迷清冷的意境更增强了此诗悲哀感伤的色彩。

除咏颂名士之外，高启在写作感遇诗、怀古诗与抒怀诗时，也同样采用

---

① 范晔撰. 后汉书·卷八十三·逸民列传第七十三·梁鸿［M］. 李贤等注. 北京：中华书局，1973：2768.

② 高启著. 高青丘集·岳王墓［M］. 金檀辑注. 徐澄宇、沈北宗校点. 上海：上海古籍出版社，1985：647.

了就事论事的方式进行艺术构思。基本只道其原貌，不究其因果。

洪武三年（1370），高启在南京写下《寓感二十首》一组五言古诗。《寓感二十首·其三》：

> 盛衰迭乘运，天道果谁亲？自古争中原，白骨遍荆榛。乾坤动杀机，流祸及烝民。生聚亦已艰，一朝忽胥沦。阳和既代序，严霜变肃晨。大运有自然，彼苍非不仁。咄咄堪叹嗟，沧溟亦沙尘！[①]（高启《寓感二十首·其三》）

通观全诗，诗人只在记录现世的真实环境，不着一字议论。诗人先发一问：国家兴衰跟随天地运势而变更，天道究竟与谁亲近？从古至今，中原皆是兵家必争之地。多少人因战乱而丧命，白骨无人收，散落于荒野。宇宙乾坤起了杀生之念，就必然祸及百姓。诗人用春天来临，巧妙暗示了动乱已经平息，充满希望的生活即将接踵而至。天道时运自有规律，上苍一定会仁爱百姓，曾经的战乱已去，不会再硝烟四起。诗人虽未明确褒扬明王朝统治者的治国有道，但却暗喻遵循天道时运的明王朝必将为人民带来安稳美好的生活，寄寓了诗人对宁和安定的向往之情。

在《拟古十二首·其四》一诗里，高启也是采用同样的构思方式，将及时行乐的思想主张悄无声息地寄寓在诗歌之中：

> 离离白云翔，悠悠清川逝。天地如传邮，阅人以为世。良时难再得，游乐咸阳中。咸阳名都会，衣冠集王公。南山对魏阙，嘉树何茏葱？九衢十二城，逶迤迥相通。卫霍开上第，车马争春风。娱意勿自惜，当至百年终。[②]（高启《拟古十二首·其四》）

---

① 高启著. 高青丘集·寓感二十首（其三）[M]. 金檀辑注. 徐澄宇、沈北宗校点. 上海：上海古籍出版社，1985：108.
② 高启著. 高青丘集·拟古十二首（其四）[M]. 金檀辑注. 徐澄宇、沈北宗校点. 上海：上海古籍出版社，1985：104.

诗人首先将视角定立在广阔的天地之中：白云旷远飘飞，清溪自在奔流。诗人巧妙作比，天地如同一座驿站，任由世人往来，可观其行、查其言。游乐在士大夫与缙绅云集的咸阳城中，告诫世人要谨记良辰美景不易得的真理。终南山对着宫门两侧高耸的楼观，名贵的树木多么葱茏，九条繁华的街道，十二座繁华的城池，蜿蜒相通。诗人借描写咸阳城的热闹繁华与名士云集，暗示了身处盛世必当珍惜的道理。最后一句警醒世人切勿压抑自我，人生短暂，及时行乐。

洪武六年（1373），高启三十六岁，写下《秋怀十首》，感叹人到中年的惆怅之情，此为其一：

> 少时志气壮，不识秋气悲。呼俦射鸣雁，深骛东山陂。中年渐多怀，恻恻当此时。登高望原陆，不见车马驰。思我平生欢，高坟郁累累。世人非羡门，谁能久华滋？惟有盈觞酒，可以持自怡。①［高启《秋怀十首》（其一）］

诗人用平实的笔调记叙了人生从少年到中年的变化，全诗无一议论之词，皆在记述经历，抒怀感悟，却能将现下人生的艰苦烦闷隐约留存在文字之中。诗人坦言年少时拥有壮志豪情，未能体会秋之伤悲。意气风发之时，常呼朋唤友去射猎大雁，肆意地在东山坡上驰行。然而人到中年，渐有忧怀，暗暗忧伤正如现在。登临高处，眺望原野，车马奔驰早已全然不见。诗人自问：世人并非都是羡门子高，怎可能华盛不衰？诗人深谙其中之道理，更明白唯有满酒盈樽，方可怡然自得。

---

① 高启著. 高青丘集·秋怀十首（其一）[M]. 金檀辑注. 徐澄宇、沈北宗校点. 上海：上海古籍出版社，1985：138.

第四节　高启在诗歌中化用、借用与仿写李白的诗句

高启除了在雄浑豪放的诗歌风格、神奇瑰丽的艺术想象、清新俊逸的语言特色以及诗歌取材立意和艺术构思等方面对李白有着模拟与效仿之外，在高启的诗歌作品中，还能发掘到许多直接运用李白诗文材料进行创作的案例。在高启对李白诗格的接受中，这样的直接接受就表现为高启对李白诗句的借用、化用与仿写。

表3　高启对李白诗句的借用、化用与仿写诗句一览

序号	高启诗句	李白诗句
1	峰回秋碍海鹏飞，日出夜听天鸡唱。①（《登阳山绝顶》）	半壁见海日，空中闻天鸡。②（《梦游天姥吟留别》）
2	桃花满溪口，笑杀醒游人。③（《将进酒》）	若待功成拂衣去，武陵桃花笑杀人。④（《当涂赵炎少府粉图山水歌》）
3	忆昨结交豪侠客，意气相倾无促戚。⑤（《忆昨行寄吴中诸故人》）	扶风豪士天下奇，意气相倾山可移。⑥（《扶风豪士歌》）
4	我闻名山洞府三十六，一一灵踪纪真箓。⑦（《赠金华隐者》）	为我草真箓，天人惭妙工。⑧（《访道安陵遇盖寰，为予造真箓，临别留赠》）

① 高启著. 高青丘集·登阳山绝顶 [M]. 金檀辑注. 徐澄宇、沈北宗校点. 上海：上海古籍出版社，1985：435.

② 李白著. 李太白全集·梦游天姥吟留别 [M]. 王琦注. 北京：中华书局，2008：706.

③ 高启著. 高青丘集·将进酒 [M]. 金檀辑注. 徐澄宇、沈北宗校点. 上海：上海古籍出版社，1985：15.

④ 李白著. 李太白全集·当涂赵炎少府粉图山水歌 [M]. 王琦注. 北京：中华书局，2008：425.

⑤ 高启著. 高青丘集·忆昨行寄吴中诸故人 [M]. 金檀辑注. 徐澄宇、沈北宗校点. 上海：上海古籍出版社，1985：330.

⑥ 李白著. 李太白全集·扶风豪士歌 [M]. 王琦注. 北京：中华书局，2008：385.

⑦ 高启著. 高青丘集·赠金华隐者 [M]. 金檀辑注. 徐澄宇、沈北宗校点. 上海：上海古籍出版社，1985：445.

⑧ 李白著. 李太白全集·访道安陵遇盖寰，为予造真箓，临别留赠 [M]. 王琦注. 北京：中华书局，2008：522.

续表1

序号	高启诗句	李白诗句
5	石庭梅欲发，须放酒船行。①（《题倪云林所画义兴山水图》）	嵇山无贺老，却棹酒船回。②（《重忆一首》）
6	疏英飘碧簟，乱叶响银床。③（《梧桐》）	梧桐落金井，一叶飞银床。④（《赠别舍人弟台卿之江南》）
7	秋风悬臂出，何处一鸽来。⑤（《观军装十咏》）	弓弯满月不虚发，双鸽迸落连飞髇。⑥（《行行且游猎篇》）
8	何当逐流花，遂造迁人居。⑦（《天池》）	桃花流水杳然去，别有天地非人间。⑧（《山中问答》）
9	雉雉高飞夏风暖，行割黄云随手断。⑨（《打麦词》）	麦陇青青三月时，白雉朝飞挟两雌。⑩（《雉朝飞》）
10	白马金镂鞍，流光皎如练。⑪（《白马篇》）	五陵年少金市东，银鞍白马度春风。⑫（《少年行二首》其二）
11	陌上三月时，柔桑多绿枝。⑬（《罗敷行》）	吴地桑叶绿，吴蚕已三眠。⑭（《寄东鲁二稚子（在金陵作）》）
12	危莫若编虎须，险莫若触鲸牙。⑮（《行路难》其二）	有长鲸白齿若雪山，公乎公乎挂罥于其间。⑯（《公无渡河》）

---

① 高启著. 高青丘集·题倪云林所画义兴山水图 [M]. 金檀辑注. 徐澄宇、沈北宗校点. 上海：上海古籍出版社，1985：156－157.

② 李白著. 李太白全集·重忆一首 [M]. 王琦注. 北京：中华书局，2008：1087.

③ 高启著. 高青丘集·梧桐 [M]. 金檀辑注. 徐澄宇、沈北宗校点. 上海：上海古籍出版社，1985：464.

④ 李白著. 李太白全集·赠别舍人弟台卿之江南 [M]. 王琦注. 北京：中华书局，2008：605.

⑤ 高启著. 高青丘集·观军装十咏 [M]. 金檀辑注. 徐澄宇、沈北宗校点. 上海：上海古籍出版社，1985：667.

⑥ 李白著. 李太白全集·行行且游猎篇 [M]. 王琦注. 北京：中华书局，2008：181.

⑦ 高启著. 高青丘集·天池 [M]. 金檀辑注. 徐澄宇、沈北宗校点. 上海：上海古籍出版社，1985：208.

⑧ 李白著. 李太白全集·山中问答 [M]. 王琦注. 北京：中华书局，2008：874.

⑨ 高启著. 高青丘集·打麦词 [M]. 金檀辑注. 徐澄宇、沈北宗校点. 上海：上海古籍出版社，1985：84.

⑩ 李白著. 李太白全集·雉朝飞 [M]. 王琦注. 北京：中华书局，2008：203.

⑪ 高启著. 高青丘集·白马篇 [M]. 金檀辑注. 徐澄宇、沈北宗校点. 上海：上海古籍出版社，1985：9.

⑫ 李白著. 李太白全集·少年行二首（其二）[M]. 王琦注. 北京：中华书局，2008：342.

⑬ 高启著. 高青丘集·罗敷行 [M]. 金檀辑注. 徐澄宇、沈北宗校点. 上海：上海古籍出版社，1985：17.

⑭ 李白著. 李太白全集·寄东鲁二稚子（在金陵作）[M]. 王琦注. 北京：中华书局，2008：673.

⑮ 高启著. 高青丘集·行路难（其二）[M]. 金檀辑注. 徐澄宇、沈北宗校点. 上海：上海古籍出版社，1985：23.

⑯ 李白著. 李太白全集·公无渡河 [M]. 王琦注. 北京：中华书局，2008：160.

续表2

序号	高启诗句	李白诗句
13	宁知色易老，难求黄金药。① （《妾薄命》）	当餐黄金药，去为紫阳宾。② （《颍阳别元丹丘之淮阳》）
14	鸟篆玄文世莫窥，茂陵还掩蓬科露。③ （《神仙曲》）	蓬科马鬣今已平，昔之弟死兄不葬，他人于此举铭旌。④ （《上留田行》）
15	白马缦胡缨，行行人尽止。⑤ （《结客少年行》）	赵客缦胡缨，吴钩霜雪明。⑥ （《侠客行》）
16	丈人莫遽起，庭树未乌栖。⑦ （《长安有狭斜行》）	姑苏台上乌栖时，吴王宫里醉西施。⑧ （《乌栖曲》）
17	六宫不敢解罗衣，猎火照山君未归。⑨ （《楚妃叹》）	羽毛扬兮九天绛，猎火燃兮千山红。⑩ （《大猎赋》并序）
18	开落本同何足叹，升沉偶异自堪嗟。⑪ （《浮游花》）	升沉应已定，不必问君平。⑫ （《送友人入蜀》）
19	更衣直夜房，侍酒登春殿。⑬ （《邯郸人才嫁为厮养卒妇》）	宫女如花满春殿，如今只有鹧鸪飞⑭ （《越中览古》）

---

① 高启著. 高青丘集·妾薄命 [M]. 金檀辑注. 徐澄宇、沈北宗校点. 上海：上海古籍出版社，1985：33—34.

② 李白著. 李太白全集·颍阳别元丹丘之淮阳 [M]. 王琦注. 北京：中华书局，2008：717.

③ 高启著. 高青丘集·神仙曲 [M]. 金檀辑注. 徐澄宇、沈北宗校点. 上海：上海古籍出版社，1985：34.

④ 李白著. 李太白全集·上留田行 [M]. 王琦注. 北京：中华书局，2008：194—195.

⑤ 高启著. 高青丘集·结客少年行 [M]. 金檀辑注. 徐澄宇、沈北宗校点. 上海：上海古籍出版社，1985：35.

⑥ 李白著. 李太白全集·侠客行 [M]. 王琦注. 北京：中华书局，2008：216.

⑦ 高启著. 高青丘集·长安有狭斜行 [M]. 金檀辑注. 徐澄宇、沈北宗校点. 上海：上海古籍出版社，1985：41.

⑧ 李白著. 李太白全集·乌栖曲 [M]. 王琦注. 北京：中华书局，2008：176.

⑨ 高启著. 高青丘集·楚妃叹 [M]. 金檀辑注. 徐澄宇、沈北宗校点. 上海：上海古籍出版社，1985：49.

⑩ 李白著. 李太白全集·大猎赋（并序）[M]. 王琦注. 北京：中华书局，2008：63.

⑪ 高启著. 高青丘集·浮游花 [M]. 金檀辑注. 徐澄宇、沈北宗校点. 上海：上海古籍出版社，1985：56.

⑫ 李白著. 李太白全集·送友人入蜀 [M]. 王琦注. 北京：中华书局，2008：839.

⑬ 高启著. 高青丘集·邯郸人才嫁为厮养卒妇 [M]. 金檀辑注. 徐澄宇、沈北宗校点. 上海：上海古籍出版社，1985：57.

⑭ 李白著. 李太白全集·越中览古 [M]. 王琦注. 北京：中华书局，2008：1030.

续表 3

序号	高启诗句	李白诗句
20	丛台罢往梦，破屋流萤见。①（《邯郸才人嫁为厮养卒妇》）	妾本丛台女，扬蛾入丹阙。②（《邯郸才人嫁为厮养卒妇》）
21	娇弦细语发砑罗，臂动玉钏鸣相和。③（《秦筝曲》）	佳人当窗弄白日，弦将手语弹鸣筝。④（《春日行》）
22	君不见，陈孟公，一生爱酒称豪雄。君不见，扬子云，三世执戟徒工文。⑤（《将进酒》）	君不见，黄河之水天上来，奔流到海不复回。君不见，高堂明镜悲白发，朝如青丝暮成雪。⑥（《将进酒》）
23	上有腾攫之猿猱，下有馋嚼之蛟螭。⑦（《荆门壮士歌》）	上有六龙回日之高标，下有冲波逆折之回川。⑧（《蜀道难》）
24	今宵有酒留君醉，不信娼家胜妾家。⑨（《洞房曲》）	美人一笑褰珠箔，遥指红楼是妾家。⑩（《陌上赠美人》）
25	流水残香一夜空，黄鹂魂断无言语。⑪（《惜花叹》）	春阳如昨日，碧树鸣黄鹂。⑫（《秋思》）
26	扬子津头风色起，郎帆一开三百里。⑬（《忆远曲》）	横江西望阻西秦，汉水东连扬子津。⑭（《横江词》其三）

———————

① 高启著. 高青丘集·邯郸才人嫁为厮养卒妇 [M]. 金檀辑注. 徐澄宇、沈北宗校点. 上海：上海古籍出版社，1985：57.

② 李白著. 李太白全集·邯郸才人嫁为厮养卒妇 [M]. 王琦注. 北京：中华书局，2008：314.

③ 高启著. 高青丘集·秦筝曲 [M]. 金檀辑注. 徐澄宇、沈北宗校点. 上海：上海古籍出版社，1985：68.

④ 李白著. 李太白全集·春日行 [M]. 王琦注. 北京：中华书局，2008：197.

⑤ 高启著. 高青丘集·将进酒 [M]. 金檀辑注. 徐澄宇、沈北宗校点. 上海：上海古籍出版社，1985：14—15.

⑥ 李白著. 李太白全集·将进酒 [M]. 王琦注. 北京：中华书局，2008：179.

⑦ 高启著. 高青丘集·荆门壮士歌 [M]. 金檀辑注. 徐澄宇、沈北宗校点. 上海：上海古籍出版社，1985：76.

⑧ 李白著. 李太白全集·蜀道难 [M]. 王琦注. 北京：中华书局，2008：163.

⑨ 高启著. 高青丘集·洞房曲 [M]. 金檀辑注. 徐澄宇、沈北宗校点. 上海：上海古籍出版社，1985：85.

⑩ 李白著. 李太白全集·陌上赠美人 [M]. 王琦注. 北京：中华书局，2008：1177.

⑪ 高启著. 高青丘集·惜花叹 [M]. 金檀辑注. 徐澄宇、沈北宗校点. 上海：上海古籍出版社，1985：86—87.

⑫ 李白著. 李太白全集·秋思 [M]. 王琦注. 北京：中华书局，2008：349.

⑬ 高启著. 高青丘集·忆远曲 [M]. 金檀辑注. 徐澄宇、沈北宗校点. 上海：上海古籍出版社，1985：87.

⑭ 李白著. 李太白全集·横江词（其三）[M]. 王琦注. 北京：中华书局，2008：401.

续表4

序号	高启诗句	李白诗句
27	师从天姥来，身佩豁落经。①（《萧炼师鹰窠顶丹房》）	七元洞豁落，八角辉星虹。②（《访道安陵遇盖寰，为予造真箓，临别留赠》）
28	金骨坐可蜕，骑龙驾风霆。③（《萧炼师鹰窠顶丹房》）	西山玉童子，使我炼金骨。④（《感兴八首》其五）
29	绿云晚不度，楼上鸣瑶筝。⑤（《感旧酬宋军咨见寄》）	重吟真曲和清吹，却奏仙歌响绿云。⑥（《凤笙篇》）
30	留将一白羽，待射鲁连书。⑦（《赠马冠军》）	仍留一只箭，未射鲁连书。⑧（《奔亡道中》其三）
31	芙蓉坠古沼，络纬鸣中闺。⑨（《暮归》）	络纬秋啼金井栏，微霜凄凄簟色寒。⑩（《长相思》）
32	我闻赤城东，仙峤名委羽。⑪（《空明道人诗》）	仙鼠如白鸦，倒悬清溪月。⑫（《答族侄僧中孚赠玉泉仙人掌茶》）
33	前年逐戎旃，野出事田獠。⑬（《答衍师见赠》）	霜台降群彦，水国奉戎旃。⑭（《在水军宴赠幕府诸侍御》）

---

① 高启著. 高青丘集·萧炼师鹰窠顶丹房 [M]. 金檀辑注. 徐澄宇、沈北宗校点. 上海：上海古籍出版社，1985：146.

② 李白著. 李太白全集·访道安陵遇盖寰，为予造真箓，临别留赠 [M]. 王琦注. 北京：中华书局，2008：522.

③ 高启著. 高青丘集·萧炼师鹰窠顶丹房 [M]. 金檀辑注. 徐澄宇、沈北宗校点. 上海：上海古籍出版社，1985：146.

④ 李白著. 李太白全集·感兴八首（其五）[M]. 王琦注. 北京：中华书局，2008：1102.

⑤ 高启著. 高青丘集·感旧酬宋军咨见寄 [M]. 金檀辑注. 徐澄宇、沈北宗校点. 上海：上海古籍出版社，1985：143.

⑥ 李白著. 李太白全集·凤笙篇 [M]. 王琦注. 北京：中华书局，2008：282.

⑦ 高启著. 高青丘集·赠马冠军 [M]. 金檀辑注. 徐澄宇、沈北宗校点. 上海：上海古籍出版社，1985：154.

⑧ 李白著. 李太白全集·奔亡道中（其三）[M]. 王琦注. 北京：中华书局，2008：1015.

⑨ 高启著. 高青丘集·暮归 [M]. 金檀辑注. 徐澄宇、沈北宗校点. 上海：上海古籍出版社，1985：155.

⑩ 李白著. 李太白全集·长相思 [M]. 王琦注. 北京：中华书局，2008：193.

⑪ 高启著. 高青丘集·空明道人诗 [M]. 金檀辑注. 徐澄宇、沈北宗校点. 上海：上海古籍出版社，1985：155.

⑫ 李白著. 李太白全集·答族侄僧中孚赠玉泉仙人掌茶 [M]. 王琦注. 北京：中华书局，2008：898.

⑬ 高启著. 高青丘集·答衍师见赠 [M]. 金檀辑注. 徐澄宇、沈北宗校点. 上海：上海古籍出版社，1985：229.

⑭ 李白著. 李太白全集·在水军宴赠幕府诸侍御 [M]. 王琦注. 北京：中华书局，2008：555.

续表5

序号	高启诗句	李白诗句
34	问术或禽戏，观书皆鸟文。①（《赠儿医吴氏昆季》）	遗我鸟迹书，飘然落岩间。②（《游泰山六首》其二）
35	黄山西来九华连，严洞翕忽通云烟。③（《送曹生归新安山中》）	妙有分二气，灵山开九华。④（《改九子山为九华山联句》并序）
36	三十二峰在青天，仰面历数举马鞭。⑤（《送曹生归新安山中》）	黄山四千仞，三十二莲峰。⑥（《送温处士归黄山白鹅峰旧居》）
37	骑鲸一去五百秋，花草满径埋春愁。⑦（《凤台二逸图》）	吴宫花草埋幽径，晋代衣冠成古丘。⑧（《登金陵凤凰台》）
38	蘼芜青渚燕，杨柳白门鸦。⑨（《京师寓廨三首》其二）	何处最关情？乌啼白门柳。⑩（《杨叛儿》）
39	鸡知壶水候，马识火城光。⑪（《赠张省郎》）	银箭金壶漏水多，起看秋月坠江波。⑫（《乌栖曲》）
40	楚客佩吴鸿，临边最有功。⑬（《送越将罢镇》）	珠袍曳锦带，匕首插吴鸿。⑭（《结客少年场行》）

①　高启著．高青丘集·赠儿医吴氏昆季［M］．金檀辑注．徐澄宇、沈北宗校点．上海：上海古籍出版社，1985：219．

②　李白著．李太白全集·游泰山六首（其二）［M］．王琦注．北京：中华书局，2008：923．

③　高启著．高青丘集·送曹生归新安山中［M］．金檀辑注．徐澄宇、沈北宗校点．上海：上海古籍出版社，1985：396．

④　李白著．李太白全集·改九子山为九华山联句（并序）［M］．王琦注．北京：中华书局，2008：1155．

⑤　高启著．高青丘集·送曹生归新安山中［M］．金檀辑注．徐澄宇、沈北宗校点．上海：上海古籍出版社，1985：396．

⑥　李白著．李太白全集·送温处士归黄山白鹅峰旧居［M］．王琦注．北京：中华书局，2008：770．

⑦　高启著．高青丘集·凤台二逸图［M］．金檀辑注．徐澄宇、沈北宗校点．上海：上海古籍出版社，1985：402．

⑧　李白著．李太白全集·登金陵凤凰台［M］．王琦注．北京：中华书局，2008：986．

⑨　高启著．高青丘集·京师寓廨三首（其二）［M］．金檀辑注．徐澄宇、沈北宗校点．上海：上海古籍出版社，1985：481．

⑩　李白著．李太白全集·杨叛儿［M］．王琦注．北京：中华书局，2008：225．

⑪　高启著．高青丘集·赠张省郎［M］．金檀辑注．徐澄宇、沈北宗校点．上海：上海古籍出版社，1985：484．

⑫　李白著．李太白全集·乌栖曲［M］．王琦注．北京：中华书局，2008：177．

⑬　高启著．高青丘集·送越将罢镇［M］．金檀辑注．徐澄宇、沈北宗校点．上海：上海古籍出版社，1985：503．

⑭　李白著．李太白全集·结客少年场行［M］．王琦注．北京：中华书局，2008：254．

续表6

序号	高启诗句	李白诗句
41	坐移各岫置庭砌，日照仿佛生紫烟。① （《太湖石》）	日照香炉生紫烟，遥看瀑布挂前川。② （《望庐山瀑布二首》其二）

以上皆是高启对李白诗歌直接接受的材料。高启存世诗词文两千余首，其中与李白有着直接关联的诗歌作品，不胜枚举，这些诗歌基本涵盖了高启所有类型与所有题材的诗歌，并且也基本覆盖了高启各个时期的创作。从列表之中，我们可以清晰地看到，高启在创作之时，或直接引用李白的诗句入诗，如30、41；与直接引用相比，高启化用李白诗句进行创作的例证占据着更大的比例：例如1、2、3、4、5、6、7、8、9、10、12、17、19、20、26、27、29、35、39；等等。在高启的创作中，还有一些模拟李白的诗歌句式进行创作的诗句，例如23："上有……，下有……"这一句式显然是模拟李白句式的创作。由此可见，高启的诗歌创作与李白诗歌有着极为密切的联系。

---

① 高启著. 高青丘集·太湖石 ［M］. 金檀辑注. 徐澄宇、沈北宗校点. 上海：上海古籍出版社，1985：353.

② 李白著. 李太白全集·望庐山瀑布二首（其二）［M］. 王琦注. 北京：中华书局，2008：989.

第四章

高启接受李白的原因探析

高启接受和继承李白的遗风，既有历史环境提供了接受的时代背景，同时也有个人经历强化了接受的心理动因，两者共同促成了高启在精神品格和文学创作上对李白的延续。

第一节　高启接受李白的时代原因

（一）开国文臣对李白的评价

明初，以开国文臣之首的宋濂为代表，坚持主张"文以载道"，强调文学的教化功能。但宋濂的文学主张也存有较为矛盾之处，其一面高度强调理学信条，另一方面又不拒真性情的表达。因此，面对狂放不羁、敢于表达真性情的李白时，宋濂赞扬其诗歌风格是以先秦时代的风骚精神为引领，同时又对建安风骨进行了继承，认为李白诗歌的格调之高，其中所蕴藏的变化犹如神龙一般，不可羁绊。宋濂的评价，反映出明初文坛诗人们对个性解放的极度渴望，表达了对用文字构建自我精神世界的极力主张。

（二）明初文人群体对李白的评价

宋濂作为明初的开国文臣，对文坛的影响之大，毋庸置疑。宋濂的学生方孝孺也紧随老师的文学主张，高度赞扬了李白天赋异禀的文学才华，直言李白是文坛举世无双的大家，他熠熠生辉的影响一直延续明初。与方孝孺齐名的练子宁也曾评价李白的文风以豪放飘逸著称，是继"风骚"之后的又一创作高峰，自唐宋以来，并未出现过真正的继承者。

明初文坛对李白的推崇之风，为高启实现对李白的继承和接受，提供了环境背景。高启身处元明交替之际，他和明初诗人群体一样，极度渴望解放天性，追求用文字更为自由、自我的进行表达，抒发对人生的理解。

第二节　高启接受李白的个人原因

（一）二人性格相似

高启曾以谪仙人自比，在其代表诗歌《青丘子歌》（并序）中，高启将自己比作绝世而独立的降谪仙人。

《青丘子歌》中所塑造的"青丘子"是高启的化身。高启在《青丘子歌》中开门见山地讲述道："青丘子，臞而清，本是五云阁下之仙卿。何年降谪在世间，向人不道姓与名。"[①]青丘子，身形清瘦，本不是凡人，乃是五云阁的仙卿。不知何时何故被贬谪到了人世间，这位被贬谪的仙人，品性孤傲，不肯随意与人交往。

而李白也同样被称为"谪仙人"，贺知章在读完李白的《蜀道难》之后，大赞其为"谪仙人"，指出李白并非凡俗之人。此外，李白也多次在自己的诗文作品中将自己与"谪仙人"并称。例如他曾在《答湖州迦叶司马问白是何人》一诗中写道："青莲居士谪仙人，酒肆藏名三十春。"[②]李白谈及自己的身世时，表明青莲居士是降谪凡间的仙人，平生爱酒，在酒肆隐姓埋名三十年。

高启与李白，同样拥有着狂放不羁的天性，从不顾及世俗之见，坚持用自己认可的方式度过一生。"谪仙人"的称谓，诠释了二者相同的性格特

---

① 高启著. 高青丘集·青丘子歌（并序）[M]. 金檀辑注. 徐澄宇、沈北宗校点. 上海：上海古籍出版社，1985：433.

② 李白著. 李太白全集·答湖州迦叶司马问白是何人 [M]. 王琦注. 北京：中华书局，2008：876.

征，因此也奠定了高启在完成李白接受的过程中，能够更加深刻地感知贺知章认同李白的人生历程与创作思路。

（二）二人经历相似

高启在仕途上并不得志，这也与李白颇为相同。

高启曾在《凤台二益图》（有序）中写道："谪仙昔作供奉臣，诗语不合妃子嗔。銮坡无地容侍直，锦袍来醉金陵春。"[①] 这一段高启追忆了李白当年作供奉翰林时，由于写出的诗歌不合贵妃心意，金銮殿上再无容身之地，说明了李白失官的主要原因。高启对李白仕途不顺的际遇深感同情。

同样，高启的仕途也充满了许多波折。元末，张士诚占据吴中之地，曾想邀请高启出仕。但高启最终辞之而去，退隐青丘。公元 1367 年，朱元璋攻克苏州，高启被谪徙。后被征召参加《元史》的纂修，授命为翰林编修，又授命为诸王之师。洪武三年（1368）秋，朱元璋擢升高启为户部右侍郎，他以"年少不敢当重任"为由坚辞不从，赐金放还，再度隐居青丘，以教书为生。

高启和李白，同经历过赐金放还，在面对入世的境遇时，不免产生相同的心理感知。因此，高启看待李白写意抒怀的作品时，更能够真切体会他的心情，因此在自己的创作中，便更多接受和继承了李白的创作文思。

综上所述，明初的大环境，让明初诗人群体对李白其人其诗都有着高度的认可与赞誉。高启深受明初文坛的影响，从而奠定了对李白接受的心理成因。加之，随着人生阅历的积淀，高启的人生经历与李白有诸多相似之处，故而感同身受的人生阅历，加深了高启对李白身世际遇的感知，深化了高启对李白文学创作的理解，自然也进一步强化了高启对李白文学创作的接受与继承。

---

① 高启著. 高青丘集·凤台二益图（有序）[M]. 金檀辑注. 徐澄宇、沈北宗校点. 上海：上海古籍出版社，1985：402.

第五章

结　语

"相逢莫学花无赖，明日分飞随路尘。"① 正如高启在《与客饮西园花下》一诗中所言，相逢相知，且行且珍惜。行文至此，虽然本篇论文已接近尾声，论文中有关高启对李白接受的阐释也基本完结，但关于李白接受研究却远远没有终止，前路茫茫，任重道远。所以在此所撰写的结论，也仅仅只是对本篇论文的一个回顾。

高启对李白的接受，是李白接受研究中不可或缺的一个部分，具有较为典型的意义。高启与李白，一个自称"五云阁下之仙卿"，一个号称"谪仙人"，二人皆有高逸之才，都凭借自己独特的文学造诣在中国古代文学史上留下了浓墨重彩一笔。

高启兼学众家，并以其独到的创造力在元末明初，以丹青妙笔之态完成了对李白接受的演绎。通观高启的整个人生，与李白有着极其相似的人生轨迹。高启仰慕李白超迈高远的心态，推崇李白豪气骨健的人格，模拟李白雄浑飘逸的诗风创作。在李白人格与诗格的双重影响之下，高启也形成自己高古、飘逸、雄浑的诗歌风格，为明代诗坛崭新诗风的开拓做出了不可磨灭的功绩，也在李白接受史上留下了不可替代的足迹。

少年有才，志存高远，举荐入朝，赐金放还，漫游山川，寄情山水，诗

---

① 高启著. 高青丘集·与客饮西园花下［M］. 金檀辑注. 徐澄宇、沈北宗校点. 上海：上海古籍出版社，1985：436.

酒情缘，闲云野鹤，这些高度切合的人生经历与心态轨迹为高启对李白的人格接受奠定了产生共鸣的坚实基础。而对李白诗歌题材和立意的借用与模拟，对李白诗歌风格的接受：以雄浑奔放的诗歌风格为高格，以神奇瑰丽的艺术想象为指引，以清新俊逸的语言特色为追求，再加之对李白诗歌艺术构思的模拟，这些创作理念都深刻地反映了高启对李白诗格的接受与实践。高启在其短暂的三十八年生命中，用独特的创造方式将自己对李白的推崇与接受进行了全方位淋漓尽致地演绎。

研究高启对李白的接受，不仅能够指引我们再次梳理高启与李白两位诗人的人生轨迹，而且能带领我们完成对高李两位诗人神奇不朽之诗文作品的深层次解读。同时在以具体作品为依托的前提之下，将其置于具体的历史背景之中，通过对比，更好地探析了高启对李白接受的心理动因。同时辅之以具体的创作情节，还原和解读了高启对李白接受的创作实践。论文在确立高启为主体分析对象的同时，通过解析高启对李白的接受情况，也行之有效地帮助我们清晰地梳理出李白的作品在后世的流传与接受情况，以及李白其人其诗所产生的福泽后世的深刻影响。

| 参考文献 |

专著

1. 蔡茂雄：《高青丘诗研究》，台北：文津出版社有限公司，1987 年。

2. 赵翼著，霍松林、胡主佑校点：《瓯北诗话》，北京：人民文学出版社，1981 年。

3. ［德］姚斯、［美］霍拉勃，周宁、金元浦译：《接受美学与接受理论》，沈阳：辽宁文学出版社，1987 年。

4. 杨文雄著：《李白诗歌接受史》，台北：五南图书出版有限公司，2000 年。

5. 永瑢等撰：《四库全书总目》，北京：中华书局，1965 年。

6. 李东阳著，李庆立校：《怀麓堂诗话校释》，北京：人民文学出版社，2009 年。

7. 郑谷著：《郑谷诗集笺注》，上海：上海古籍出版社，2009 年。

8. 杜甫著，仇兆鳌注：《杜诗详注》，北京：中华书局，1979 年。

9. 高启著，金檀辑注，徐澄宇、沈北宗校点：《高青丘集》，上海：上海古籍出版社，1985 年。

10. 李白著，王琦注：《李太白全集》，北京：中华书局，2008 年。

11. 傅璇琮主编：《唐才子传校笺》，北京：中华书局，1987 年。

12. 欧阳修、宋祁撰：《新唐书》，北京：中华书局，1975 年。

13. 孟郊撰，华忱之校订：《孟东野诗集》，北京：人民文学出版社，

1984 年。

14. 张祜著，严寿澄校编：《张祜诗集》，南昌：江西人民出版社，1983 年。

15. 焦竑撰：《玉堂丛语》，北京：中华书局，1981 年。

16. 陈田辑撰：《明诗纪事》，上海：上海古籍出版社，1993 年。

17. 刘昫等撰：《旧唐书》，北京：中华书局，1975 年。

18. 张廷玉等撰：《明史》，北京：中华书局，1974 年。

19. 《全唐诗》，北京：中华书局，1979 年。

20. 余光中著：《余光中集》，天津：百花文艺出版社，2004 年。

21. 陶渊明著：《陶渊明集》，北京：中华书局，1979 年。

22. 陈鼓应著：《老子注译及评介》，北京：中华书局，1984 年。

23. 王尧衢笺注：《古唐诗合解》，长沙：岳麓书社，1989 年。

24. 胡应麟撰：《诗薮》，上海：上海古籍出版社，1979 年。

25. 王国维著，彭玉平编著：《人间词话》，北京：中华书局，2009 年。

26. 林昌彝著，王镇远、林虞生标点：《海天琴思录》，上海：上海古籍出版社，1988 年。

27. 司空图著，郭绍虞集解：《诗品集解》，北京：人民文学出版社，1981 年。

28. 刘勰著，范文澜注：《文心雕龙》，北京：人民文学出版社，2008 年。

29. 胡仔著：《苕溪鱼隐丛话》，北京：人民文学出版社，1981 年。

30. 严羽著，郭绍虞校释：《沧浪诗话校释》，北京：人民文学出版社，1983 年。

31. 刘宁著：《王维孟浩然诗选评》，上海：上海古籍出版社，2019 年。

32. 彭万隆、肖瑞峰撰：《刘禹锡白居易诗评选》，上海：上海古籍出版社，2017 年。

33. 王夫之著，李金善点校：《明诗评选》，保定：河北大学出版社，2008 年。

34. 沈德潜著：《明诗别裁集》，上海：上海古籍出版社，1979 年。

35. 钱谦益著：《列朝诗集小传》，上海：上海古籍出版社，1983 年。

36. 陈奂著：《读毛氏传疏》，北京：中国书店，1984 年。

37. 王世贞著，罗仲鼎校注：《艺苑卮言校注》，济南：齐鲁书社，1992 年。

38. 王夫之撰，任慧点校：《唐诗评选》，保定：河北大学出版社，2008 年。

39. 范晔撰，李贤等注：《后汉书》，北京：中华书局，1973 年。

论文

1. 傅璇琮：《高启生平二考》，《苏州大学学报》（哲学社会科学版），1993 年（1）期。

2. 刘君若：《高启生平事迹补正》，《华南理工大学学报》（社会科学版），2002 年 4（2）期。

3. 贾继用：《高启年谱》，广西：广西师范大学，2006 年。

4. 刘召明：《高启辞官原因新论》，《苏州科技大学学报》（社会科学版），2021 年 38（03）期。

5. 史洪权：《辞官与颂圣——高启"不合作"说之检讨》，《中山大学学报》（社会科学版），2011 年 51（03）期。

6. 刘君若：《高启吴越出游事迹考辨》，《江南大学学报》，2008 年 7（4）期。

7. 刘民红：《高启吴越之游目的新论》，《苏州科技学院学报》（社会科学版），2007 年 24（1）期。

8. 吴士勇：《诗人高启死因探析》，《淮阴师范学院学报》（哲学社会科学版），2005 年 05 期。

9. 刘民红：《高启死因新探》，《盐城师范学院学报》（人文社会科学版），2006 年 02 期。

10. 玉媛：《高启死因新论》，《承德职业学院学报》，2006 年 04 期。

11. 闵永军、许建中：《明初征辟制度与高启之死》，《江苏社会科学》，2016 年 03 期。

12. 房锐：《高启生平思想研究》，《四川师范大学学报》（社会科学版），1996 年 23（4）期。

13. 李晓刚：《高启的悲剧人生与思想性格》，《重庆师范学院学报》（哲学社会科学版），1998 年 04 期。

14. 郑克晟：《论高启与魏观：再论元末明初江南人士之境遇》，《南开学报》（哲学社会科学版），2009 年 04 期。

15. 周君燕：《高启心态探微》，《牡丹江师范学院学报》（哲学社会版），2009 年（3）期。

16. 苗民：《从高启的诗歌创作看其人生心态的转变》，《信阳师范学院学报》（哲学社会科学版），2011 年 31（2）期。

17. 贺雯婧：《论易代文人高启的复杂心态》，《青海民族研究》，2013 年 24（01）期。

18. 陈翔：《高启元末明初之心态与文学思想》，《科学·经济·社会》，2015 年 33（02）期。

19. 范志新：《死于不作侍郎还——论悲剧诗人高启》，《厦门教育学院学报》，2010 年 12（03）期。

20. 徐永端：《论青丘子其人其诗》，《苏州大学学报》（哲学社会科学版），1991 年 03 期。

21. 汪渊之：《高启诗与"吴中四才子"诗之比较——兼论明初至明中叶吴中诗风的演变》，《苏州大学学报》（哲学社会科学版），1999 年（3）期。

22. 刘君若：《高启与明代诗风》，《肇庆学院学报：文学研究》，2004 年。

23. 曾庆雨：《高启与明代诗歌》，《云南民族大学学报》（哲学社会科学版），2008 年 25（1）期。

24. 杜贵晨：《一代诗宗名齐李杜——高启及其诗歌新论》，《河北学刊》，2021 年 41（04）期。

25. 李轴宇：《高启诗歌研究》，广州，暨南大学，2006 年硕士论文。

26. 王玉媛：《高启诗歌风格及其成因探究》，厦门：厦门大学，2007 年硕士毕业论文。

27. 郭建军：《高启诗歌风格形成探因》，济南：山东师范大学，2009 年硕士毕业论文。

28. 傅燮强：《高启"兼师众长"说论析》，《苏州大学学报》（哲学社会科学版），2004 年（5）期。

29. 张春山：《高启诗歌再探——二论其诗兼师众长的艺术特色》，《运城高等专科学校学报》，2002 年 20（6）。

30. 李鸿渊、黄国花：《高启怀古诗初探》，《船山学刊》，2005 年（2）。

31. 洪永铿：《高启乐府诗简论》，《浙江社会科学》，2006 年（4）。

32. 王翠：《高启的三首乐府诗与农业文化》，《农业考古》，2015 年（03）期。

33. 刘民红：《高启游仙诗初探》，《盐城师范学院学报》（人文社会科学版），2002 年 22（3）。

34. 纪映云：《论高启梅花诗的精神意蕴》，《内蒙古社会科学》（汉文版），2003 年 24（4）期。

35. 于红慧：《论高启的咏梅诗》，《厦门教育学院学报》，2010 年 12（4）期。

36. 陈卓、郭莹莹：《论高启梅花诗的情感意涵》，《云南社会主义学院学报》，2014 年（02）期。

37. 马周：《"月明归梦遂成迷"——高启笔下的诗梦意象及发生原因》，《陕西广播电视大学学报》，2002 年 4（2）期。

38. 房锐：《高启吴越纪游诗简论》，《川北教育学院学报》，2001 年 11（3）期。

39. 李婷：《讽刺明太祖的"威武不及仁"——〈姑苏杂咏〉的隐喻性主题新探》，《忻州师范学院学报》，2020 年 36（04）期。

40. 李明：《地方认同与文学传统：论高启的苏州书写》，《苏州大学学报》（哲学社会科学版），2021 年 42（06）期。

41. 江欢：《高启咏史诗研究》，南昌：华东交通大学，2021 年硕士论文。

42. 傅燮强：《高启与杨维桢无交往原因探析》，《苏州大学学报》，2002

年（04）期。

43. 洪永铿：《刘基"讽谕诗"初探——兼与高启"自适诗"比较》，《中国文学研究》，2006 年（3）期。

44. 刘民红：《论元末明初的文学思潮——兼论高启与杨维桢之间的关系》，《盐城师范学院学报》（人文社会科学版），2009 年 29（01）期。

45. 晏选军、韩旭：《元明易代之际杨维桢与高启的差异性评价考述》，《浙江学刊》，2022 年（03）期。

46. 孙家政：《论刘基和高启的词创作》，《南京师大学报》（社会科学版），1998 年 2 期。

47. 张春山、张淑婷：《论高启的词》，《运城高等专科学校学报》，2001 年 19（1）期。

48. 李佳慧：《高启词的创作态度分析》，《现代语文》（学术综合版），2013 年（12）期。

49. 刘君若：《高启的"自适"诗论和他的诗歌创作》，《肇庆学院学报》，2001 年 22（3）期。

50. 佘登保：《论高启诗歌的艺术风貌》，《内江师范学院学报》，2010 年 25（9）期。

51. 周海：《高启的心态变化与诗学思想变迁》，《西南交通大学学报》（社会科学版），2012 年 13（02）期。

52. 刘春景：《浅论高启诗歌的思想演变》，《剑南文学》（经典教苑），2012 年（03）期。

53. 刘召明：《高启诗学理论发覆》，《文艺理论研究》，2020 年 41（05）期。

54. 杨芬：《〈青邱高季迪先生诗集〉版本辨析——古籍中版印差异现象例举》，《图书与情报》，2012 年（02）期。

55. 刘君若：《高启诗歌辨伪札记》，《厦门教育学院学报》，2010 年 12（03）期。

56. 高虹飞：《高启："明代第一诗人"与出版》，《大学生》，2022 年（08）期。

57. 刘桐：《高启诗集编纂特点及版本价值述略》，《四川图书馆学报》，2023 年（01）期。

58. 何宗美：《高启三辨——以〈四库全书总目〉高启诗文提要为中心》，《中国文学研究（辑刊）》，2013 年（02）期。

59. 晏选军、韩旭：《纠缠的经典化评价历程：高启诗歌评论的传播与接受》，《中南大学学报》（社会科学版），2022 年 28（04）期。

60. 林新萍：《高启诗歌研究——以沈德潜对高启诗歌批评为视角》，《怀化学院学报》，2014 年 33（03）期。

61. 李子璇：《论〈明三十家诗选〉选评高启诗歌》，《新纪实》，2021 年（30）期。

62. 李佳佳：《论王夫之〈明诗评选〉评高启诗歌》，《衡阳师范学院学报》，2021 年 42（05）期。

63. 白宪娟：《高启的〈庄子〉接受研究》，《南京师大学报》（社会科学版），2012 年（06）期。

后　记

　　十七年前，古代文学课上，毛庆老师告诉我们："学习过古代文学的人，无论物质条件多么匮乏，在精神上永远是贵族。"

　　十七年前，自己当这是课堂上的一句教诲。

　　现在慢慢懂得，这实则是一种生命状态。

　　新冠疫情期间，当我听到湖北武汉的同仁们在全国大学语文教师群里，用吟唱《诗经》《楚辞》的方式报平安时，才懂得了"精神贵族"的真正含义。

　　遇见光、追随光、发散光，这注定是一个漫长的过程，感恩有缘人们一路指引着光的方向。

　　星空之下，行己所爱，在这个世界保持自己的节奏和步骤，离不开家人、朋友的倾力支持和温暖陪伴。感恩所有的家人朋友们，因为有你们，才让我可以在探索中拥有保持松弛感的底气与能力。

　　在此，还要衷心地感谢我的研究生导师王红霞教授。王老师一直孜孜不倦地在品德上予我示范，在言行中予我教诲，在学习中予我点播，在工作中予我鼓励，在生活中予我关怀，让我倍感成为王门一员的幸运，也懂得身上肩负的责任。同时，也一并感谢四川师范大学吴明贤老师、李诚老师、熊良智老师、李大明老师、钟仕伦老师、刘飞滨老师、张骏翚老师及两古专业所有老师给予我的指导、关怀和温暖。

还要感谢所有参与本书出版工作的同仁们，特别是责任编辑邓泽玲君，因为有她专业的工作精神和认真负责的态度，方才避免本书可能出现的错误。

审视已经收笔的书稿，虽然已经竭诚尽智，但深知仍有诸多不足。中国古代文学研究是一个持续不断的过程，随着新材料的发现和新研究方法的运用，我们的理解也会不断地深化和拓展。因此，本书所呈现的内容只是目前笔者所理解的一部分，未来还将不断进行深入的研究和探索，欢迎广大读者朋友们提出宝贵的意见和建议，共同推动高启、李白文化研究的深入发展。

最后，真心感谢广大读者朋友们的支持和关注。希望通过本书的阅读，能够带您走进高启、李白的文化世界，一同领略中国古代文人的独特风骨。

何雯娟

湖南长沙

2023 年 11 月 22 日